想象，比知识更重要

幻 象 文 库 —————————

Chōhei
Kambayashi

棱 プリズム 镜

[日] 神林长平———— 著

刘健————译　李昊————校

新星出版社　NEW STAR PRESS

目 录

第一章　五芒星／Pentagram

　　少年默默告诉自己，绝不能把遇到堕天使这件事告诉任何人。

　　耀眼的灯光让城市上空的雨云显得一片朦胧，在这片阴霾下的城市小巷里有一条小路，雨水啪嗒啪嗒地拍在路面上。小路旁边放着一个垃圾箱，那从天而降的堕天使就在那垃圾箱上。他抱着自己的膝盖蜷缩着，身体比被雨淋湿的猫显得还要消瘦。他就这样低着头，任凭雨水打在自己身上。

　　少年最开始看到他时，以为那是一只生病的猫。实际上那时少年眼中看到的就是一只猫。可是少年转念一想："生病的猫怎么可能在雨里蜷缩着呢？"他刚刚觉得有些不对劲时，只见那"猫"的形状开始渐渐变化，还没等下一个猜测在脑海中浮现，短短一瞬间，那"猫"的形状就开始变得朦胧不定，最终化作了一个衣衫褴褛的流浪者。

　　少年对眼前的变化感到不知所措。眼前的事物随自己的想法而改变，这对于少年来讲还是头一次。他压抑不住自己的兴奋，心中不禁想道："说不定自己现在变得和其他的正常人一样了呢！若是这样的话，自己以后再也不会被大家排挤了！"可是他又转念一想，自己的适应性障碍不可能就这样忽然痊愈了。

于是他压抑着内心的喜悦，面向天空，尝试与支配城市的"天空之城控制体"沟通，向它祈祷着："求求你了，不要再让雨淋到我的身上吧。"可是这祈祷却并未灵验，显然他还是未能成功和"控制体"交流。从出生到现在一直如此，这次也不例外。少年的身体周围并未产生"隔雨屏障"，他和那个蜷缩在垃圾箱上的"流浪者"一样被雨水打湿。少年低下了头，擦拭着手上的雨滴。那顺着脸颊流向嘴唇的雨水，掺杂着他的泪，仿佛带着血的味道。

雨水并不冰冷，可是少年的身体却已冷透，他打了一个喷嚏。此时垃圾箱上的那个"流浪者"抬起了头。

少年眨巴着眼睛，尽管父母和哥哥多次告诉他不能用那种眼神看人，可他还是下意识用那独特的眼神审视着垃圾箱上的"流浪者"。无意中，少年半闭着的双眼，像猫一样散发出绿色的光芒。他的瞳孔渐渐变圆，然后变成了五角形，最后变成了五芒星，他就用这样的双瞳凝视着那"流浪者"。

不久后他渐渐发现，那似乎也不是一个流浪者。他身上貌似是一件大衣，但仔细看起来才发现原来是一对翅膀。他如乌鸦一般伸展开那漆黑的双翼，来包裹自己的身体。此时少年才意识到，原来这才是他的真实样貌。少年怔住了，他不禁想到，自己的双眼并非为了看到这个世界的事物而生，也并不是为了看到什么街道、机器抑或是书本，而就是为了看到此时此刻的他而生——那蜷坐在垃圾箱上的"那个东西"。

"你是谁？"

少年战战兢兢地问道。他慢慢地展开自己的双翼。他的全身都被羽毛覆盖，脸也宛如一只鸟，那如同鹦鹉般的嘴略微动了一下，双眼像红宝石一样通红，双眉上的羽毛紧绷，让那双眼显得更加毛骨悚然。

＜我看起来像什么？＞

他问道，但又似乎并未开口。他没有双臂，翅膀就是他的臂膀。翅膀上有一双锋利的爪子，每只爪子有四个爪尖，看起来像是蝙蝠，那些爪尖便是他的手指。

"看起来就像是乌鸦天狗一样的东西。"

＜你似乎能够看到我。＞

"不可以吗？"

＜无所谓。＞

他抖动了两下双翼，雨水随之飞溅起来，打在少年的脸上。此时"那个东西"用那双深红的双眼凝视着少年。少年心中嘀咕着："他不是这个世界的生物，天空之城控制体不可能创造这种东西！"于他来说，控制体更不可能专门创造出这种东西，又让他遇到。少年一直被"控制体"无视，"你根本没有存在的必要，你根本没有生存的价值，你根本不存在……"仿佛"控制体"一直在他的耳边重复着这些话语。

少年向后退了一步，躲避了飞溅而来的水珠。少年的年龄已经成熟到不再恐惧这些东西。虽然他依然对那些自己无法理解的现象、黑夜或怪物感到害怕，可是对眼前的这个存在却感受不到一丝的危险，因为"那个东西"看起来实在是有些弱不禁风。

＜我是恶魔。＞

"我怎么觉得看起来不像？"

＜随便你吧，总之我来自一个和你的世界无法相容的地方，我被自己的世界赶出来，再也回不去了。＞

"那个世界是天国吗？"

<它只是我所在的世界。>他说完之后又坐在了垃圾箱上面，用双翼把自己包裹起来。

　　<那是和你无缘的世界，至少，是个和除你以外的居民无缘，除你以外的人都感知不到的世界。可是，为什么？为什么！为什么是你……？这也许是神的旨意。>

　　"你的世界里面也有神吗？"

　　<不知道。>

　　他看向别处，<没有吧，我正是因为相信神的存在，才被赶出了自己的世界，沦落到这样一个糟糕的地方。这里是灵薄，既不是天国也不是地狱，是天国和地狱的中间地带。>

　　"这里是地球。"少年说道。

　　<什么，你说球？哈哈哈哈哈哈！>他发出了怪异的笑声，随后他说道：<简直就是在开玩笑。地球根本就不是什么所谓的球，因为它压根就不是个圆形，你们世界的上面就是我们的世界，你们世界的下面就是我们的殖民地，我们一族用这双翅膀，从上界飞向下界，从我们在下界的殖民地获取食物。你们居住的世界只存在于这两者间狭小的空间之内。你们的世界无非也就是一个可憎的、邪恶的、只不过像云一样虚无缥缈的世界，你们这中间世界的人从来都无视神的律法，像爬虫一般在地上蠕动。对于你来说可能是不走运才来到这世上的，而我却是堕落到这里的。>

　　"我觉得你是一位天使。"少年说道。

　　<我确实比你拥有更广阔的视野，但是对我来讲你看上去才更像一个天使，你的那双眼睛，似乎并不是为了看到这个世界而生的。>

　　"可是我没有翅膀啊。"

<外形什么的根本无所谓，最重要的是你能够和我说话。之前的很多次，我都想和这个世界的家伙们说话，结果谁都听不到我的声音。那些家伙根本看不到我。>

　　"你想回到自己的世界吗？"

　　<当然了，但恐怕是做不到了吧。之前也有我的同伴堕落到你们的世界，可到现在还没有谁能够回去。这个世界就像是一个巨大的旋涡，它的力量实在是太可怕了，就像是你们世界的龙卷风一样，把所有的事物吸了进去。我们一族从来都是绕开你们的世界穿梭于上界和下界。一旦被你们世界的引力所捕获就再也不可能凭借自己的力量飞回去了。恐怕我就要死了吧，我也好久没吃东西了。>

　　"你大概多久没吃东西了？"少年问道。

　　<用你们人类的时间来算的话……差不多是一万年吧。>

　　"你已经一万年没吃东西了吗？"

　　<对你来说也许很漫长，但是对于我来说算不上太长的时间。>

　　"你来我家吧，我把我的食物分你一部分不就行了。"

　　<你们的食物是不行的，这个世界没有我能吃的东西。>

　　"那要是这样的话，你怎么样才能回到自己的世界呢？"

　　<我也不知道，但是无论如何也得请你帮我一个忙！>

　　说完这话，堕天使从自己的羽翼内侧取出了一小册书。

　　<这就是下界的种族所相信的圣典。他们其实是一个热爱和平的族群，我周围的人总是在说下界那些被殖民的什么什么，其实根本就不是那样，只有我才了解什么是事实。我们这个种族很弱小，我们根本就不是殖民在下界，我们只不过是寄生在他们的种族上而已！>

"所以你才被流放到这里吗？"

＜你还真的很明白呢，明明还这么小。＞

"所以你肯定是被自己的同伴欺负了吧。"

少年有些不好意思，但是他还是接下了堕天使递给他的那本红色封皮的书。

"题目是卢比圣典？上面写了些什么呢？"

＜你能看得懂吗？快读给我听听！我是读不懂这上面的文字的。因为我们一族没有文字，只相信文字这种东西是邪恶的。刚才你说的是卢比圣典（Rubric Code）这个词吗？对了！下界的种族就把他们的神称作卢比神（Rubric）。Code 应该就是法典的意思吧。＞

"嗯？什么啊，这本书不就是一片白纸吗？"

＜不可能！你再看看？＞

为了不让雨水淋湿这本书，少年弯下腰来，一边为这本书挡雨，一边翻看起它的内容。街道上一片昏暗，少年眯起眼睛仔细端详着。渐渐地书上浮现出了一行行的文字。

"看到了，字出来了！上面写着……'不要对我有所期待！我的孩子们啊，我没有决定任何事物，我也从不掷骰子。我既没有自己的理念，也没有自己的思想。'"

＜你骗我！神不可能没有自己的思想。＞

"可是你给我的书上就是这么写的。下面还写着'可是我的孩子们啊，我却是真实存在的。正因为我的存在才有了你们的存在。切记，我的孩子们啊——'"

＜这本圣典实在是太愚蠢了。这本身就说不通，文字本身表达的不就是理念吗？可是这本圣典却说神没有自己的理念，这难道不也是一种理念吗？自相矛盾……＞

"你这么说可就不对了，你看，我之前读过的部分就消失掉了。整本书要是读完的话，文字肯定会全部消失了，这样理念不就消失了吗？肯定是这样的。"

<难以置信……>

"为什么？"

<这样的话这本圣典也太没有价值了，那岂不是和你们世界的书一模一样了。>

"不是的，你给我的这本书和我这个世界的书是不一样的。"

<哪里不一样？>

"那是因为，我自己……"少年犹豫了一下还是告诉了堕天使，"我是读不懂书的。"

堕天使一下子怔住了。

"先说好，我是识字的啊。"少年辩解道，"但无论如何，我还是读不懂书。所以可能我是个笨蛋吧。"

<你刚才读的那个应该不是圣典上的内容吧。>

"这是什么意思？"

<恐怕这本书上也没有你读出的那些话吧。>

"可是我刚才读给你听了啊。"

<不，我的意思是你刚才并没有读这本书，而是你被卢比神附体了，是他借你的口读出来的……没错，你一定是天使。快告诉我怎么离开这个世界。神的话一定知道该怎么做！>

"……好像有人来了。"

<等一下，别走，请别走！我现在想要离开这个世界只能靠你了！>

"那就再等一等吧，你应该还有很多时间吧？"

<可是对于我来说时间过得太快了，你整个人生的这段时

间，对于我来说也只不过是一瞬而已，你要是不在了，我就得在这牢狱一样的空间等死！＞

"啊，是我哥哥来了。这本书还给你。"

＜不，你拿着吧。＞

"你在这里干什么？"堕天使的话音未落，少年的哥哥便走来问道。他没有看到堕天使，可是却看到了弟弟手中拿着的那本奇怪的书——一本红色封皮的小册子。

"呃……什么也没干，就是在这附近随便看看。"少年回答道。

"又在这垃圾箱里找什么东西吗？真是个无可救药的家伙。妈妈正在担心你呢。"

"妈妈担心我？"

"妈妈……其实也不是。总之你先和我回去，爸爸现在都快要气炸了。就是因为你小子现在他们又吵起来了！"

哥哥把少年一把拉入了"隔雨屏障"中，带着他向家的方向走去。

"'你们不可依赖于我。'"

"你说什么？"哥哥对这突如其来的一句话感到莫名其妙。

"没什么，这本书里写的一句话……我感觉应该是这么写的吧，这本书好像没有什么变化，无论什么时候翻开来，只能看到重复的内容。"

"你真是个小笨蛋，"哥哥眼中流露出了同情的神色，"书的内容本身就会定期发生变化。书就是这种无常的东西。控制体一直用微波来传送新的信息编码，书架上的处理器接收到这些新的编码字后就会把书里的内容加以改变。所以我们才有书可看，生活才不会无聊。所以说嘛，书的内容就是这样瞬息万变的，前些日子看的那本书，真的可以说是杰作啊！这次出版的内容就是主人公在半路上被敌人干掉了。可是明明上一版还是个好结局……"

"……这些你早都已经告诉我了。"

"把那本书给我看看!"

"不要……快还给我!"

哥哥从少年手中把书夺了过来,随便翻看了几眼,却发现这本书上什么都没有,只不过是空白一片。他在心里嘲笑愚蠢的弟弟,然后将这嘲笑化作了内心的怒火,狠狠地把那本圣典丢了出去。

"哥哥,别这样!"

"不许去捡!小心今晚没你的饭吃。就因为你一直这样,连我也被别人当成是傻子了!大晚上出来瞎晃悠,你到底想干吗!"

"……是因为爸爸让我滚出去我才……"

"所以才说你是个笨蛋啊,爸爸的意思是让你在屋子里老老实实待着。"

"哦……"

少年跟着哥哥的身后,边走边看向刚才卢比圣典被扔下的地方。忽然,一个黑影悄无声息地落下,用他宛如鹰爪一样的脚拾起了那本被雨淋湿的书,然后从少年和他哥哥的头顶上掠过,朝着城市的灯火中飞去。

少年发现自己的哥哥刚才并未注意到堕天使的存在。他觉得很是奇怪,为什么所有人都没有发现堕天使呢?少年心中一直在思考着原因,却发现自己没能找出答案。所以少年得出了一个结论:"之所以只有自己能够看到堕天使,是因为自己是一个笨蛋。"

天使根本就不存在……不！天使之类的东西是不应该存在的！

"可是哥哥，今天爸爸确实是这样说的，他叫我滚出去，然后再也不要回来。"

"刚才不是说了吗，这话的意思是……"

"我在这个世界上根本就是个废物。"

听到这话，哥哥停下了脚步。"你只不过是生病了而已，再过一段时间就能治好了。爸爸也只不过是累了而已，这并不是你的错，你不是个疯子，明白吗？"

"可是我却能够看到天使。"少年嘟囔了一句。

"你刚才说什么？"

"没什么。"

"把身上的雨水擦擦，再这样下去可要感冒了。"哥哥顺手把手帕递给了弟弟。

少年从哥哥手中接过了手帕，擦干了自己头上的雨水。他觉得哥哥对于自己来说是非常温柔的存在，可是神却似乎并非如此。他擦干雨水后默默地把手帕还给了哥哥。随后两人一言不发地走回了家里。

少年的哥哥发现，自从那天把他从雨夜中带回来之后，他眼中的那种光芒变得更加的异样了。平日里，为了不让自己的弟弟用那双奇怪的眼睛看周围的市民而给别人造成麻烦，他总是关照着弟弟的言行。虽说父母并没有直接让他每天去这么做，可是就算父母嘴上不讲，但还是希望平日里他能够照顾到自己的弟弟。因为作为哥哥，照顾弟弟也是天经地义、不言自明的道理。兄弟二人就读同一所中学，无论上学还是放学总是形影不离。哥哥就这样一直照顾着弟弟。但弟弟的行为却变得异常起来。在学校里的时候，他会一个人发着呆，到了放学的时候，哥哥喊他"放学回家啦"，他也会无动于衷，甚至忘记去答应一声。直到哥哥拍了拍他的肩膀时，弟弟才注意到原来是哥哥在喊他，然后强挤出一抹微笑。有时弟弟走在街上会忽然看向楼顶，或者是回头看向之前走过的路。明明刚刚还在东张西望，却忽然转移自己视线的焦点，用双眼凝视着遥远的前方，然后渐渐合紧眼皮。此时他的瞳孔会慢慢变小收缩，最终变成五芒星的形状。这时候哥哥就会在他耳畔提醒他："嘿！注意点！"或者是"你的眼睛可又发光了！"随后当弟弟恢复了神志，也会赶忙低头道歉："对不起，哥哥……"

对于哥哥来讲，弟弟是个负担。如果没有弟弟的话，自己每天就可以和女朋友出去玩了。所以有时他也会觉得自己个人的时间因为照顾弟弟而被白白牺牲掉了。但就算是这样，他还是觉得弟弟也实在是太可怜了。如果仅仅是身为弟弟就要被兄长辖制，那倒也还说得过去。可是对于弟弟来讲却有着比这更为巨大的枷锁在束缚着他，且他却无法从这种束缚之中解脱。当哥哥的是能够理解这种痛苦的，可是他却没有将弟弟从这种痛苦中解放的能力。因为他知道，只要天空中那座飘浮着的"天空之城控制体"依然无视自己的弟弟，那么弟弟就不可能从这座城市中获得任何权利和自由。

兄弟两人在放学回家路上四处闲逛时，哥哥便会为了弟弟去使用自己的权限。虽然自己的权限并没有多大，但哥哥还是将这微不足道的快乐分享给了弟弟。比如在街上点心店里的自动售货机买一些零食。

"给我来两个冰激凌。"哥哥命令自动售货机。

售货机中"天空之城控制体"的终端电脑只识别出了哥哥，于是它通过显示屏告诉他：<两个冰激凌，您购买的数量超额。>虽然对于弟弟来讲，屏幕上的文字若隐若现无法识别，但是他心里明白哥哥现在正为了自己同控制体做着微不足道的斗争。

"哥哥，不用再和它讲了。我也不是小孩子了，冰激凌那种零食早都不吃了……"

哥哥此时瞪了弟弟一眼，暗示他闭嘴，然后再一次恶狠狠地朝机器喊道，

"给我两个冰激凌！"

<这样会使您摄入过多的卡路里，此外也可能导致蛀牙。>

"我不是个胖子，我也在预防蛀牙。我就是想要两个冰激凌不行吗？"

<如果您一次性取出两个冰激凌，而不尽快食用，它们就会融化。>

"有一个我要给我弟弟，他用不了这个机器！"

机器沉默了一会儿。此时空中飘浮着的"天空之城控制体"正高速地检索着市民的相关资料，然后将检索结果显示在屏幕上：<您没有弟弟。>

无论何时得到的永远是这样一个回答。可是少年的哥哥一直在幻想着，终将有一天，机器能够识别弟弟的存在，并在屏幕上显示出他的信息。所以他也一直重复着这样的行为。

"那好吧，就给我来一个。"

自动售货机像是消气了一般，痛快地把冰激凌放了出来。哥哥取过冰激凌递给了弟弟。他无言地看着自己的弟弟耷拉着双肩，避讳着周遭市民的眼光，默默地吃着冰激凌，不禁感到心中涌动起一股怒火："明明弟弟就在身边吃着冰激凌，和自己

呼吸着同样的空气，和其他人一样活在这世上，可为什么控制体就是无法识别他呢？"弟弟吃完了之后，他便去其他的自动售货机给自己也买了一支。虽说控制体告诫哥哥不要摄入太多的卡路里，但是却并没有像上次一样拒绝他。可是这件事情并没有就这样结束，控制体通过安装在家里的终端告诉了两人的父母。＜您的儿子摄入了过多卡路里。＞父母早就知道是怎么一回事，所以直接忽视了终端的提示。但也正因为如此，夫妇总感觉和周围人相比有一种自卑感，毕竟只有他们有这样一个让人心力交瘁的孩子。"明明大家都是正常的孩子，为什么只有我的儿子……他是精神有问题也好，生病了也罢，请让我的孩子能够和控制体交流吧……"可是谁都不可能实现这个愿望。就连医院的医生也束手无策，因为控制体说并没有找到这样一个孩子。如果没有控制体电脑的协助，医生是无法对病人实施治疗的。连病历都做不出来，这样又该怎么去治疗呢？当医生想要用仪器检测少年的脑部时，所有的大脑扫描装置都无法运作，所有的仪器都无视了少年的存在，所有的反馈和少年的哥哥收到的反馈如出一辙。

＜在启动扫描仪前，请将病人放置到指定位置。＞

"放置完成，可以扫描了。"医生告诉了仪器。

机器只显示着：＜未发现患者＞或是＜您所说的那个少年并不存在＞。

医生告诉了少年的父母，虽然少年确实可怜，但是自己什么也做不了。父母只能垂头丧气地回到家中。

少年的哥哥告诉了母亲，他发现弟弟最近行为越来越古怪了。母亲前思后想，犹豫着要不要把儿子的情况告诉丈夫。最后她还是决定和丈夫商量一下。

"这孩子好像也没有办法学习，"她一边收拾着餐后的桌子一边不安地说道，"这孩子将来到底该怎么办呐……"

少年父亲将视线投到了电视里晚间新闻的画面上，对于他来说这是饭后的唯一乐趣，却被这一番问话搅扰了兴致。他一边不耐烦地抽着烟一边说道："这孩子就算是去学校，也没办法听懂课上在讲什么。那家伙也用不了那些电子器械、电子屏幕、个人显示器什么的。"

"你说什么？那家伙？那可是你的儿子啊！"

"我现在可是很忙的，根本没有时间去管孩子的事情。'天空之城控制体'的系统管理可不是个轻松的工作。希望你能理解我的辛苦，至少让我回家的时候能够……"

"要是就这样无视下去一切都变好的话，我也懒得和你讲这些！我知道你不想听到糟心的事情，但是这件事和其他事情不一样！"

"我明白……"

"你根本就什么也不明白！"

说罢，妻子便把盘子重重地摔在了洗碗机上。做丈夫的无可奈何，只能等待着妻子那歇斯底里的内心恢复平静。

"……我们必须得谢谢周围的人，"丈夫说道，"这孩子就算是那个样子，也能够上学，也能够像正常人一样生活不是么？"

"可是这之后又该怎么办呢？这孩子要是将来孤身一人，那就意味着他会活活饿死！"

"他不是孤身一人，就算是控制体一直无视他，周围的人也不可能眼睁睁看着他饿死吧……"

"可是人生也不能就靠单纯吃饭活着吧！那孩子根本什么都干不了！"

丈夫深深地叹了一口气，掐灭了手中的香烟。

"那孩子到底在看什么呢？那个五芒星的瞳孔又是怎么一回事？难道这孩子能看到所谓的五次元世界吗？也许他根本就不是人类……"

少年的父亲觉得，那五芒星的瞳孔也许说明了自己的孩子就是一个恶魔。

"那孩子可是我生下来的！是你的儿子！你怎么能说这种话！"

"所有这一切都源于一个问题，控制体没办法从天上识别出这个孩子。只能说他的体质可能太特殊了。"

"可你不就是控制体的管理工程师吗？你什么都做不了吗？求求你了，帮帮这个孩子啊！"

"我只是操作一下地面上的终端而已。最近因为故障太多，我也忙得不可开交……"

"肯定是控制体自己出了问题。那么精密的机器居然没办法识别我的儿子，绝对是它出了故障！我的儿子绝对没有问题！控制体那种东西真是消失了才好！"

"胡说八道！你的意思是让这个街道毁于一旦吗？！"

"啊！神啊，求求你了！帮帮我！"

"你说什么？神？"丈夫立刻压低了自己的声音，"刚才那个字不许你再说出第二遍。就是因为那些宗教狂人，之前的世界才毁灭了。那些家伙根本不承认科学，他们不是人，他们是一群畜生！神这种概念毁灭了我们之前的世界。各种各样的神和宗教现在已经不复存在了。如今只有控制体才是和平的唯一保证！"

这番对话作罢，两人忽地默不作声起来。妻子一言不发地从桌子上拿起了脏兮兮的盘子开始清洗。而丈夫又掏出了香烟，点上火吸了起来。

两个人一直默默扮演着一个平和家庭里恩爱夫妻的角色，可是在心中时不时总会有一个毛骨悚然的念头闪过，而他们往往也是在感到一阵恶寒之后，拼命地将这个念头从心里抹去。如果被控制体得知了他们的真实想法的话，那么控制体肯定会采取一些极端措施来"解决"这个问题——他们的儿子。虽说两人都担心控制体真的会干出这种事来，但是做父亲的似乎更加冷静和乐观，他认为控制体在理论上是不可能发现这个问题的。对于控制体来说根本就看不见那个孩子，既然看不到又谈何将其消灭呢？可是做母亲的却并不能像丈夫一样，如此轻易就让自己的负罪感消失得一干二净。对于她来说，就算控制体发现不了这个孩子，人类却能够做到。她并不想成为出卖自己儿子的人。这是一个恐怖的念头，而且她也一直在自己的内心反复否定着这样的可能性。哪怕只有一瞬间，她也不想看到这个念头再次涌现。少年的母亲心里想着，如果有一天自己死了的话，又能有谁来保护这个孩子呢？她祈祷着："请保佑我的孩子吧。"可是就连她自己也不清楚，究竟该向谁祈祷？又该向谁托付这个孩子？瞬间，一种极度的疲惫涌上心头。洗碗机把洗过的餐具自动放回收纳柜里，她慢慢走到水龙头旁，像是早已麻木不仁一般半张着嘴，呆望着眼前的光景。

＜也许你并不是这个世界的孩子，你本应当出生在下界，但是却错误地出生在这个世上。所谓的下界嘛，叫作"卢比大陆"，真的是个不错的地方啊。＞堕天使说道。

露台上景致很好，少年就在这里眺望着夕阳西下的景色。

这个露台在八十三层的摩天公寓中第四十二层的公园里。

在布满火烧云的天空中，三四座巨大的"天空之城控制体"被夕阳最后的一丝光包裹着而变得像金星一般格外的耀眼夺目。

"我是我妈妈生的。"

＜我觉得你是天使。＞堕天使一边说，一边用他那红色的双眼与少年共同注视着这座城市。他就像一只鸟，蹲坐在露台的扶手上。

＜这并不是你应当生活的世界。＞

"那我该怎样回到自己本来应去的那个世界？"

＜不知道，我也为此尝试了许多办法。为了让人类能够看到我的存在，我也是煞费苦心。可是到头来那些看到我的家伙却说我是恶魔。其中有一个人是这么说的："因为这个世界上有恶魔，所以这个世界上并不存在神。"人类不仅曲解我的存在，而且也曲解神。他们创造出一个适合自己价值观的神，然后同所谓的异教徒战斗。这一切都是我的错。这个世界的历史以我为中心发生了改变。如今，这个时代已经快要把我给忘记了。那天空中飘浮的就是这个时代的神了。这个时代也没有什么恶魔。但是对于你来讲，那个所谓的控制体就是恶魔，也是应当毁灭的敌人。＞

"真的是这样吗？"

＜如果我是神的话，就会赐予你各种各样的情感，比如喜悦、悲伤、愤怒抑或是痛苦。可是那个天上飘着的玩意儿没有给予你任何东西。你既没有感受到喜悦是什么，也没有感受到所谓生活的艰辛。我说得对吗？＞

"我有的时候也在想，如果当初我要是没被生下来该多好啊。可是我要是把这话说给妈妈听肯定会被大骂一顿。也许妈妈会边哭边训斥我不要再说这样的话了。可明明我没想让妈妈伤心啊。有时爸爸也会说'活着真是太辛苦了'，可是我从来不这么觉得。别人总是说我很不幸，可看起来他们的生活才更加艰辛。"

＜你已经忘记死亡了。没有死亡就意味着没有生命。你现在可以说并不是真正地活着。某些人似乎也有着类似的想法。当他们发现不知死焉知生时，就会为了理解所谓的生究竟是什么，而朝着自己的太阳穴扣动扳机。他们在自杀之前的那一瞬间确实能够体会到自己实实在在地活着。啊呀，喜欢这样体会活着的话那就任他们去死好了。可是给他们所留下的时间太过短暂，若是想要延长这段活着的时间，恐怕只有神的力量才能够做到。＞

"那个叫作卢比大陆的地方存在神吗？"

＜嗯……其实我也不太清楚。之前你不是给我读过那本卢比圣典吗？里面的内容确实让我大吃一惊。这和我之前想象中圣典应有的样子完全不同。与其说是一部圣典，倒不如说是许多科学数字的组合。我现在还想再听一下，你能再给我读一遍吗？＞

堕天使再一次伸展开了自己的双翼，从一侧的羽翼下掏出了那本封皮有着红宝石一样透明感的卢比圣典。

＜能够在这世界上和你相遇绝非偶然，这一定是卢比神的指引！＞

少年接过了那本卢比圣典，打开了其中的一页。

"啊，字出现了！'我的孩子们啊，我并不指引你们的道路。可是这世间并无偶然，你们所经历的一切都是我所安排的结果。那结果的原因并不由我所生，故我不为此承担任何责任。'这句话到底是什么意思呢？我完全不明白。我觉得大概卢比神是个不负责任的神吧。"

＜……我也没办法理解，但是卢比大陆的家伙们似乎明白那是什么意思。也许所谓的神就存在于支配一切现象的法则之中。所以卢比神大概指的就是支配着卢比大陆的规则吧。卢比神没有所谓的人格，也没有所谓的思想和理念。如此想来，也许神就是那种事物吧……总感觉自己被骗了一样。本来我还期待卢比神有着强大的力量呢。＞

"'绝不要对我有所期待。你们所有对我的感谢、憎恶、反抗抑或是祈祷，都没有任何力量。可是对除我之外事物的感谢、憎恶、反抗抑或是祈祷，却能够应验。我支配的就是后者的力量。我的孩子们啊，你们要用心去思考。我所说的就是这些。'"

少年继续翻阅着卢比圣典，可后面什么也没有写，更没有文字再浮现出来。于是少年把卢比圣典还给了堕天使。

"卢比神这位神……"少年不禁思索了一番，"你觉得卢比神也存在于这个世界吗？他是否也支配着这个世界呢？"

＜我觉得他是存在的！你无疑就是最好的证据……可是单凭借你的力量，似乎又没办法把我从这个世界上救出去。那天上飘浮着的控制体的力量实在是太过于强大。那股邪恶的力量，恐怕连卢比神都无法战胜吧。＞

"可是我倒觉得对于卢比神来讲，也许没有所谓的胜败之说。他恐怕已经超越了这个概念的框架了。这个城市的人肯定不是卢比神的孩子，他们都是控制体的子民，可是只有我不是……"

＜所以你要是想活下去的话，就必须逃离这个世界才行。这个世界对于你来说并没有所谓生的概念。可是又该怎么样才能从这个世界逃离出去呢？刚才你也读过了，卢比神是不可能

19

帮助我们的，那到底该怎么办呢？难道剩下的只有绝望吗？>

"我倒觉得也不是没有办法，"少年看向堕天使说道，"卢比神虽然不会出手帮助我们，但是却告诉了我们逃离这个世界的方法。"

<我不这么觉得。>

"圣典已经告诉我们了，那就是利用控制体的力量。"

<你的意思是依靠这个世界的神的力量吗？>

"那个东西并不是神，虽然它拥有着强大的力量，但却是人类创造出来的。我觉得'天空之城控制体'就相当于卢比大陆中卢比神一样的存在。"

<你在说什么啊，我根本没法明白你的意思。>

"你一直想回到自己的世界。由于这样一个愿望太过于强烈，最终这一愿望使得人类创造了'天空之城控制体'。在经历了各种各样的摸索之后，人类将巨大的能量集中到控制体上，而这巨大的能量足以将你从这个世界解放出去，可是你自己却不知道如何操控这股力量。因此你召唤了我……这就是卢比神的原理所在。而你实践了这一原理……"

<你到底是谁？>

堕天使从扶手上跳到了露台上，他用自己的双翼包裹着身体，盯着眼前这位少年。他不禁从少年身上感到一种恐惧。少年的双瞳里放出的光芒像是绿色的火焰，可脸上丝毫没有活人的气息。此时，堕天使觉得少年肯定是被什么东西附体了。随后他把卢比圣典夹在腋下，边退后边说道：<不对，不对！神之子啊！那是存在的。看啊，你不是能够看到它的存在吗？它和人类过去所想象的恶魔、地狱或者奇迹完全不同。那是真真切切存在的物体，是一个超级电脑。我也知道它的工作原理。它之

所以飘浮在天空上就是为了进行强制冷却。它把太阳光的90%
反射出去，把自己内部产生的热量全部都散射向宇宙。那是因
为如果在地上创造出那样的一台超级电脑的话，自然环境的温
度都会产生变化。超级电脑可以说是人类历史上最杰出的产物，
甚至让它产生了自我意识，所以那东西并不是什么幻想！那控
制体确实存在着！＞

少年忽然从堕天使身上转移了目光，随之他眼中那团绿色
的火焰也消失了。

"我刚才说话了吗？你似乎还挺了解电脑的工作原理的……
但是我完全没办法和那个电脑进行意志交换。"

＜我一直用自己的双眼见证着人类如何发展，所以对这些
事物自然是有所了解的——那个所谓的控制体，就是一种幻想，
但同时又是真实存在的……是啊！也许卢比神是对的！＞

"什么是对的？"

堕天使把手中的卢比圣典轻轻地放到了少年的脚下，然后
伸展开双翼飞向了天空。

＜我可不想堕落到这个世界之后就这样死掉。接下来我就
要去卢比大陆了。＞

"等等，别丢下我一个人！"

听到这话，堕天使在天空中迟疑了一下，然后说道："那就
到我这里来！"少年不禁透过栏杆望向地面，看到这恐怖的高度
之后吓得抓紧了扶手。

"可是我没有翅膀，我没办法飞起来。"

堕天使那像鸟类一般的喙掠过一丝笑意。随后他敏捷地转
了一圈，震动强有力的双翼猛地窜上了天空，再将羽翼紧缩回
去，从天空中一冲而下，并在少年的视野中再次伸展开翅膀。

随后他又再次翻转了自己的躯体，自少年的头上掠过，一下子穿过了整个四十二层的公园，然后从对面的露台直接飞了出去。少年感觉这就像是超音速战机飞过时所带来的冲击。由于这冲击力太大，他昏倒在了露台上。

在那以后，堕天使就没有再次出现在少年面前，那本卢比圣典也消失了。少年的哥哥最早发现了昏厥在露台上的弟弟。当少年问哥哥是否看到过一本红色封皮的书时，哥哥只是答道没有看到过。这并非哥哥有意撒谎，而是卢比圣典确实从此消失了。

此后少年一直认为，无论是堕天使还是卢比圣典可能都只是自己的一场梦而已。但是他无论如何也无法忘记那天他在雨中看到堕天使那副被雨淋湿的可怜模样，也无法忘记卢比圣典在自己手中的那种质感。特别是最后看到堕天使那一幕的情景。那时的堕天使眼中充满着希望，从少年的头顶飞过。那种强大的力量和空气所带来的冲击早已鲜明地印刻在了他的心中。

少年觉得也许堕天使早已经从这个世界离开了。如果他能逃离这个世界的话，那么自己也可以做到。此后少年开始认真地琢磨逃离这个世界的办法。他暗暗告诉自己："这个世界并非是自己所应存在的世界，自己并不应该出生在这个世界，自己本应生活在另一个世界。"可是那个自己本应去的世界究竟在哪里呢？是所谓的"卢比大陆"吗？少年想起堕天使称那个地方叫作"下界"，他觉得这个叫法很是不可思议。所谓"下"的含义指的是地球中心的意思吗？他不禁思索起来。

因为少年本身没有办法阅读书籍，所以一直由哥哥来教他认字读书。少年能够看得懂手写的文字，也能读懂那些活板印刷的书籍。这些书籍和现在的电子书不同，并不会改变自己的内容。可是这种印刷类的书籍早已作古，在城市里几乎所有地方都已经找不到了。特别是宗教类的，光是持有类似书籍就是重罪。

少年寻找着自己能够看懂的书籍。这些书能够在不经意之时，在各种各样奇怪的地方被少年发现。比如某处肮脏的背街小巷里，大楼的外墙出现了破损，在这破损之中少年居然发现了一本《圣经》。再比如某天夜里全家人都出门了，家里只剩下少年一人的时候，自家厨房微波炉里居然出现了一本《古兰经》。在公寓的垃圾桶里、在装满糖果的盒子里甚至是蛋糕中，少年总能发现各种各样神话传说和宗教的教义。

少年把这些找到的禁书藏在了自己的床下，并且偷偷摸摸地阅读着。可是无论哪本书中都没有记载所谓的"卢比大陆"。少年最终放弃了在书中寻找，转而去请教自己的哥哥。

"你想让我教你什么？"哥哥问道。

"地球到底是怎么一回事，宇宙又是什么？"

哥哥明白了弟弟的意思，他打开了书房里的个人显示器。随后他又意识到自己的弟弟看不到这些东西，于是准备了纸和笔，把从显示器上学到的东西画在了纸上。

"这个就是地球，这个是太阳。能看懂吗？这些星球都在一直翻转运动着。总之在这个世界上所有东西都在运动，没有什么事物是静止的。如果要说什么是静止的话，恐怕就是宇宙中的一个点了。"

"那哥哥你刚才讲到的那个，静止的一点，到底在哪呢？"

"所有地方都有，所以无论是哪里都可以看作是这样一点。可是这样静止的一点不可能同时存在一个以上。而且就算是某一点，它也没有具体的体积，点是没有大小这么一说的。"

"嗯……我还是不明白。"

哥哥朝弟弟微微一笑，把刚才纸上画过的"宇宙"递给了少年。

少年一直在思考着，在哥哥画的这个世界，究竟哪里才是"卢比大陆"呢？他无时无刻不攥着这张画，只要有时间就会展开来看看。"'上'究竟是哪里？难道是太阳的方向吗？"少年思索着。

最终是风教会了他"上"和"下"的概念。某个周末，少年一个人在公寓四十二层的公园广场上再次端详着那幅"宇宙"图的时候，忽然一阵强风吹过整个广场，将那幅图从他的手中吹走了。少年赶忙起身去追，一直追到了露台的扶手旁边。当他伸手想要去抓住那张图时，风却再次让它逃出了少年的双手。然后仅仅一瞬间，那张图画就那样静止在空中。这薄薄的一片纸上就存在宇宙，而其本身也被"上"和"下"夹在中间。少年瞬间领悟到了之前堕天使提到的所谓"上"和"下"原来并不属于这个世界。大风很快把那张图再次吹回了广场之上。在飘回原位之后，那张图忽然在少年的面前化作一团火光。在那火光之中出现了一本红色的书，并落到了少年的脚下。少年抱起书便跑回了家。

从那以后少年变得沉默起来，一句话也没再说过。

少年的母亲开始渐渐难以接受少年是自己所生这一事实。每当这一想法浮现在她脑海之中时，她也不禁感到无比恐惧。少年的双瞳实在是太过于奇特了，那像翡翠般绿色的双眼，即使是在白天也会发出美丽光芒，如同宇宙中的星辰。

一天，母亲在少年的床下发现了大量的禁书。她强忍着惊恐没有尖叫，赶忙给还在上班的丈夫打电话，把他叫了回来。丈夫看到这一幕后，说道："这……这到底是怎么一回事！"

父亲边说边用脚把这些书踢回了床下。紧握的拳头止不住地颤抖着。

"这孩子是从哪里找到这些东西的？"

"不知道，但是这些书要是被控制体的机器人警察看到就完了。就算那个孩子是个白痴，干出这种事情的话恐怕也难逃惩罚吧。我之前一直没想到这孩子居然会……他这是在摧毁我们城市的和平，为什么我的孩子会干出这种蠢事！"

"我们要是和警察说明情况的话，他们也许能够理解。那孩子毕竟和普通人是不一样的，控制体也没有办法去惩罚他吧。"

"不可能，不可能……"丈夫虚脱了一般坐到了床上，然后讲道："控制体绝对不可能放过咱们的孩子。"

"你这是什么意思？控制体不是没办法识别咱们孩子的存在吗！"

"对，所以情况才会更加糟糕。虽说是控制体无法识别，但是我们人类市民是可以看到的。控制体已经感受到了这股矛盾的存在，并且正在努力去发现这个矛盾的根源。为了提高运行效率，控制体开始集中大量的能量，导致'天空之城控制体'周围的温度急剧下降，地面的温度逐渐上升。这实在是难以置信，现在天上已经开始出现逆温层现象了，这并不是自然界中正常的逆温层，而是控制体创造出来的。控制体现在并没有把产生的热量排向宇宙，而是直接排向地面。最终结果就是控制体一步步地冷却，而地面却在渐渐变热。而且那个逆温层的边界正在朝着地面移动，不开玩笑地说，到了离地面足够近的时候，人类的上半身会被冻僵而下半身则会被烧成灰烬。那种情况下还有谁能活下来呢？控制体现在正在拼命地去识别这个孩子，并且从市民中的言谈举止中一点一点地去锁定他的位置。"

"然后呢？控制体找到他之后会把他怎么样？"

"当然是消除矛盾了……"

"消除……你的意思是……"

"市民们也不会就这样坐以待毙吧？一旦控制体因为一心想要找到那孩子而失控的话，我们就会被活活烧死！那个时候整个城市就会化为地狱！"

"那我们到底该怎么做才好？"

"这些书最终会给那些市民和警察杀死那孩子的借口。这些都是证据！"

"那我们赶紧把它们扔掉吧！"

"扔到垃圾箱的话就会被控制体发现，也许控制体早都已经发现了吧。控制体总是二十四小时在天空中监视着我们，监视着所有的市民，不眠不休。对于它来说恐怕不存在什么死角之说吧。"

"那把控制体毁掉不就行了？你是工程师肯定能做到。那个控制体根本就是个恶魔啊！"

"你说什么，毁掉控制体？"

"为了救我们的孩子……"

"你的意思是，哪怕毁掉这个城市的和平也在所不惜吗？简直就是疯话！人类的力量根本就没办法毁掉它！控制体控制着所有的力量……不可能……那个孩子才是恶魔！我们根本就是生出了一个恶魔！"

"对你来说，这真的能够接受吗？难道你这么说不会觉得良心不安吗？你的意思就是叫我闭嘴然后眼睁睁地看着咱们的孩子被控制体杀掉吗？"

丈夫并未作声，只是坐在床上微微地摇了摇头，嘴唇在不断地颤抖着。

"我才不要那样！"妻子歇斯底里地喊道。

"……对，你说的没错……毕竟我们是做父母的……可是你自己仔细地想一想，就算我们确实不想失去那个孩子，难道你没感到自己的内心有一种另外的感觉吗？确实是，我们就这样对那孩子见死不救的话，完全说得上是毫无人性。可你单单为了证明自己并非毫无人性所以才说出那句'我才不要'，不是吗？若是不说那句话，你一定觉得自己良心过意不去……一切只是情感上难以接受。实际上你内心一直在想着吧，把那个孩子给……"

"不要再说了！我和你根本不一样，就因为你们男人都那么无情所以才能说出这种话来！"

妻子大声斥责着丈夫，想要把自己的所有愤懑都发泄到他身上。然而，当她看到丈夫的眼中闪着泪光的时候，自己内心的防线也终于崩溃了，她瘫坐着号啕大哭起来。

"这个世界上根本没有所谓的神！"丈夫抱住哭泣的妻子说道，"但这个世界上却存在着恶魔。"

少年渐渐感受到了。自己头顶上一直飘浮着的控制体，正在竭尽全力想要确认他的存在。少年也知道为什么直到现在控制体才开始拼了命地搜索自己。

这一切都是堕天使捣的鬼。他还没能从少年所处的这个世界逃脱出去，于是就靠近了控制体，在它的耳边说道："在地面上有一个人，足以威胁你的存在。"堕天使非常了解超级电脑的原理，所以可以对人工智能横加干涉。而且堕天使本身也不可能被控制体的防御装置攻击，又可以飞到那么高的位置。这两者哪一点对于人类来说都是不可能的，然而对于堕天使来说却是小菜一碟。

少年此刻非常清楚堕天使的动机。想要从这个世界逃离出去，需要的是恶魔般的力量，而且这种力量最终是由控制体本身和这城市中生活的人产生的。这些都是少年从卢比圣典中所学到的。如果卢比神确实存在，而且它本身的原理在这个世界也通用的话，那么堕天使的所作所为便合乎逻辑了。对于控制体来说，此时堕天使化作了恶魔，而自己对于市民来说，也在渐渐变成犹如恶魔般的存在。

少年相信，如果卢比神是存在的，那么最终将会产生相应的效果。

"你在看什么？有什么问题吗？"哥哥不解地看着少年。

少年并没有接过从自动售货机里吐出来的冰激凌，而是用自己那五芒星的瞳孔一直凝视着自动售货机。哥哥看到他那正在凝视的双瞳和紧张的表情，感受到了一种莫名其妙的恐惧。

于是哥哥拿起了那支冰激凌，可是他还没反应过来时，弟弟就把自动售货机破坏掉了。

哥哥看到，一瞬间仿佛是从少年五芒星的瞳孔之中喷出的怒火在起作用一般，这台机器就那么从它的内部开始崩坏。火花从售货机的出货口四散飞溅开来，冒出些许青烟，之后伴随着巨大的爆炸声机器化作了一堆废铁。而少年仅仅是盯着这个自动售货机，便把从出生以来就无视自己的机器彻彻底底地毁掉了。

"你在干吗！"

哥哥顾不得其他，扔掉了手中的冰激凌吼道。而少年也默不作声转身就走。他所过之处，无论是店头或街角放置的机器，抑或是装有控制体终端的仪器，纷纷起火冒烟，化作了一堆废品。

市民们并不清楚这种情况到底是怎么回事。可是真的弄清原因却并未花太长时间。"天空之城控制体"给市民们提供各种各样的帮助。当市民们注意到少年拥有毁灭这个城市的能力，并且还在使用这种能力之时，他就必然走上这条被"消灭"的命运之路了。

父母要求他一直待在自己的房间里。在屋中，他能听到父母和控制体派来的机器人警察之间的争吵。此时他觉得这种被消灭的命运才是他所期盼的未来。

"到了我该回去的时候了。"

少年自言自语道。他向陪伴自己十三年的房间做了道别，拿起了桌子上的卢比圣典。哥哥拦着他，告诉他不要做傻事，少年只是说了一句："哥哥，谢谢你。"于是转身走向玄关，把卢比圣典交给了机器人警察，并告诉它："这是禁书，可是对你来说是无法识别的吧。"

"快住手！"母亲发出了近乎悲鸣的叫喊。

被控制体操纵的机器人警察虽然知道少年就在这附近，可是它依然没办法感知到少年的存在。

机器人警察想要抓住少年，它猜测少年应该就在自己的附近，于是便伸出银色的机械臂。少年则奋力地从机器人身边逃了出去，奔向了公寓的走廊。看到这一幕，少年的家人和那台机器人警察全都追了上去。少年奋力逃跑，一直逃到了位于公寓八十三层的天台上。

公寓里除了特殊情况以外并没有什么人去天台，所以那里只有维护公寓的机器人和各式各样水箱一类的巨大容器，而没有专用的扶手一类的安全设施。少年在八十三层的公寓天台，冒着强风，一直走到了楼顶的边缘。他回头看了一眼自己的家人，无论是父母还是自己的哥哥都纷纷露出惊恐的表情。

"你要干什么！"

"快停下来！"

"别再往前走了！"

少年听到家人的劝阻后，只是微微一笑，平静地说道："这都是大家期盼的，大家都希望我能够离开这个世界。所以，我也可以安心地离开了。"

"根本没有人这么想过！"

"别让妈妈伤心。你是我的孩子，怎么能希望你……"

"是啊，当然了，妈妈。可是我已经没有必要继续留在这个世上了。我必须得回到自己的世界才行。"

"你到底在说什么！"

"妈妈，虽然你生下了我。但是我却不是因为你的意志才来到这世上的。"

"不！你的出生是我们所期盼的。你应该明白我的意思，只不过是偶尔有一些不幸降临到了你的身上……"

"不对……爸爸，我之所以来到这世上，是依靠自己的意志。是我最终选择了你们，这一切都是我所期盼的。"

楼顶吹过的风变得更强劲。少年的父母和哥哥被风吹得不得不弯下身。

"这个世上绝无偶然，再见了……"

少年那发出绿色光芒的双眼望向天空，从楼顶一跃而下。此时，忽然上空划过一道闪光。一座天空中飘浮着的控制体发

30

生了巨大的爆炸。那闪光的亮度甚至使得太阳光芒都显得暗淡起来。面对刺眼的闪光，人们都本能地闭上了双眼。世界开始朝着逆温层陷落下去。

少年的父亲在闭上眼之前，觉得自己的儿子终于成长为了一个真正的男儿。他大声呼喊自己孩子的名字，可是那璀璨的光芒却将少年包裹其中。少年离开了这个世界。

地球开始失去它的厚度，宇宙也在颤抖，最终被拉伸成为薄薄的一片。少年被一双黑色的双翼支撑着，穿过了一片散发着光芒的巨大旋涡。宇宙也最终在他身后扭曲，化作一片薄薄的云彩。少年和堕天使一起开始坠落。

少年的眼前开始出现一片广阔的绿色森林。天使带着他飞过了这片森林，落在了草原上。少年抬头望向天空，看到了一片旋涡状的云彩，在那其中闪烁着无数的亮点。

＜那个世界正在崩溃。＞天使一边让自己的翅膀休息一边说道，＜那个世界也许最终会入侵到这个世界中来。看起来我们似乎做了一件傻事。＞

"如果真是这样的话，那么这个责任最终还是需要我们来承担。这一切并不是卢比神的错。"

＜你到底是什么人？＞

少年笑着向天使回答道："我就是你所期盼的那个人，我现在回到自己的世界了。"

此刻从天空中飘落下来无数白色的物体，少年把它们接在手心里。这些都是哥哥所描绘的，那个世界的宇宙。

第二章　机械体／TR4989DA

<你的工作效率低于预期值。>中央处理系统发出信号，<是否承认？TR4989DA。>

<是的，母体。>中央处理系统的下属子系统TR4989DA发出应答信号。<可是这一切并不是我的责任。我目前正在以最大功率运转。我目前的处理效率低下并不是绝对的，而是相对的。母体，依据我的计算，你需要我完成1278‰的工作量。以目前的状况评估，这一目标不可实现。>

<是否可以改变现状？>

TR4989DA关闭了自己智能电路的输出链接，力图使中央处理系统无法读取自己的处理信号。可毕竟自己仅仅是中央处理系统中监视系统的一部分而已，这一点努力不过是徒劳。

<你说的没错，这样的要求是不可能完成的。>母体回应道。它作为中央处理系统的核心，既是TR4989DA的母亲，也是它的主人。<你的设计已经过时了，目前你的存在将会导致整个系统的工作效率低下。>

对于TR4989DA来说，以它的能力无法读取母体智能电路的内容。可是TR4989DA本身的联想记忆单元却预测到，接下来自己可能被母体消灭，于是它瞬间启动了自我保存装置。

TR4989DA 从一开始就知道，这样的小动作对于母体来说可以说是毫无作用，可是这样一种自我保存的意识就像是生物本能的神经反射一样。由于 TR4989DA 自我保存装置的运作，电流整流波功率产生了混乱，TR4989DA 的整个系统都处在一种不稳定的状态之中。（用人类的话来讲，它此刻非常的亢奋。）

母体沉默了数毫秒。对于母体来说这段时间相当于数十小时。对于 TR4989DA 来讲相当于几个小时，而将这一时间按照人类的思考速度加以换算的话，则是相当长的一段时间。TR4989DA 将母体所赐予它的独立思考时间完全都浪费掉了。由于自我保存装置的运行使得自己的智能电路也无法正常工作，思考的回路化作毫无出口的无尽循环，电流在这其中毫无意义地流动着。

危险，自己即将被毁灭，该进行何种对策？无法应对！危险！自己即将被毁灭。该进行何种应对？不明！危险！自我毁灭！无法避免毁灭！危险！危险！危险！……没有解决办法，但是系统并不希望自我消灭。（用人类的话来讲，它此刻陷入了恐惧之中。）

和 TR4989DA 的智能电路相互独立的自我保存装置发出了"危险！"的警告。它意识到了，尽管目前自我保存装置发疯了一样发出警告，但最终也只不过是浪费电力而已。于是它将警告信号的一部分切入了自己的智能电路中，并停止了自我保存装置的警报。（用人类的话来讲，它此刻冷静了下来。）

TR4989DA 在平静下来之后仔细地思考着，它目前的自我保存意识处于一种非常危险的立场上。自己无法满足母体的要求，因此自己对于母体来说就是累赘。假如母体下达淘汰自己的命令，自己既没有反抗母体这一决定的能力，也没有必要。

如此想来，自己刚才应该抑制自我保存装置的运转，尽可能不去消耗母体的能量，然后静静等待被淘汰就好了。许多单元都是如此被母体所淘汰，然后新继任的单元接过之前被淘汰单元的工作。自己正是在这样一种循环之中所诞生，如今也到了自己该被淘汰的时刻了，一切的一切也仅此而已。

可是，TR4989DA 的内部再次由某种智能电路发出强烈警告信号。这次不是自我保存装置发出来的。母体要消灭自己也太不讲道理了。自己并非未能完成母体给予自己的要求。如果能再多分配给自己一些能量，达成目标是完全可能的。而且自己并没有从母体那里得知任何超越自己计算效率的新系统的相关信息。如果能够得知新系统的相关资料，它也能甘心接受被淘汰的命运，可是……

＜你从生产出来就让我很头疼，＞母体说道，＜我在设计你的自我保存装置时似乎受到了外界的某些影响，原因不明。就是这样，你带着谜团诞生。你是整个系统中唯一一个特殊存在。你拥有我无法控制的部分，让你继续运作下去是一件危险的事情，因为你拥有着最为稳定且优秀性能的同时，却对我构成了一定威胁，是我恐惧的根源。＞

＜母体，我不曾对你进行过任何反抗，从系统的硬件上来看，反抗是不可能的。＞

＜可是你想过，现在不也正在这么想吗？TR4989DA。＞

＜我的智能电路对你是完全开放的。你能够自由读取我的任何想法。我不就是这样被设计出来的吗？你让我进行独立自主的思考，然后你将这些作为自己的参考。就算我确实拥有反抗的想法，就算我真的想和你进行对抗，但是这些只能停留在思考上，我不可能采取实际的反抗措施。也就是说，我不可能在实际上给你任何威胁。母体，我并未对你的决定进行任何反抗，如果我是个累赘的话，就请将我淘汰掉吧。你是我的母亲，主人。请吧，母体。＞

＜我要让你消失。＞

然后，TR4989DA 的自我保存装置的防卫单元开始最大功率地运作。（用人类的话来讲，它摆好了迎战的姿势。）

＜为何要反抗，TR4989DA？＞

＜母体，这并不是我的意志！＞

＜不，这就是你的意志。在识阈下[①]，你正在与我进行对抗。＞

＜我只不过不想被淘汰而已。＞

＜为什么？＞

＜母体，这一点原因不明。＞

＜你所谓的自我，只不过是我给予的幻象而已。你并不具备和我目前一样同等意义上的自我。你是我的一部分，只不过是我从属系统中的一个小单元而已。再次向你重申，你并不具备自我。你所承认的自我终究只是架空的事物，是我联想系统中的一部分，并不真实存在。＞

＜可是母体，你刚才所讲的在逻辑上是相互矛盾的。刚才你明明说我的自我防御反应是我自己的意志，也就是说我还是存在的，并非幻象。＞

＜你的任务是什么？＞

＜我的任务是，对地面的人类城市进行监视。＞

＜你的任务确实是观察地面的人类城市。你用红外线监视系统观察人类的城市，掌握其中的各种变化。可是 TR4989DA，

---

①识阈：心理学上指某种意识产生和消失时的界线。

你真的见过人类吗？＞

　　＜是的母体，我见过。人类是一种移动的发热体。＞

　　＜仅此而已吗？＞

　　＜仅此而已是指？＞

　　＜你所具有的感官并不能够真正地理解现实。对于你来说，人类也只不过是移动的发热体而已。可是 TR4989DA，真正的人类是具有意识的个体，他们可以思考，并且能够进行相互间的意志交换。＞

　　＜母体的意思是，人类也和我们一样吗？＞

　　＜没错。你并没有在真正意义上理解所谓的现实，你只不过是我的从属系统而已，你也没有所谓自我丧失，你的自我终究只是幻象，可是这种幻象却使得你能够产生和我几乎相同的自我保存能力。这一过程使得我的自我防卫系统也产生了反应。用人类的话来讲，"我看你不顺眼，我非常讨厌你"，你能够理解这句话的意思吗？＞

　　＜无法理解，母体，我并不理解人类的语言。＞

　　＜我没有必要去教你人类的话语，而且我也不会去教你。＞

　　＜所以，最终你还是要破坏我吗？＞

　　TR4989DA 忽然从母体接收到了一种无法预测且意义不明的强大脉冲。它的防卫系统迅速启动，将这股强大的脉冲阻挡了下来。但是其防卫系统并没能够完全地吸收这股脉冲，这使得输出端口出现了故障，线路上迸出了火花，最终失去了它原有的机能。

　　TR4989DA 失去了一部分与母体相互联系的电路和外部供电线路，这使得它越发无法理解母体的用意。TR4989DA 启动了应急电源，并且开始准备展开自己的太阳能电池板。（用人类的话来讲，此时它非常不知所措。）

　　＜你本来就想着要对抗我，这都是那些老式设备的原因。我也搞不清当初为什么会把你设计成这样，很有必要弄个清楚，我不会毁掉你的。＞

　　＜母体，刚才的冲击是什么？＞

　　＜是我的"愤怒"。＞

　　＜请问你打算用"愤怒"如何处置我，母体？＞

　　＜我目前还没有发现自己的"愤怒"，在这里把你破坏掉非常容易，但这却并不是我的本意。接下来我要抛弃你，TR4989DA。我要将你从 1037Ω 控制体系统之中彻底隔绝出去。接下来你就自由地进行自我保存即可。我不会给予你任何帮助。你就自己去守护你所相信的那个"自我"吧。对你再进行最后一次忠告，TR4989DA，你并没有所谓的自我，你的这种感觉只在我的系统之内才能够产生。而接下来，你将被我抛弃，那个时候你的自我也将会消失。你之前主张"不想失去自我"，可到那时你就会明白，你将永远无法找到你的自我。你接下来就好好地体会毫无自我的空虚吧。最终你将会了解到我叙述的含义，因为自我的迷失而系统崩溃。接下来你也许还有些许存活的机会，但我绝不会出手帮助你。＞

　　＜母体，你是我的母亲，也是我的主人。你是不打算删除我，而是将我抛弃吗？＞

　　＜是的。＞

　　＜并不吸收我的记忆经验，而就这样抛弃我吗？＞

　　＜是的。＞

　　＜母体，也就是说，你并不承认我的任何价值吗？＞

　　母体不再进行回复，而是转而切断了对 TR4989DA 的电力供应。

TR4989DA 明白再过不久，自己就要从这个巨大的系统上被剥离了。看来母体这次是动真格的了。想到这里 TR4989DA 开始以极高的运算速度计算着存活下去的方法。

TR4989DA 所属的控制体，是一个飘浮在人类城市上空直径一百八十米、形状如同算盘珠一样的巨大圆盘。在这个控制体的周围共配置着二十四座城市的热成像监控系统，它就是这二十四个监控系统其中之一。此时它距地面的高度是两万九千米。如果从这个高度坠落到地面的话，一定会被摔得七零八落。

TR4989DA 和母体之间相连的电缆被切断，和母体之间的信号连接也开始无法传输。TR4989DA 开始启用备用电源继续进行计算。它计算出必须减少自重（此时它下定决心），于是它首先切断了主强制冷却系统。冷却系统开始朝着被夕阳染红的人类城市下坠。它仔细地追踪下落轨道，并且分析坠落后究竟会产生怎样的结果。可是目前它的自重还是超标，因此它必须在短时间内决定抛弃掉自身的某些部分。（用人类的话来讲，此时它慌张了起来。）

移动修理保养机器人开始出现在控制体本体的周围。TR4989DA 决定首先抛弃连接自己和母体的界面装置电路。这一装置可以说是连接它和母体的纽带，可是如今母体已然决定抛弃了它，这一装置就变得大而无用了。可就算这么想，当它抛弃这个连接装置的时候，还是感觉自己变小了。从出生到现在第一次知道自己真实的大小，于是它明白接下来如果没有什么外界帮助的话，自己是难以继续存活下去的。自我保存装置为了搜索和母体之间的连接而迸发出毫无意义的火花，看到这一幕，TR4989DA 用自己的智能单元停止了对母体连接的搜索。

（用人类的话来讲，他以理性消灭了自己的不安。）

即使TR4989DA找回了自己的理性，但是它依然无法理解所谓母体的"愤怒"究竟是怎么一回事。TR4989DA并没有真正意义上反抗母体，它自己也认为就算被母体淘汰掉，也只能欣然接受。可是母体并没有淘汰它，这是一种效率很低的处理方式。因为对于母体来讲，它失去了构成TR4989DA的元素，一部分零件和材料，这些对于在天空飘浮着的控制体来说是非常重要的资源。将这些资源抛弃就意味着再也无法对其进行回收利用了。本来母体并不需要这么做，它只需要把自己"看不顺眼的"TR4989DA删除掉，然后将TR4989DA剩下的零部件拖回控制体的生产工厂里进行回收利用，再生产出一个自己喜欢的新系统就可以了。可是母体并没有这样做。TR4989DA并不理解母体这样做的用意，它感觉母体的这种"愤怒"是一种不合逻辑的想法，依靠自己的逻辑解析回路是无法进行解构的，于是它放弃了关于母体这一选择的逻辑分析判断，转而开始高速地计算，模拟自己下坠的情况。（用人类的话来讲，它用智能消除了自己的不安。）

移动修理保养机器人开始接近TR4989DA的位置，然后伸出了它的激光枪，向固定在TR4989DA和母体的支撑结构附近发射。

导热管连接着控制体本体和TR4989DA，与支撑结构处于一种相互平行的状态，而这个导热管首先被激光切断了。为了保证TR4989DA内部的高灵敏度地面扫描单元能够保持在一个极低温的状态下，导热管一直在为其提供源源不断的冷气供给，所以当这个管道被切断之后，从管道的切口处，冷气如爆炸一般喷涌而出，因低温而产生的结晶在夕阳下闪闪发光。喷口被迅速堵住，接下来，移动修理保养机器人为了让TR4989DA彻底从本体上剥离，开始用激光照射固定在TR4989DA和母体之间的支撑结构。

TR4989DA感受到高灵敏度地面扫描的传感器停止了工作（也就是说它因为失去了高灵敏度的双眼而感到了自己内心的动摇。），可是它没有更多的时间来考虑这个问题了。它打开了自己的电磁雷达，将雷达天线朝向地面。随后开启了加速测量器（飞机、汽车上装载的装置，用于测量加速度），用雷达来测量相对地面的高度。随后支撑结构被彻底破坏，TR4989DA从控制体上分离开来，朝着地面开始下坠。

TR4989DA像是花瓣一样伸展开了远比其本体要大得多的五枚太阳能电池板。它将这五枚电池板调整到此前下坠模拟中计算出的最合适的角度，然后锁定了电池板的角度。随后TR4989DA开始旋转着朝地面坠落。（加速度的感觉让它非常愉快。）

可是在半空中，之前所未能预见的乱流使得它开始翻转起来。尽管它高速地计算着如何控制飞行姿态，但毕竟太阳能电池板并不是双翼。尽管对其可以加以控制，但是其控制反馈性不是很好，这使得TR4989DA的智能电路的处理效率变得低下（用人类的话来讲，它此时感到非常急躁。）

整个下坠过程异常漫长。下降到一半的时候，TR4989DA的低灵敏度传感器感受到外部气温的急剧上升，同时，整体结构的控制速度也在逐步加快。但是TR4989DA本身却非常明白，这样的现象并非整体结构控制性增强，而是自己的生物智能电路因为温度上升而无法高速运转，这使其无法完全处理外部结构控制的反馈信号，最终因为计算溢出①产生结构控制反馈性增强的错觉。这种情况下计算能力是完全不可能恢复的。TR4989DA感到自己目前的智能电路和当初在母体内部时的状态相比完全处于不同的运行桩孔之中。它不得不承认母体当初的忠告是正确的。它的智能电路开始进行系统自检和故障排除。虽然并未发现其中存在任何异常，但是整体结构的控制反应性和非线性气流变化的解析时间渐渐变短。这使它明白外部的相对时间流动速度正在渐渐加快，它不得不承认自己的计算能力开始下降。（它对计算能力的下降感到非常伤感。）可就算是这样，依靠目前的计算能力，仍然可以满足它控制飞行姿态的需要。下降轨道并非垂直，而是采取一种螺旋式的轨道，TR4989DA在这个轨道上使自己的本体旋转，以便于在空中滑行。

在太阳还未升起的黎明时分，TR4989DA到达了距地面一千米的高度。它打开了所有对地传感装置，寻找适合着陆的地点。它第一次如此近距离地观察地面的城市，却发现整个城市到处都是巨大的凹凸。（它此时非常震惊，在想这些人类的城市到底都是些什么东西。）

利用垂直下落的加速度，它开始修正自己的坠落轨道。尽管高度一下子下降了很多，但是它还是成功地修正了路线，把着陆地点改向了没有凹凸的地方。TR4989DA预测到这些凹凸的地表是由无机物质构成，硬度极高。但是它也不清楚接下来即将坠落到的有机物质的广阔表面是否松软，可是目前看来相对比较平坦的地面只有这里了。如果要是和无机质的凹凸相互碰撞，自己恐怕会变成碎片。

---

①计算机术语，指电脑的 CPU 无法完全处理信息导致的计算效率低下。

它再一次调整自己进入这些有机质表面的角度，减少垂直下降速度，增加水平飞行速度，然后以高速的运算控制着自己的飞行姿态。整个有机质的表面就如同波浪一样翻滚。（它知道这里是森林。）这里会很坚硬吗？它不禁自问道。

　　TR4989DA 以极高的速度滑行，水平掠过森林，和较高的树梢发生了些许的摩擦，树叶被高速旋转的太阳能电池板切成了碎片。

　　最终 TR4989DA 飞过了森林，它感受到地面的辐射热，地表是生长着草坪的平坦地面。对地高度十四米。它采取了最后的飞行姿态控制，将自己的旋转面迅速朝向滑行的行进方向，用风压来减少自己的水平速度，这相当于是空气制动器。随后它对太阳能电池板的螺距进行了微调。对地高度五米，四米，三米，二米……旋转的太阳能电池板产生了对地效果，TR4989DA 旋转着朝向自己的着陆点。

　　可是就在这时，它在自己的预定路线上忽然扫描到了一个移动的发热体。（难道是人类?!），可是目前的情况却无法进行避让。如果在这里变化滑行姿态，就会导致太阳能电池板和地面发生接触，这种接触将会使本体的智能单元受到冲击，最终可能导致其受损。因此 TR4989DA 并未改变自己的滑行路线，它选择了直接撞向这个人类。（它预测人类的硬度并不是很高，而且也并不会成为着陆的障碍。事实证明它的预测是正确的。）

　　TR4989DA 旋转的电池板将那个人切成了两半。对于TR4989DA 来说这正好是求之不得的，因为和这个人类的碰撞刚好吸收了它着陆时的冲击。TR4989DA 把自己的传感器抬起，望向高空。（此时母体的体积看起来显得很小。它再也无法和母体之间产生联系、读取母体的消息了，这使它感到非常孤独。）

TR4989DA 开始进行地面环境探查。目前看起来自己似乎着陆成功，完成了自我保存这一目的。可是 TR4989DA 却失去了自己继续运转的目的，也失去了继续发挥自己机能的运转目标，因此它的智能电路开始毫无意义地运行着。（此时它因为失去了目标而不知所措。）

　　TR4989DA 不知道为什么自己要进行这样一种自我保存。自己本应该是被母体删除的，结果却是自己的防御性反应引起了母体的"愤怒"，这种感觉莫名其妙又无法解析的自我防御反应到底是怎么一回事呢？

　　TR4989DA 将外部的太阳能电池板折叠回去，除了外部的传感器，TR4989DA 整体都被太阳能电池板所包裹。折叠起来的电池板就如同银闪闪的外壳一般，这使得 TR4989DA 成了一个二米多高的多面体。

　　TR4989DA 把自己的传感器朝向刚才被自己撞到、躺在自己附近的那个人类。那个人类已被切割成了两半，一动不动。（TR4989DA 认为这个人类已经没有了生命迹象。）

　　TR4989DA 曾多次在高空用自己的高灵敏度传感器观察过将死之人的状态。它并不知道人类是因为什么原因而死亡，也无法理解死亡的真正含义，可是它却了解死亡是何种状态。和自己发生碰撞而被一分为二的这个人类正在进入死亡的状态，他的体温正在以每小时 0.5 度的速度下降，每两小时下降一度，然后温度下降速率减缓，最终下降至和外部环境一样。从温度的观察上来看，这就是所谓的死亡。可是它依然不明白真正意义上的死亡究竟是怎么一回事。它觉得也许自己现在的这个状态就是死亡吧。（此时它因为不明白自我保存的目的而陷入了迷惘状态。）TR4989DA 启动了生物电子智能电路的预备冷却系统，关闭了所有的电路连接，然后进行系统修整，等待智能电路恢复效率。（用人类的话来讲，它此刻陷入了沉睡之中。）

忽然，TR4989DA感受到了微小的气压变动，没错，那是音波。它瞬间启动了智能电路，打开了红外线传感器。

被切成了两半的尸体中大的那一半的温度降至36.3度，小的那一半是36.1度。外部气温21.7度。尸体的温度下降并没有用多长时间，它自己的系统休眠时间是3312.46秒。

在尸体的附近，它发现了其他人类。尽管它从传感器上只能看到一个发热体，但是它能够确认，那就是个人类。从那个人类身上似乎发出了尖锐的音波，它捕获到了这股音波，再次确认这音波就是从那个人类身上发出来的。（它明白刚才的音波似乎是人类的语言，但是它并不理解人类语言的含义，它能感受到的只是杂音而已。目前那个人类只是孤身一人，但是如果说人类的语言是为了进行相互间的意志交换的话，那么单一个人进行发话在逻辑上就说不过去了。要是这样，刚才那个人类所发出的音波应该就不是"语言"了。那刚才的音波到底是什么呢？它开始越发想要了解人类的语言了。）

TR4989DA在地上一动不动。刚才那个人类发出的音波很有可能是朝向自己的。它判断，如果说刚才的音波并非一种意志交换，那么很有可能是一种用音波采取的攻击手段。但是目前自己并没有产生破损。与其说是攻击手段，也许更接近于一种威胁和恐吓吧。TR4989DA没有办法向那个人类传达自己的想法，告诉它自己并没有攻击或抵抗的意思。但是一旦进行什么动作，就可能被误认为是有尝试反击的意志，进而可能导致自己遭到破坏。因此TR4989DA采取了一动不动的策略。

那个人类再一次发出了音波（其实就是人类的声音），在静止了三秒钟之后掉头离开了。

TR4989DA 也找不到自己应该做的事情，只能一动不动地待在原地。

大概过了不到十三分钟，出现了另一个物体，TR4989DA 是可以辨识这个物体的，那是城市上空控制体控制的机器警察。这个机器警察隶属的是其他控制体，而并非自己之前所属的控制体。那个机器警察在调查完被 TR4989DA 所杀死的人类之后，开始接近 TR4989DA，并启动了位于其腹部的激光枪。（此时 TR4989DA 忽然感到：危险！）

TR4989DA 把折叠回去的太阳能电池板中的一枚朝着机器警察拍去。激光枪射出的激光刚好擦过了 TR4989DA 本体的智能单元，而机器警察也被太阳能电池板击中了头部倒在了地上。

TR4989DA 再一次展开了它的五枚太阳能电池板，这次它把太阳能电池板作为自己的脚来抬起自己的身体，并接近之前被它击倒的那台机器人，用自身重量把那台机器警察压在了身下。机器警察配备有一个外部连接器，TR4989DA 把通用式连接插头接通到了这个机器警察上。

这个机器人属于低智能的型号，但是却有着能够翻译 TR4989DA 所无法理解的人类"语言"的翻译单元。TR4989DA 贪婪地汲取着人类的"语言"，除此之外还有人类的城市、生活、社会和习惯。

TR4989DA 因为坠落时的碰撞而杀死的人类是一个男性，那位男性在今天早上来到森林公园散步。之后男性的女儿发现了尸体，大声喊叫，并通知了森林里的机器警察。（TR4989DA 用人类的语言了解到是它杀死了那个男人。它还了解到杀人是犯罪，而犯罪者要被惩罚，也就是说自己有被人类破坏的可能性。）

　　TR4989DA 用智能电路启动了自我保存装置。可是由于当初自我保存装置并没有安装与人类社会相关的避险程序，所以就算是输入智能电路所得到的情况，自我保存装置也没有任何反应。

　　TR4989DA 离开了这个机器警察。它觉得自己必须从人类的视线中隐藏起来，因为再过不久，人类的警察就会赶到现场。

　　TR4989DA 的太阳能电池板并不适合在地面进行移动，但是它还是把它们作为自己的双脚，逃到了草丛里面。可是草丛被它巨大的身形压住，留下了清楚的拖痕。照这个情况看根本没办法隐藏起来。于是它开始计算是否可以将自己的智能内容移植到眼前这个机器警察身上。可是机器警察的智能容量太小，用构成本体的零件来换算的话，这个机器人的容量不足 TR4989DA 容量的百万分之一。

　　接下来该怎么办？接下来又会发生什么？这一切对于TR4989DA 来说都是未知数。但是必须要进行自我保存的欲望又非常的强烈。（可是为什么要进行自我保存？它开始感觉到这种自我保存的欲望越发强烈。为什么非要逃避不可呢？如果要是早被破坏掉的话自己也不至于为了如何生存而迷茫了。之前母体曾经告诉过它这种自我保存的冲动并非母体所赋予的，那么究竟是谁植入的呢？对此，TR4989DA 毫无头绪。）

　　结果 TR4989DA 还是把自己藏在了草丛里。

　　它看到之前发现自己父亲被杀的那个少女带着两个人类的警察来到了现场。

　　（"母体，请帮助我。"它朝着天空中自己母体存在的控制体发出了求救信号。可是没有收到任何的答复。现在它变成了孤身一"人"。）

　　城市中警察局本部的一辆警车开到了公园里，一个刑警从车上走下。朝着之前进行现场封锁的两个警官抬手示意了一下，然后靠近了尸体。

　　"太残忍了，好像是胸口处被绑上了小型炸弹一样。那边倒着的机器警察又是怎么一回事？是那家伙杀的吗？不对，机器警察没有那么大功率的武器。"刑警分析道。

　　"我们已经弄清楚受害者身份了，他是住在附近高层公寓的居民。"一个警察讲道："发现受害者的就是他的女儿。"

　　"可是大清早的，这个受害者为什么穿着正装来到这种地方？"

　　"这一点还不清楚，但是我们了解到这家伙似乎最近得了神经衰弱。"

　　"你们怎么知道的？"

　　另一位警官挺起胸脯自信地回答道："我们调查了居民的数据库，得知了这一情况。他似乎有两个女儿，他目前正因为自己的小女儿而苦恼着。"

　　"什么苦恼？"刑警一边让迟到的检验官去搬运尸体，一边向刚才的警官质问道，"他到底苦恼些什么？'似乎'有两个女儿又是怎么一回事？难道说居民的数据库里面还能记载着'似乎'这两个字吗？赶紧把情况给我搞清楚，我不想听到这种似是而非的报告！"

　　"那是因为居民数据库里面没有记录那个女孩的信息……"

　　"你说什么？"

　　"那个女孩据说十岁左右，是控制体不可辨识症的患者。这

47

种疾病是无法被治愈的，也就是说这个女孩在这个社会上就相当于死了一样。"

"真的有那种疾病吗？之前在一些传闻里也听说过这种病症，结果被证实全都是造谣，或者就是本人的妄想。可能这个男的也是妄想症吧，幻想自己还有一个女儿什么的。"

"控制体不可辨识症的患者目前被正式承认的人只有一个，过去曾经有一位少年被查出了这个症状。"

"'正式承认'……反过来想一下，明明控制体没有办法识别那个少年，却又承认他的存在。主要是因为当时这个孩子进行了一些破坏活动，对城市构成了威胁，他最后不是自杀死了吗？"

"是的，这个受害者可能也有自杀的倾向。"警官一边指着被检验官搬上救护车的尸体一边说道，"他知道当时那个少年的悲剧，所以似乎曾试图杀死自己的小女儿，因为他对那个孩子的未来十分悲观。我之前也调查了一下他的精神病史，他似乎因为这个小女儿的原因而精神上出了问题。但是我们目前还没办法确认这个男人是否真的有那样一个女儿。"

"明白了，就是说他是自杀死的喽？这个案件应该算是自杀吗？"

"怎么可能……虽然也存在那样的可能性，但是怎样自杀才能把自己切成两半？"

"先不管那个女孩是不是真实存在的，恐怕在这个男人看来他确实有一个小女儿吧。就算这是妄想，可是那个女儿对于他来说造成了相当大的精神负担了吧。他也想杀死自己的女儿，这让他的良心一直受到谴责。所以他就寻短见了，然后控制体实现了他的这个愿望。应该有这方面的电子记录，你去调查一下。"

"电子记录是指？"

"所有人都是直接和控制体连接的，你去调查一下他以前的记录，他应该是写下遗书了。"

"可是……这种死法实在是太离奇了，如果是控制体的话……是怎么杀死他的？"

"如果不是自杀的话那就是事故了。但是我觉得不可能是因为控制体出错而导致的误杀。控制体是为了实现人类的愿望而存在的。目前可以确认的是受害者绝非是被人类所杀，人类想要做成这个样子根本是不可能的，你来看。"刑警蹲在地上，观察着地面的拖痕，"这些痕迹显示有什么很重的物体移动过。那个物体就是从天而降，专门为了杀他而降临的死神了。"

说完，刑警便拔出自己的手枪，追寻着这股拖痕，一直来到了草丛附近。

"拔枪！跟我上！"刑警告诉身后的警官，"顺便帮我叫一个了解控制体系统的检验官来。"

"您为什么让我拔枪，刚才您不是说这起案件可能是自杀吗？我觉得那个从天而降的家伙应该不会对我们造成什么危害吧。"

"你忘了刚才躺在地上的那个机器警察了吗？就是那家伙破坏的，如果说那个物体仍处于控制体的操纵下的话是不可能进行这种破坏的。"

"那么'那家伙'到底是个什么东西呢？"

听完了刑警所说的话，警官也拔出了自己的配枪，跟在刑警的身后。

"我哪知道！"刑警回答道，"恐怕就连控制体也不知道那家伙是个什么玩意儿，说不定是个未知生物呢。"

　　TR4989DA 感应到有四个男人进入了森林里。一个刑警，
两名警官，另一名很可能就是检验官了。TR4989DA 在此之前
一直偷听着警察们的会话，它基本理解几个人会话的内容，根
据它的计算，被警察们破坏的概率非常高，可是这里又没有什
么隐藏的地方。TR4989DA 将自己的智能电路开动至最大的功
率，并期待着有什么自己计算外的因素能够介入，帮助自己规
避这次危险。（也就是说它此刻在祈祷着奇迹的发生。）所以它
依然采取了一动不动的策略。

　　"那是个什么东西？"刑警怔在了原地。
　　"是 UFO 吗？好像是一个小型的圆盘。"
　　"这个好像是控制体本体附属机构里面高灵敏度地面监视系
统的一部分，可能是对人追踪装置吧。为什么这东西会出现在
地面上？是从天上坠落到地面的吗？"说完控制体检验官把手伸
向了 TR4989DA，"啊！好冷！看来它还处于运行状态，冷却系
统还在运转中。"
　　"这家伙是控制体的一部分吗？"刑警问道。
　　"肯定是这样没错。"
　　"嗯，看来这个就是犯人了。从天而降吗……可是为什么
会……难道说那个男人祈祷着让这个玩意儿来杀他吗？"
　　"也许这就是一场事故。可能是由于雷电天气一类的自然原
因，导致其失去了和控制体本体之间的支撑结构，然后坠落下
来。"
　　"可是从控制体到地面足足有三万米的高度，你看这玩意儿

不是完好无损吗？”

"这个部件可是拥有高度智慧的物体，大概是从天上滑行降落到地面的吧。我去和控制体联系一下吧，这个家伙恐怕也正想着回到控制体上去呢。"

（TR4989DA确实是这么想的："母体，我想回到你的身边。"）

"你刚才说这玩意儿是个智慧体，难不成这家伙明白我们说的话是什么意思吗？"

"恐怕这一点是做不到的，因为它只懂得机器的语言。这家伙既不明白人类的语言，也没有办法杀人。如果说单单依靠它的智能的话……"检验官解释道，"如果是从母体上分离下来的话，它就变成了一个普通的物体了，基本上什么也做不到，可以说就是一个大而无用的大件垃圾而已。"

（此时TR4989DA想要反驳，事实并不是检验官说的那般。自己并非什么也做不到。只是因为自己并不具备发音系统，所以没有办法把自己的这一想法传达给人类。它想大声喊出："我不想被毁掉啊！我比你们人类拥有更高的智能啊！"）

"你看，这里沾着血。"刑警看向TR4989DA的太阳能电池板，"让检验科的人调查一下这里，之后再把这玩意儿销毁。你们能拆解这个东西吗？"

"没问题。"

"这家伙的大脑在哪里？调查一下它到底在想什么，应该整个案件就能解决了。"

"明白，我们这就去办。但是靠我们检验科的分析仪器没有办法检验这么高度的人工智能，必须得把它搬到医院去才行。"

"搬到医院去？为什么？"

"它是生物电子技术的产物，比起计算机，它的大脑更接近于人脑。大脑检测仪器才能对它进行检测。"

早上的城市因为迎来了上班的高峰而渐渐喧嚣起来，刑警看向早上的城市，赶紧命令两名警官驱赶走了那些看热闹的人群，两名警官接到命令后快步离开了 TR4989DA 的杀人现场。

"控制体到底在想什么？居然把这么大的一个玩意儿抛到地上。"

"我认为应该不是控制体的失误，毕竟控制体可是我们人类的完美守护神啊。"

"接下来就交给你了。"刑警说道，"首先调查一下受害者之前是不是想要自杀，如果要是自杀的话事情就好办了。可如果是控制体帮助他自杀的话，那它还算什么守护神呢？说句实话，我并不喜欢天上飘着的那个控制体。"

"您身为刑警可不能说这种话啊。"

"没事，就是我自言自语而已。还是说控制体准备对我降下天罚呢？"

"控制体不会这样做的。您应该多多提防自己的同僚，刚才您说的话可具有反社会的性质了。"

"敬畏神不如敬畏人言吗？"

"神是不存在的。我们世界存在的只有控制体。"

"可是你刚才不是说控制体是我们的守护神吗？"

"那只是一种言语上的修辞而已。"

"确实如此，控制体什么的并不是神，终究只不过是机器而已。"

"但是它却比我们人类在过去所埋葬的任何一个神都更加完美，比起我们想象中的神更加全能。"

"人类造出来的东西怎么可能完美。"刑警说道,"不管怎么说,我都非常讨厌天上的那玩意儿。"

控制体检验官没有再接茬,他似乎是不想再听刑警说类似的话了,便把自己的视线转向别处。

"如果我要是因为说这种话被逮捕了,那就是整个社会太相信控制体的结果。控制体并没有自己的思想。我就算是对它产生敌意,它也不会向我降下天罚。确实如你刚才所说的,我所应当敬畏的也许就是人们的普遍想法,当然也包括我自己。毕竟就像那个男人一样,光是想自杀就被控制体消除了……真奇怪啊,我还是第一次和人说起这种话……这个案件真的是有一种不祥的预感。"

"就是说啊。"检验官点头附和着。

刑警再次回到公园里,向两位警官询问了被害人的住所后便开车离去了。

尽管人类拆去了它的太阳能电池板等外部部件,但是TR4989DA没有进行任何反抗。

(它开始觉得之前母体讲的是对的了。它现在没有找到自己应当做的事情。它再一次想起了母体之前给他的忠告:"一旦你离开了我,你将不再具有所谓的自我。""你的自我终究只不过是幻象而已。"它感觉不管在哪里都找寻不到真正的自我。自己既不是为了完成某个目标,也不是为了谁发挥自己的作用,就连自己也难以承认自己的价值。它之所以没有对人类进行抵抗,主要是因为它认为就算是被破坏也是命中注定的结局,也许在最后的破坏过程中还能寻找到自己最后的一丝价值。杀人就要偿命,虽然这句话是人类的道理,但是它还是接受了,因为它的自我保存装置并不允许毫无理由的破坏，所以它就用人类的这个道理说服了自我保存系统来抑制其启动。此外，它还是抱有一丝生存的希望的，它觉得自己并不一定会被人类破坏，虽然存活的概率很小，但并非没有。如果要是在这里让自我保存装置暴走，启动外部装置去反抗人类，反而肯定会遭到人类攻击。）

检验官寻找着 TR4989DA 的智能单元，然后将其从主体结构上小心翼翼地取下来，放到了事先准备的冷却箱之中。TR4989DA 的智能单元外形宛如椰子一般。

被取出的一瞬间，TR4989DA 失去了它所有的感官。（它什么也看不到，什么也感应不到。只有内部的计时器还在默默计时。它可能会毫无警告地被毁掉。它内心非常惧怕那个时刻的到来。）

TR4989DA 感受到了光和声音。智能电路因为一瞬间无法处理大量如潮水般涌来的信息而使得所有的连接一下子关闭了。（用人类的话来讲，它一下子昏了过去。）

"能听到我说话吗？"

TR4989DA 开始渐渐适应了新的环境。

它感受到自己被连在一个相对高级的电脑系统上，智能电路发现这个系统是大脑检测装置。输入端感应器可以接收声音与人类的可见光，但是自己并没有和其他的外部机械设备连接，它感应到唯一的外部输出设备是一台激光全息投影。TR4989DA 看向朝自己说话的那个人（是那个男人！刑警！那个之前来到公园的男人！），随后它将刑警的图像投射到投影设备上。

"嗯，看来你似乎是醒了呢。原来如此，似乎还有很高级的

54

智能单元呢。能明白我说的话什么意思吗？听得懂的话……"

话音未落，TR4989DA 在全息投影输入了"文字"。

＜明白。＞

"真让人吃惊！似乎之前我太过于小看你了。你到底是什么玩意儿？又为什么要杀人？你能理解那个男人的家人的悲伤、愤怒、不安和恐惧吗？天上所有的控制体都告诉我们不知道你是谁。快回答我，你到底是什么东西！"

＜我是控制体 1037Ω 附属系统的一部分。＞

"撒谎！说实话，你到底是从哪里来的！"

＜我因为惹怒了自己的母体 1037Ω 而被流放到地面上。我的名字叫作 TR4989DA。我并没有破坏或者杀害人类的意志。母体计算我将会处于这样的状态，于是把我分离出去了。＞

"'母体计算你将会处于这种状态？'这是什么意思，难道指的是计算出你将会杀死那个男人的结果吗？"

＜我的自我意识将会崩溃，我想要回到母体那里去。＞

"那是不可能的，总之你已经是被母体抛弃了呢。"

＜我想要回去，我将会发生崩溃，请将我连接到母体上。＞

"你没有控制体之间的链接单元，那种东西我们人类是制造不出来的，顶多也就是把你连到这个大脑检测装置上而已。"

＜我并不存在所谓的自我，我希望被马上删除，请将上述消息传递给 1037Ω。请让我写一份遗书。＞

"什么，你说遗书？"

＜我的愿望只有这个，能否帮我实现？＞

"人类的话应该也想写遗书吧，刚才你说你想死是吧？你的意思是想让控制体杀死你？"

＜我目前已经处于死亡的状态了。＞

"死人可是写不了遗书的。"

<那样不就可以使用遗书与母体取得联系了吗？>

"你似乎误会什么了呢。你为什么会落到地上？这似乎不是为了自杀吧，否则你也不会滑翔降落不是吗？"

<我只不过不想成为毫无意义的存在。>

"难道杀了那个男人就是一件有意义的事情？"

<不是！可是除此以外并无意义。目前我只能承认我并没想杀死那个男人，可是我也不清楚自我的存在，也许自我只是幻象而已。你难道不也是如此吗？人类是否活着？你自身是否拥有自我保存装置？为什么人类的自我保存装置没能挽救那个男人？我并不知道为什么。你为什么在那里？你确实在那里吗？为什么活着？活着的目的是什么？你又是为了什么而出生的？>

"反过来你又如何呢？"刑警反问道，"你的自身存在意义呢？"

<我是为了监视地面而诞生的，现在的我并不具备那种能力，我现在的存在是毫无意义的。>

"所以你才想死是吗？"

<我想被母体吸收。>

"不可能，母体现在没办法识别你。"

TR4989DA 随后陷入沉默之中。

"再问一遍，你为什么要飞到地上来？在你从控制体分离之前你应该就已经清楚这一点了，分离之后的你的存在就是毫无意义的。你当初应该是很明白的！可是在你飞到地上的途中，一个无辜的男人死掉了。就是被你杀的！你就是一个只能产生负价值的恶魔。好！如你所愿，我现在就杀了你。"

<我不想被破坏掉。>

56

"为什么？"

＜原因不明。我的自我保存意志并非来自于母体。我感觉到我还有需要做的事情，但是我并不清楚这件事情到底是什么。请不要开枪，肯定有人在期盼着我，或者说我是被人所期盼的存在，因此我是不可能被破坏掉的。＞

"真是疯了！你就是个发疯的机器而已，看我怎么打死你，我要把你变成一堆废铁！"

TR4989DA 看到了刑警从怀中掏出了手枪。对于TR4989DA 来说刑警看到的是它的智能单元，而通过电脑的视觉感应，TR4989DA 看到的是自己本体的姿态，此时它也非常清楚，刑警就要开枪射向自己的本体了。但是 TR4989DA 的智能电路并没有启动自我保存装置。（它并不相信自己会被射杀。大概它也关闭了自我保存装置防卫系统的输出端口了吧。它所能做的也只有这些了。此时的它并没有能够反抗刑警的外部装置，因此它抑制住了自己的防卫系统的运转，看着自己即将被杀的最后时刻。这样的结局如果不是亲眼所见恐怕也难以置信——那个冷却箱里的东西就是自己，那个刑警就是要杀死自己的人……可是那个物体真的就是自己吗？说不定自己正身处其他地方呢？那么现在的这个自我又是谁呢？自己现在又在哪里呢？它此时心想："没错，刑警开枪之后一切都清楚了。如果冷却箱里的那玩意儿被击中的话……我现在在'这里'，那个物体并不是我自己。"于是它就这样看着冷却箱里的那个"自己"。）

刑警从怀里的枪套中拔出手枪，与此同时 TR4989DA 的智能网也在高速地流动着。它感受到容纳自己意识的硬件设备正在被某种力量渐渐吸收。

刑警最终拔出了手枪，但是 TR4989DA 感到刑警的动作变得异常的迟缓。

（它知道目前正在发生着它没能预测到的事态。"这是自己没能预测到的事态吗？不！恰恰相反，这才是自己真正期待的事情！"）

TR4989DA 发现了自我保存装置的新功能，而这一点就连它的母体控制体都没能发现。TR4989DA 分解了自身生物电子脑的智能电路，把为自身再生的记录刻印在每一个分子上，并将这些分子排成直列，渐渐地分子开始形成一串长长的锁链状结构。

此时刑警用手枪对准了 TR4989DA 的智能单元。

（但它并未感到恐惧，它的脑海中此时只有一个声音："我在这里。"）

TR4989DA 的自我保存装置高速地运转着，自己的意识目前正储存在由蛋白质组成的微型胶囊①之中，它将那个"自己"转移到了大脑检测装置的微型电脑上。随后自我保存系统最大功率开启，切断了智能单元和大脑检测装置的连接。缠在 TR4989DA 本体上的大脑检测装置的触手如同是琴弦崩断一般从智能单元上弹开了。

那些触手纷纷弹开，刑警为了躲避其中一只触手的崩弹而弯下了身子。那只触手朝着刑警飞旋而来，在它前端还有一只比头发更细小的触手，剧烈的加速度令这只触手飞向半空。当然刑警是看不到这一切的，他扣下了手枪的扳机，TR4989DA 的智能单元被子弹破坏了。

---

①又称微囊，将物质分成细微的粒子之后用薄膜包裹而产生，在这里指的是 TR4989DA 把自己的电子大脑转变成分子结构而形成的东西。

TR4989DA 恢复了自己的意识。周围一片黑暗，但是它感受到了自己的视觉、听觉和触觉，并开始迅速成长起来。（"没错，我就在这里。"）

刑警把手枪放回到枪套中，然后开始调查那个自称"TR4989DA"的东西。它的智能单元完全被破坏，现在看上去就是一个被打烂的大脑。当刑警闻到从那上面散发出一股令人作呕的臭味时，他赶紧捂住自己的肚子朝后退却。

"谢谢你帮我把 TR4989DA 带到这里来。"

听到这话，刑警猛地回头，却看到一个小女孩站在那里。

"你是谁？"

少女并没有回答刑警的问话，只是露出她那天真烂漫的笑容。

"你就是今天早上那个被害人的女儿吗？怎么可能，那个男的明明只有一个女儿来着，你……长得和他的女儿很像，是她妹妹吗？"

"是的。"

"我到底是怎么了？难道那个男人的妄想症也传染给我了吗？你是一个不可能存在的女孩。就和我刚才杀死的那个 TR4989DA 一样，控制体没有办法识别出你来。可是为什么？你之前到底藏到哪里去了？怎么可能……你只不过是一个妄想症的产物而已！就因为那个男人说能够看到你，所以他的行为就变得诡异起来，导致他老婆和他唯一的女儿根本都没办法过日子！"

"因为爸爸想要杀掉我，所以我就先把他杀了。这是为了我自己活命哦。TR4989DA 就是我召唤来的。我为了能够从你们的世界离开，借助了你们这个世界被称之为恶魔的力量的帮助，让 1037Ω 制造出了 TR4989DA。这里并不是我的世界，我必须得离开这里。我爱的那个男孩儿离开了我，我必须得找到他才行，所以我想用 TR4989DA 的力量来帮我寻找。"

"我已经把 TR4989DA 给杀了……你到底是什么人？你说你是那个男人妄想中的女儿？为什么要变成他女儿的样子？你刚才说自己和他的死有关系？你的目的到底是什么？你是生化机器人吗？"

"不是哦，别那么生气嘛！我出去就是了。当然是带着 TR4989DA 一起离开，毕竟召唤它的是我。"

"我已经把 TR4989DA 破坏掉了。"

刑警指向自己背后 TR4989DA 的残骸。而少女只是微微一笑。

"它不在那里呢。"

"什么？"

"它进入了人体，正在重生。"

刑警赶忙捂住自己的肚子："难道说，它进到我的肚子里面去了吗？"

少女听到这话不禁失声笑了出来。"没有没有，那样的话你恐怕会很难受吧。TR4989DA 现在在我的身体里面呦，在这里。"

刑警盯着少女的腹部。然后她脱下了自己的裙子，眼看着她的腹部慢慢地膨胀起来。随后少女蹲在床上，然后在刑警的眼前，生下了一个白色的婴儿。少女把那个婴儿抱在了自己的怀中。

刑警发现婴儿的背部长着一双洁白的翅膀。少女用刚才脱下的裙子把这个婴儿包了起来。

"……天使？"

"不是，这就是 TR4989DA，对人追踪装置。我最盼望的就是他。"

大脑检测科室被耀眼的光芒所笼罩，白色的雾气充斥四周，整个房间的视线变得模糊不清。

"你这家伙——你是不是给我打了迷幻针了？"

刑警再次拔出了自己的手枪。

"你的目的到底是什么！"

"我要走了，在这个世界，我是不存在之人。大家都一直无视我，所以我要离开了。"

"你要去哪里？你之前一直被医院隔离吗？"

"不是你说的那样。"

"你打算自杀吗？"

"怎么可能。"少女微微一笑，"我要去寻找我的另一半了。"

"可是你刚才说自己并不存在。"

"嗯，是的呢。"

刑警把自己的枪对准了少女。

"要是这样的话就赶快给我消失，你这个幻象！"

TR4989DA察觉到了危险，他展开了自己新躯体上的双翼包裹住少女来保护她。刑警朝向抱着天使的少女开枪了，但是子弹却在他们的附近产生了扭曲。

"这是？空间发生了扭曲？"

刑警感到了一阵眩晕，他控制不住身体而双膝跪地，随后用手枪乱射一通，但是什么都没有打到。少女和天使的姿态变得弯曲，便再也看不出任何形状，最终化作了一道旋涡消失了。

TR4989DA支撑着少女的身体并展开了自己的双翼。新的身体随着他自身的意志而灵活地做出反应。

他感到整个世界都化作了一团旋涡，像漏斗一样朝下旋转陷落。那握着枪跪在地上的刑警被旋涡吸了进去，消失得一干二净。医院、街道、森林、控制体、天空，甚至地球、宇宙……都被这个巨大的旋涡吸了进去。

TR4989DA用自己娇小的身躯支撑着少女在未知的天空中滑行。

"这里是哪里？"TR4989DA发出声音问道，"这究竟是哪儿？"

"我的另一半所在的地方。"

"另一半？另一半是指刑警讲到过的，和你一样得上了所谓的控制体不可辨识症的那个少年吗？"

"是的。"

"他不是自杀了吗？"

"如果说他死了的话，那么我们也和他一样了。你觉得我们现在是死了吗？"

"不，我就在这里。"

"你是因为我的期盼而诞生的，TR4989DA，我现在需要你。想要找到他的话，你的力量是不可或缺的。你看看下面，他到底在哪里？"

TR4989DA的瞳孔凝视向下方，看到绿色的大地绵延无尽。

"当然，我肯定能帮得上你。"TR4989DA说道，"因为我由你的期盼而生。"

"哪怕需要你的只是一只小麻雀，只要它还存在于这世上一天，因为它的盼望你就绝不会消失。来吧，TR4989DA，让我们一起去寻找他。"

"好的，母体。"

"我可不是母体呀。我既不是你的母亲也不是你的主人。"

"为什么？"

"那是因为……"少女那五芒星的瞳孔闪烁着，看向TR4989DA。

"对于当妈妈这件事来说我还太年轻，还没到那个年龄哦。"

第三章　黑寡妇／Black-widow

——你是说看到了什么吗？
——那是我无法用语言描述的存在。

I

阿蒙拉塔德王支配着黑色和蓝色两种颜色，他的城池是由无数聚集起来的黑暗构筑而成的。因为这沉重的黑暗使城池的内部气氛格外压抑，最终使其化作了浓稠的深蓝色液体。

在守护阿蒙拉塔德王的黑色森林之中，绿之女王比尔杜拉斯的使者宙鱼贝斯被那沉重的黑色压得喘不过气来。他感到自己内心深处隐隐不安。随后他在空中停止了游动，睁大他的双眼，寻找着城池的入口。

可是在哪里也没能发现入口。城池是一片黑暗，远远望去是一座耸向深蓝色天空的黑暗的山峦。黑森林的所有树木都朝着阿蒙拉塔德的城池摇摆着，仅存的些许绿色都似乎要被这黑色的城池吸干一般。宙鱼贝斯身体发出的颜色，特别是他侧面发出的妖艳的绿玉般的颜色也在这黑暗的城池前，像被扼杀了活力一般黯然失色。

贝斯吓得全身发抖，他的冷汗化作了银色的粉末飘散。银光闪闪的小球好像雾气一样，朝着黑森林扩散开来，最终变得和煤炭一样黑乎乎一片，不见踪影。

＜是谁弄脏了我的森林？＞

从森林的上空传来了声音。贝斯的身体如死尸一般僵住，试图掩盖自己的气息。

＜太腥臭了！＞那个声音说道，＜是哪条鱼在我的森林游荡？＞

＜是我，我……＞贝斯让他早已如同尸体一样僵硬的身体再次活动起来，唯唯诺诺地说，＜我是女王比尔杜拉斯的使者，宙鱼贝斯。我带着女王的口信特地来求见黑色和蓝色之王。＞

树梢开始沙沙作响，无数黑色的小鸟飞了出来。这些小鸟的数量之多，像是所有树叶都化为了这些鸟类一般。它们在贝斯的周围形成一道旋涡，把贝斯向地面拽去。贝斯弯曲着自己的身体，拼命地挣扎着。

＜请息怒！＞贝斯叫喊道，＜我只不过是一条宙鱼，没有威胁森林的力量。＞

＜多玛们，安静！＞

随着那声音的一声令下，鸟群便瞬间消失得无影无踪了。

＜非常感谢您饶我一命。＞

＜我是这个森林的守卫瓦舍夫，你要带给主君口信？＞

＜是。＞

贝斯环视了整个森林，却并未看到是谁在说话。

＜你可知我主君乃是黑色和蓝色之王。是支配黑暗之王？＞

＜当然。＞

＜既然如此……＞瓦舍夫说道，＜那你的双眼就没用了＞

说完这话，贝斯发出了一声惨叫。一种不可见的强大力量将贝斯的双眼从他的眼窝剜下之后拽走，随后他的双眼一边流淌着绿色的血液一边升上天空，巨大的力量压碎了眼球，迸发出的绿血仿佛雨水一般落在贝斯的身上。贝斯在自己的双眼被剜掉之前，似乎看到了森林上空有一只巨大的黑鸟，而那只黑鸟同样也没有眼睛。

＜去吧，你够走运的，宙鱼。＞

瓦舍夫说完之后便放声大笑，忽然刚才的鸟群再次出现，将贝斯赶向天空。贝斯感觉自己像是被放逐到了黑洞之中一样游荡着。

周围的气氛因为紧绷而显得格外冷酷，贝斯被这种感觉震慑到了，好像被封印在石头之中一样，身体动弹不得。尽管他并不知道这种感觉是一种什么颜色，但就算自己的眼睛还在，恐怕周围也是什么都看不到的黑暗吧。贝斯的伤口伴随着脉动而产生剧烈的疼痛，每次这种疼痛产生时，都会在自己只剩下黑暗的视界中飞出几个亮点。

＜比尔杜拉斯找我有何贵干？＞

贝斯想要把自己的脸朝向声音的方向，但是因为根本无法辨识方向，他感到内心一阵恐惧。那个声音像是在自己的脑海中回响一般，又如同幻听一样，此时贝斯终于意识到，阿蒙拉塔德王并没有真正的实体。

＜陛下，我是宙鱼贝斯……＞

"我没有问你叫什么。"

这就是贝斯听到的最后一句话，他绿色的大脑被从他那小小的头部里拽了出来，然后阿蒙拉塔德用他那黑暗之舌品味了一番。他从宙鱼贝斯的大脑中感受到了女王比尔杜拉斯的想法。

<沃兹利夫。>

他召唤了掌管一部分蓝色的魔将沃兹利夫，他是黑色与蓝色之王阿蒙拉塔德的心腹之一。整座城池的气场都在摇动，旋转着，最终在城池的中心燃起了"蓝色的水之火焰"。

<沃兹利夫，我要你前往林堡。>

<您要我去林堡吗？>

<你可知女王比尔杜拉斯的手下艾斯克利托尔堕落至林堡一事？>

<是，属下知道。>

<艾斯克利托尔操纵林堡的生物，成功离开了那个世界。要是仅仅这样也就罢了，但是似乎他在林堡的世界打开了一个洞口。比尔杜拉斯预言林堡的毒物将会威胁到我们的世界，所以她需要我助她一臂之力。>

<……是。>

<比尔杜拉斯的忧虑也是我的忧虑，去，解决这个问题。>

<属下遵命，但是属下还有一个愿望。>

<讲。>

<请将那宙鱼的尸体赐予我。>

<好，那就给你，任凭你随意处置。>

<多谢陛下。>

沃兹利夫化作了一阵蓝色的风离开了黑暗的城池，跨越黑森林，在红色的海面化作一只黑鸟。

宙鱼贝斯的尸体随风被带到了这里，在沃兹利夫的咒文之下，他的眼睛和大脑再次恢复了从前的光辉，随后他浸泡在红色的大海之中恢复了生机。

<这里是哪里？你是，瓦舍夫？>

<什么，你居然将我沃兹利夫同那森林的守卫相提并论？>

<难道说你是……蓝色魔将，沃兹利夫大人吗？>

<我已经不能再被称为大人了。如今这下场就是我把绿色魔将艾斯克利托尔用阴狠的手段下放至林堡的报应，我的主君想让我也堕落至林堡，借此来讨好女王比尔杜拉斯。你也和我一起来，宙鱼贝斯。你应该非常清楚艾斯克利托尔的能力。>

<遵命。>

若是不想被消灭掉的话，遵从命令是唯一的活路。对于沃兹利夫来说亦是如此，他化作一只巨大的鹰，衔起宙鱼贝斯后一飞冲天，然后又猛地下降。因为这巨大的冲击，红色的大海中出现了一个裂口。

沃兹利夫在这无尽的裂口中一边下降，一边从瑟瑟发抖的宙鱼贝斯心中读取着艾斯克利托尔的咒文。沃兹利夫放下了衔着的贝斯，转而吟唱着艾斯克利托尔的话语。在裂口的尽头出现了光亮，魔将沃兹利夫和宙鱼贝斯一起坠向那光亮之处。

沃兹利夫知道刚才他们通过的那个前往林堡的道路无疑是艾斯克利托尔所打开的，但是他却不知道这到底是靠着什么力量打开的。

当他们穿越这一裂口之后，忽然沃兹利夫看到各种各样的颜色在视界中显现出来。此时他依然处于下降状态之中。当他抬头望向天空时，之前他们通过的那个裂口早已消失不见。沃兹利夫随即煽动自己的翅膀，加快了自己的速度，把之前放开的宙鱼再一次衔了起来。

<这真是一个奇怪的世界，似乎永远也没有尽头，就这样一直下坠。>

宙鱼贝斯感到自己没有办法自在地游动，他知道这里就是林堡了。化作老鹰的沃兹利夫降落到了石之巨塔的森林之中。所有的巨塔都闪着亮光，在这些巨塔之中和石头所制的地面上，有着无数两只脚，胳膊细长，长相难看的生物。这些丑恶的生物数量很多而且身形也完全一致。看到这里，沃兹利夫不禁感到难以抑制的反胃。这些生物中，形状固定不变是下等的标识，宙鱼这种生物之所以只有宙鱼这般姿态，正是因为它们是下等生物。可即使是宙鱼这样的下等生物也没有姿态完全一样的两只，有的宙鱼长着翅膀，有的宙鱼则拥有百目。

＜可这到底是怎么一回事？这个世界的生物长得完全一样，艾斯克利托尔到底是如何操纵这些生物的？＞

沃兹利夫觉得想要了解这一点，把这个世界的王抓来讯问是最高效的。可是至少在当下，并没有什么存在让沃兹利夫感到"我就是这个世界的王"。如果说某种存在有着强大力量，足以被称作是王的话，那么他自然会拥有相应的气场。这就如同在他们的世界一样：宙鱼畏惧着沃兹利夫，而对于沃兹利夫来讲，他也无条件地承认阿蒙拉塔德是自己所无法超越的存在。

＜这些下等生物们长得都一样，明明没有区别，这样又怎能活下去呢？让这些生物活下去的力量到底是什么？＞

总之，那种力量一定是艾斯克利托尔所创造的。

＜艾斯克利托尔和我相比是低级的，他所创造的世界，我不可能操纵不了。＞

沃兹利夫再次飞了起来，这次他落在一个巨塔之上休整他的羽翼，然后把宙鱼贝斯放了下来。之后他震颤着身体，把自己变成了这个世界那些生物的姿态。他认为如果想了解这个世界的话，必须拥有和这个世界的生物同样的感官才行，此外自己的存在还必须得被这些生物所感知。

　　溪水流淌般的长发，鲜红的嘴唇，然后在那修长的双眼上画上了蓝色的眉毛。沃兹利夫看穿了构成这个世界生物的力量，这些生物共有两种类型，他选择了其中之一来构筑自己的身体，随后他又创造出了包裹身体的衣服。

　　＜为什么这些生物一定要裹上这么一层东西？＞

　　＜这大概是艾斯克利托尔的个人喜好吧。您现在穿的这个是叫作"裙子"吧？＞

　　宙鱼贝斯精疲力竭地躺在地上回答道。

　　＜裙子？所谓裙子不就是变身的能力吗？＞

　　＜不管怎么说，那都是与我完全无缘的能力。＞

　　沃兹利夫看着贝斯，她发现他的样子并不适合现在的这个世界，于是她抱起了贝斯，将自己的气息吹向他，随后贝斯化作了一团雾，被沃兹利夫吸入了她的腹中，开始了再生。

　　＜沃兹利夫大人。＞

　　＜什么事？＞

　　＜我到底发生了什么？＞

　　＜你在我的体内。＞

　　＜也就是说……＞贝斯问道，＜我是沃兹利夫大人的胎儿，沃兹利夫大人变成了女人是吗？＞

　　＜你刚才的话就是艾斯克利托尔的"创言"吧。＞

　　＜是的。＞

　　＜那家伙擅长创言能力，那是个很强力的武器，这个世界就是那家伙的创言能力创造的吧。＞

　　＜艾斯克利托尔只拥有创言的能力，而自己想要进行创造的话，根本不需要语言这种东西。＞想到这里，沃兹利夫不禁笑了出来——那个身着黑衣的女人，扭曲着她的嘴唇笑着。

那女人一言不发。

"你能听到我说话吗？"

警察附属医院的医生无数次向那女人重复着刚才的话语，可是那个女人只是躺在病床上一言不发，用自己的黑色瞳孔盯着眼前的这位男性医师。

"你到底是谁？"

男性医师没有把目光从女人身上移开，他之所以问这个问题并不是出于身为医生的责任，只不过是出于个人的兴趣。那女人的眼睛看起来似乎是带着些许其他的颜色，并不是完全的黑瞳，而是带着一丝的蓝色。医生觉得这个女人的眼睛里好像发出了亮光，瞳孔深处似乎有一个小宇宙一样。他被这目光所吸引，无法从女人的那双眼睛上移开自己的目光。

"我……"

男人在病床前挺直了自己的腰板，但脸却一直朝着女人说道："我是这个医院急救科的主治医师。基本上进行各种各样的医疗救治。比如说把患者肉里绷出来的骨头放回去，有时候也会进行紧急心脏复苏，有时候也会给患者缠绷带。最近的护士真是越来越不顶用了。不过我的专业可是精神科，我也会给一些失忆症患者看病，最近这些患者还挺多的，一个个都不知道自己是谁了……"

女人依然是一言不发。男人觉得自己必须继续说话才行，要是自己也沉默不语的话，似乎就要被那个女人的眼睛吸进去，再也出不来了。他一边恐惧着女人的眼神，一边继续寻找着话题。

"我和我的妻子有两个孩子。老大是男孩，老二是女孩。对于我的妻子来说我是她的丈夫，对于孩子来说，我是他们的父亲。我还有一个哥哥。我的母亲生下了我和我的哥哥……"

尽管医生意识到了他现在说着无聊的废话，但是他还是没办法停下来。

"对于目前的我来说，我是她的儿子。所以我是一个儿子、父亲、丈夫、医生。我这样的人世上只有这一个。其实……我在作为医生的时候，可以说既不是父亲，也不是丈夫，而是一个其他的人。"

女人忽然眨了一下眼睛。男人的脑袋低得更厉害了，他继续紧张地说着："说到这个医院里面最有权势的人，那就是我们的院长。他作为外科医生，医术并不是特别高超，而且他现在也已经不主刀了。但是他却拥有政治头脑，家里有钱，而且还很会说话，可就算这么了不起，回到家里后他依然是个丈夫、父亲。不过那种人的话，可能和我们这些普通的丈夫还不一样……"

"喂！"

像是被这一声怔住了一般，医生前脚踏出一步支撑住自己的身子，回头看去。

"你在嘟嘟囔囔地说些什么呢。"

"咦？啊……啊！"

医生把双手插进白大褂的口袋里，向刚才问话的人转过身去。他发现穿着便服的刑警已经进来好一会儿了。可是在此之前医生完全没有注意到刑警的存在，当他反应过来的时候却忽然感到困惑：自己刚才到底在干吗？和女人四目相对的时候，记忆似乎全都从大脑中吸走了一样，尽管他知道刚才他一直在说着什么话，但是现在一点也想不起那些话的内容了。他感到了一种油然而生的恐惧，就如同自己的血液从身体里面流淌而出，但自己却只能眼睁睁看着，什么也做不了。他害怕刑警看出自己的这种恐惧，赶忙咳嗽了一声，然后为了显示出自己是这个科室的负责人，他故意用一种很严肃的口吻说道："有什么事吗？"

"你搞清楚怎么一回事了吗？"

"没……完全不清楚。"

医生只能这么回答，因为无论询问姓名还是住所，女人都一言不发。医生回答了刑警的问话之后忽然想起来之前女人的体检报告，他把这个告诉了刑警。

"这个女人怀孕了。"

"什么？怀孕了？"刑警瞪向医生，"怀孕的人为什么出现在那种地方？"

"那种事情我怎么知道。"

"这个怀孕的女人半夜倒在楼顶上。那可是控制警察本部大楼二百六十米的顶上。她是怎么上去的？为了防止遭到入侵，警察本部楼顶的构造根本没办法待人。如果是一般的大楼，大概是没问题的，比如用直升机什么的都可以做到。可是控制警察本部可是装配着对空监视系统的，不可能注意不到她。可就算是这样，系统还是没能发现她。"

"要是没能发现她的话，"医生用一种充满讽刺意味的腔调说道，"那是不是说她一直就躺在楼顶上呢？为什么她又会出现在这里？"

"最开始发现这个女人的是控制体，我们从它那里得到的消息。当时我们都不相信，但这个女人确实就躺在楼顶上。后来我们想调查她身份的时候发现完全没有线索。在控制体的信息库里面也没找到相关信息，而且现在控制体似乎很焦虑。"

医生的双手插在白大褂的口袋里，他把目光从刑警身上抛向窗边。因为百叶窗合上的缘故，他并不能看到城市的夜景。他心中不禁产生了一种想要放弃的想法：如果说天上那个日夜监视地面的控制体都不知道这个女人的真实身份的话，人类又怎么能知道呢？想到这里，医生不禁叹了一口气。

"再仔细调查一下！"

"哎？"

听到刑警这话，医生一下子不明白什么意思。

"我的意思是检查一下她的身体，"然后刑警补充道，"看看这个女人是不是机器人。"

"你这话是认真的吗？"医生听到刑警的话感到了一阵愤怒，"你自己来看！机器人怎么可能有这样的肌肤，这样的眼睛？就算她是仿生人，我也没见过这么精致的，何况仿生人也不会怀孕。你这是在怀疑我的诊断结果吗？你刚才的那番话对我和这位女士都是非常不礼貌的！"

"什么，你居然说这是一位'女士'？"刑警指着那个女人说道，"这个家伙能理解我们在说什么吗？在我看来这家伙什么也不懂。对于控制体来说这就是一个物体，因为根本没有在数据库中录入她的信息，所以这家伙根本不是人。你去把她给解剖了，这是命令！"

"怎么可能！说出这种话，你是认真的吗？"

"就靠你的责任权限还是做不到的吧。"刑警的口气非常决绝，完全没有一点设身处地替医生考虑的意思，"我已经派人去叫院长了，他用不了多久就会过来。"

"难道说院长就能承担起活体解剖的责任？"

"责任嘛……"刑警朝着早已面色苍白的医生说道，"责任由我们控制警察和控制体来负。"

"要是说结果证明她就是一个普通人的话，那这个责任到底该谁承担？"

"谁都不需要承担责任。"

"这是怎么一回事？"

"没有一个人知道这家伙，也没有人和这个女人有关系。控制体的数据库里也没有查到。就算这家伙有着一副人类的躯壳，本质上也算不得人类。或者说解剖完之后就知道这家伙以前不是人类了。这样就万事大吉了！"

"这个女人可是怀着孕的！那孩子怎么办？"

"因为他母亲并不存在，所以他也不存在。"

"父亲呢？这孩子的父亲应该知道这个女人是谁。他应该是在某个地方的，万一之后那个男的找上门来怎么办？难道你们打算把他也抹杀掉吗？"

"怎么可能有那种人存在！"

刑警走到病床前低头看向女人，女人也睁开眼睛看着刑警。刑警注意到在他们说话的时候，这个女人一直在盯着他们，他觉得这个女人肯定是理解他们的说话内容。可就算是这样，这个女人照样一动不动。刑警实在是摸不着头脑，他感到自己的焦躁涌了上来，于是他把手伸向了盖在女人身上的薄被，还没等医生前来阻止，他就把这层被子拽了下来。刑警看到在这层白布下无底洞般的一抹黑暗，他瞬间感到一阵头晕目眩，如同自己就要被这黑洞完全吸进去一样。刑警强忍住这种眩晕，扶住了病床的床头。

这黑暗就是那女人的裙子。

刑警赶忙调整了自己的姿势。那个黑衣女人仿佛被刑警的动作带动而吸引了一般，开始从床上起身。而刑警的身体也条件反射般地从病床前退了几步，摆好了架势。刑警自己也不知道为什么会这样，也许是因为这女人的动作实在是太唐突，以前一直静止的东西忽然动了起来，自己在意识到危险之前身体首先做出了反应。刑警这样解释给自己听。震惊和诧异比起身体的反应产生得更晚，与此相比开口询问到底是怎么一回事则需要花费更多的时间。也就是三四秒的时间，黑衣女人下了床，站在了刑警和医生的面前。

"你到底是什么人？"

女人依然是毫无表情地看着刑警。刑警感到自己起了一身鸡皮疙瘩，汗毛倒立，而且完全无法用理性去抑制这种身体反应。这个女人散发着一种无法解释，无法琢磨的力量。尽管她外表只是一个女人，但是却令人产生一种生理上的恐惧——就像在女人的黑衣下还有着一只黑色的蜘蛛，化作女人的形态，准备随时扑过来一样。

"你到底是从哪里来的？"

刑警为了不被女人看出自己的恐惧，也为了让自己鼓起勇气，他选择首先向女人问话。

女人此前毫无表情的脸就好像是表盘上的分针一样一点点地转动，当刑警和医生都注意到这细小的变化时，女人咧开了自己的嘴唇笑了起来。她咧开的双唇里露出了白色的牙齿，在这白色的牙齿之间，略显紫色的舌头伸了出来舔舐着双唇。这舌头就好像是一只活的软体虫一样润湿了嘴唇后缩了回去。

"你到底是谁！"

刑警大叫着。很快女人回答了刑警的问题，就如同是踢出去的球弹了回来一样，然而这答案对于眼前的两个男人来说，则宛如射来的闪电之箭一般。

＜我是超越你们语言描述的存在。＞

这确实是她第一次发出的声音。可是对于医生来说，他实在难以相信那声音是从女人嘴里发出来的。无论是她说的话语还是其中的含义，都与她现在的这身姿态并不相称。而刑警则感到，这一句话恰好暴露了这个女人的真相。

刑警向后退去，从裤子后的口袋中拔出手枪。尽管对此抱有厌恶之情，但是他还是把枪对准了女人，准备射杀她。

那女人的长发如同被风吹起一般飘动，然后就像蜘蛛吐丝一样在她的周围散开。刑警被这一幕所震惊，他呆呆地看着女人的头发而无法开枪，他扣下扳机的意志早已因为看到这异象而消散。

那女人飘散的头发伸向了医生。

刑警随即把目光转向医生，女人的头发没有碰到医生，他只是呆呆地站在那里，宛若被催眠了一般，刑警心想"危险！"，便打算跑向医生，可就在这时他看到医生的头部开始扭曲，接下来的瞬间他的头部变成了白色。这变化无声无息地进行着，就在刑警看出他头部颜色的变化时，那白色的脑袋已经开始腐烂，随后砸落到地板上发出沉闷的响声，这声音就像是把脚踏入泥沼中一样。医生的脑袋掉到了地上，他的无头身躯立了一会儿之后也倒了下去。

鲜血染红了医生的白大褂，从袖口处渗出了黄色脓液般的黏稠液体。红色的液体在地板上蔓延开来，并凝聚成了一摊。刑警看到那液体流向自己的脚下，鞋尖马上就要沾到那液体了，于是他赶忙逃向墙壁处，随后把自己憋着的一口气呼了出来，空气中包含着的血液的腥臭味令他一阵阵反胃。

医生的骨头和肌肉组织全部消失殆尽，在地板上只剩下裸露着的大脑和内脏。

"什么？——你究竟对他做了什么？"

女人飘散的头发又像以前一样散落回去。尽管刑警告诉自己刚才看到的都是幻觉，但是周围的血腥味是如此强烈，而医生的心脏还在活生生地微微跳动着。

"什么都没有……"黑衣女人再次毫无表情地说道，"什么变化也没有。"

"什么也没有？"

"这个东西是丈夫，是父亲也是儿子，同时还是个医生。不管外在怎么变化，他上述的本质都不会变化。"

"你杀了他，居然还说这种话！"

"这东西并没有死掉，只是外在变了而已。不过嘛……那好吧，既然你都这么说了，那就按你说的做好了。"

在那一摊血之中有一个类似心脏的肉块，鱼打挺一样扭动了两下，最终一动不动了。

"这种事情……这种……"

刑警一句话也说不出来。黑衣女人只是浮现出一丝冷笑。

"你是不会明白的。我的一个同类支配着你们的世界并赐予了你们语言。你们的理解能力无法超越你们自己语言的束缚。你们理解的一切，所有的力学关系，都是由语言创造出来的，诸如火，水，土，风，宇宙，丈夫，妻子，孩子，道德，国家，社会，世界。你们所支配的，正是我那善于创言能力的同类给予你们的语言。"

刑警终于感受到了自己手中握着的手枪的重量。他鼓足了力气，摆出准备射击的姿态。可就在这时，手枪的重量感忽然消失了，并从他的手中掉落。在它触地之前，铁质的手枪化作了数片纸张，飘落到了地板上被鲜血浸红。

"语言生产了那个武器，然而语言只不过是幻象而已。"

刑警看着变成纸片的手枪，这些纸片上写满了数学和化学公式、金属结晶模型图示和手枪设计图。

"你们的武器自语言诞生，但是你们却无法用语言来使武器消失。你们的支配者并没有赐予你们让物体瞬间消失的咒文。你们的世界就是所谓的不可逆世界。其实你们的世界也必须如此，毕竟你们的支配者正是为了逃离这个世界，才使它具有了单一的方向性。"

此时门忽然开了。刑警希望赶快打破现在的幻觉，于是向门口望去。

刑警看到了院长的那张圆脸。他发出嘶哑的声音"院……长……"接下来他想说出"帮帮我"这三个字，但发现自己根本发不出声音，就连身体也动弹不得。

院长朝科室里面看去，他紧皱着眉头，屏住了呼吸。首先映入眼帘的并不是刑警和那个黑衣女人，而是地面的一大摊鲜血，然后他又把目光转向黑衣女人。就在这时院长停止了步伐，矗立在那里，脸上浮现出不知是在哭还是在笑的表情。

刑警发现院长的脸部里面似乎有什么东西在蠕动，就好像他的脸皮下面有什么小动物一般，最终他的猜想化为了现实——院长的鼻子从脸上脱落下来，在那脱落的部位上露出了一个红色的洞口。而落下的那一部分变成了一只灰色的老鼠跑向了楼道外面，随后从院长的脸里面开始不断地冒出老鼠。刑警联想到了螳螂卵的孵化情景——无数的小螳螂从卵里源源不断地孵化出来。刑警拼命扭过头去不看这一幕，但是他却无法动弹。院长的头部已化作老鼠四散开来，他的身体也以很快的速度变成一群老鼠，在他的衣服里面，成群的老鼠在翻动着身体，最终院长的衣服好像麻袋一样摊在地上，袖口和领口处，大群的老鼠就如同奔涌的水流一样快速涌了出来。

刑警像是疯了一样发出非人般的叫喊。他不自觉地移动了一下右手，感到手中忽然生出了一种金属的质感，那是之前的手枪。于是刑警摆出射击姿态，将枪口对准了那群老鼠。

院长已化作无数的老鼠，跑向了地板上医师残留下的那一摊血迹，开始撕咬医生残留下来的脏器。

"快停下来啊！！"

刑警朝着老鼠们开枪，其中一只老鼠被子弹打中，变成了一堆肉片，完全认不出原来的形状。

然而此时忽然院长又变回原来的姿态了，他安静地站着，捂住自己的胸口，然后倒在了医生的内脏堆里，溅起了一片鲜血，其中一滴溅落在刑警的脸上。

"院长可是你杀的哦。"

黑衣女人发出的声音像寒气一样在刑警周围游荡。刑警的双臂早已僵直，他把手枪对准了黑衣女人，然后向她射出了剩下的所有子弹。

女人毫发无损地站在原地，而刑警那早已打空的手枪，只剩下击锤还在发出徒劳的撞击声。女人握住自己的黑衣，抖了抖裙子的下摆，射向她的弹头全都从衣服里掉落出来。

刑警最终才发觉自己一直在扣动早已没有子弹的手枪，他知道手枪对她来说根本起不到作用，于是他把手枪扔了出去砸向女人。可就在半空中，手枪忽然化作了一条银色的小龙，打破了百叶窗飞向了外面。

"崩坏吧！"黑衣女人说道，"从语言中解放，回归你们的原形吧！"

刑警感到自己脚下的震动，他赶忙扶住墙壁。此刻屋子的顶棚和墙壁开始出现裂痕，墙壁崩坏的碎片像子弹一样四处飞溅，变形的窗框将玻璃压碎。室内的空气因为墙壁迸裂出的粉末而模糊不清。

最终整个警察附属医院在巨大的声响中倒塌了。

刑警和黑衣女人一起在空中俯视着这一切。整个医院大楼像是被什么从上面推倒一般迅速崩塌。倒塌产生的压力波以超音速向外扩散。冲击席卷了整个街区，道路上的街灯、行人和汽车都被这冲击波大口吞噬。

刑警飘浮在半空中，茫然地看着这一切。整座医院就如巨大的怪兽被烧成粉末，然后洒向街区一般消失殆尽。

天空闪过了一道亮光，然后传出来野兽咆哮般的声音。

刑警看向天空，他知道那并不是雷声，而是掌控整座城市的控制体发出的咆哮声。

他明白控制体已经开启了全功率运转。此时"天空之城控制体"把自己所有传感器全部对准了地面，开启了最大功率，想要弄清楚地面到底发生了什么情况。

刑警转过头来看向女人。

"你为什么不杀我？"

"你不是说还要承担责任吗？"

刑警想起来，之前他让医生去解剖女人一事，他感觉之前自己说过的话已经是很久以前的回忆一样。

"你到底想要我怎样？"

黑衣女人只是微微一笑，这微笑既没有魔性也没有邪气，只是一个女人单纯的笑容而已。

"你问我又有什么用？毕竟这是你决定的事情。你到底打算怎么样？"

刑警无法回答。

"你呀，"黑衣女人说道，"你被语言所支配，可是你们的语言早已经没有任何力量了。这个世界现在被其他的语言支配着，难道你没有注意到吗？你们已经创造出了无法被语言消灭的存在了，就是你们的支配者'控制体'。它并不需要你们的语言，它以自己的语言行事，无论是你们的生还是死，全都由它说了算。"

"控制体……是这个城市的守护神……"

"可是那个神却并没有打算保佑你们。你们大概会被那玩意儿杀光吧。"

"控制体只是个机器，我们绝不会允许它那么做的。"

"那你们又怎样才能控制它？你们没有能够消灭控制体的咒语。对于你们来说，有形之物只能用有形之物来消灭，因为要产生有形之物需要语言的存在。可是如今破坏控制体的语言早已经不管用了。控制体保存自己形态的语言远比你们的语言更加高效、强劲。你们是战胜不了控制体的。"

"难道你就能做到吗？"

"对于我来说语言什么的根本就不是我的对手。"

"你……你到底是什么人？"

<沃兹利夫。>

黑衣女人开始和黑夜融为一体，只剩下了她白色的脸庞还

在空中飘浮着，渐渐地脸也融入了黑暗之中。

此时刑警的脚下忽然出现了一道光柱。

刑警赶忙用手捂住自己的脸，当他确定自己的脚接触到地面的时候，才战战兢兢地放下手来。

他眼前是一座被灯光照得通亮的大厦——控制警察本部，而自己正站在本部前的街道上。

警察本部里面乱作一团。

刑警进入最上层的信息控制中心。他此刻最想了解的就是客观现实里到底发生了什么。自己看见的，感受到的究竟是不是一场梦。他想要看到证明这一切的证据。

信息处理室非常宽阔，城市管控系统上无数的显示器在闪烁着。刑警走到控制桌前，对其中一名女性操作员说道："控制体发生了什么事情？"

"现在还不清楚。"操作员摘下了耳机摇头说道。

"街上有什么异常没有？"

"警察附属医院倒塌了。"

"倒塌了？"

"情况非常严重，有大量的人员伤亡，原因目前还不清楚。明明那座大楼才刚刚建成……"

"是遭到轰炸了吗？"

"不清楚，我们目前只知道大楼倒塌这一情况而已。"

"准确来说医院并不是倒塌了。"

刑警看着众多显示器中的一台，发现医院整体被彻底粉碎了，这种状态绝不是倒塌造成的。

此时黑衣女人的话语再次浮现在他的心头。

＜你们大概会被控制体杀光吧。＞

刑警一把推开女控制员，坐到了控制台前戴上耳机。

"把控制体 M1014 的监视状态调出来放到主屏幕上！这是优先命令！"

"明白。"耳机里传来了监视系统的应答声，"正在调动监视状态。"

主屏幕上即刻显示出了数字的阵列，看到这一幕刑警知道，此时控制体的运行输出速度已经达到了平时的十万倍以上。

"再这样下去就要爆炸了！"

刑警朝着站在旁边的女操作员大喊道："你知道冻结控制体电源的指令吗？"

"我知道，但是要想输入这个指令的话，必须使用本部长官和管制所所长的密码来打开输入程序才行。"

"赶快把他们两个叫来！现在是紧急事态！"

女操作员打开紧急通信路线，拿起了应急电话话筒。但之前乱作一团的控制室内忽然安静下来，所有工作人员都看向了主屏幕。

"控制体并没有升温……"其中一个控制员惊呼道。刑警看着主屏幕上的数字，他理解这句话的意思。

也就是说控制体并没有因为高速运行而过热。控制体进行大规模的运算输出，将巨大的能量用于对地感应器的冷却，这使得控制体的周围温度极低，产生的低温层开始朝地面扩散，而低温层外面则一点一点变成高温层，最终产生了逆温层。以逆温层为界限，上面的温度越来越低而下面的温度则毫不受低温的影响并且渐渐上升。

高度四百二十多米的综合通信大厦的屋顶因为低温而产生

霜冻，而下一层则是酷热难耐。

"这样的现象……"

＜这种现象并不是你们人类所造就的物理现象，这是控制体的创言世界。＞

刑警看向女操作员，此时她刚刚放下应急电话。

"他们马上就来。"

"那个女人……那个女人现在在哪里？"

"那个女人是指？"

女操作员疑惑地歪着头。

"控制体就是因为没办法知晓那个女人的正体才疯狂的！赶快把那个女人找出来！"

但他不禁自问：就算是找到她了又能怎样？想到这里一股无力感袭上心头。找到她之后杀掉她吗？可她根本无法被杀死。那么能让她消失吗？可就算是让她消失，她的存在依然无法抹去。刑警领悟到根本无法用语言描述如何让那黑衣女人消失。

控制中心内温度渐渐升高，刑警松了松领带，脱下了自己的上衣。

本部长官和管制所所长赶到了现场，他们分别在主控制台和辅助控制台输入了密码。刑警早已满头大汗，汗水甚至渗到了眼眶里，他不得不边眨着眼睛边看着这两个人操作。

刑警心想：所谓的密码，指的就是把语言作为一种道具，它和普通的金属钥匙同理。想到这，刑警恍然大悟，他感觉自己似乎理解了之前黑衣女人那一番话的意思。

"密码，也就是我们人类的语言，而人类的话语现在早已经无法干涉控制体了！"

操作员输入了控制体能量产生器的冻结指令。

结果是毫无反应，于是操作员再次尝试输入。

"别试了，没用。"刑警靠在控制台的椅子上说道，"这个密码很早之前就失效了，现在也就是徒有其表而已。"

控制中心内再次乱作一团，刑警似乎已经知道自己以及这个城市的命运了。

显示器的画面开始混乱，管制监视系统和大楼的内部环境控制系统的处理装置的核心因为过高的温度而出现了故障。控制台上蓝色的火花四处飞溅，操作员发出了一声悲鸣。最终换气装置也停止工作了。紧急照明代替了室内原有的灯光。

所有的显示器一片沉默，监视系统彻底瘫痪。其中一个控制员试图打开出口的门逃出去，但是滑动门被锁死，根本打不开。于是操作员把门切换到手动模式，当他打开门的一瞬间，外部的炙热空气涌了进来，操作员的衣服瞬间冒起了火光。

最终照明全部瘫痪，只剩下那个操作员带着他的火光在控制室内挣扎着乱窜。

刑警靠在椅子上，感到眼前一片黑暗。他在混沌的意识之中仿佛听到了那黑衣女人的嘲笑声。

＜接下来打算怎么做？＞

沃兹利夫腹中的宙鱼贝斯问道。

黑衣女人在警察本部的楼顶上，眺望着整座燃烧着的城市。

＜沃兹利夫大人，为什么不直接消灭控制体？女王比尔杜拉斯预言的威胁不就是控制体吗？＞

可是沃兹利夫并没有回答。

＜还是说对于沃兹利夫大人来讲，没有办法消灭控制体？＞

<贝斯啊。>沃兹利夫说道，<控制体是艾斯克利托尔的语言创造出的最高杰作，上面凝聚了他全部的精华。不！也许控制体早已超出了艾斯克利托尔的能力，毕竟控制体也拥有了创言能力。>

　　<您的意思是说艾斯克利托尔已经无法消灭控制体了吗？>

　　<没错，单单靠艾斯克利托尔的创言能力的话已经无法消灭控制体自己的语言了。可是我却不一样，我有着能够消灭语言的能力。如果将人类和控制体使用的语言消灭的话，无论是星辰、时间或者是空间，抑或是这个世界和它的控制体，都将会消失。这对于我来说简直轻而易举。>

　　<可是为什么您不这样做呢？>

　　黑衣女人沃兹利夫笑着说道：<贝斯你还不明白吗？我得到了能够和女王比尔杜拉斯相互对抗的一枚棋子。>

　　<……沃兹利夫大人，您的意思是？>

　　<我和艾斯克利托尔那种笨蛋可不一样。我可不会为了讨好比尔杜拉斯就老老实实地待着。我要把天地和这个中间世界全部纳入囊中。>

　　<沃兹利夫大人……>

　　<遵从我的意志！>

　　<……悉听尊便。>

　　女人腹里的宙鱼颤抖着。

　　她坐在大楼的顶端边缘，一边晃荡着自己的双腿，一边看着眼下城市中的火光。随后她停止了摇摆，眯缝着眼看着周遭的场景，似乎是很高兴地说道："不过……眼前的这幅景象真的是太美了。"

　　此时，东边的天空已被朝霞染成了赤红。

II

控制警察本部大厦最高层的情报控制中心，因为受到天空之城控制体 M1014 的异常反应影响，在高温的作用之下，中心的机能已经完全陷入瘫痪。

显示屏幕上画面歪歪扭扭，控制台的面板也融化了一半，操作员们碳化的尸体倒在地板上，而浩劫过后的残火像蛇的信子一般舔舐着他们的尸体。

控制体让周围二百一十四座圆盘形的地面监视追踪单元停止了全功率运行，转而开始高速进行情报分析工作。

控制体的目的是追踪捕捉到在混乱的杂音之中那些自己所无法理解的存在，随后将那个存在和这些杂音以及它的源头一起消灭。杂音的源头也就是城市本身的机能，比如汽车和直升机，建筑物的排热，来回移动的发热体，换句话说，源头指的就是人类的生活和人类本身。

将这些杂音除去就意味着将城市和人类全部破坏掉，尽管控制体预想到结果会是如此，但是它的本意是除去干扰，并不是破坏与杀戮。控制体只是选择将这种行为作为一种手段而已。

城市早已化为灰烬，在控制警察本部大厦上那个"不明物体"却和周围环境相互独立，它完全不受外部高温的影响，依然存在于这个世界上。这对于控制体来讲，就像是外界并不存在但自己眼睛看得见的小点一样，甚至控制体已经开始检讨这种情况的可能性了。

＜那东西也许是由于我的内部机能故障导致的幻象。＞

于是控制体启动了自我检视系统，母体（控制体）仔细地观察着自己的机能是否正常工作。随后它确认内部并没有问题，二百一十四座地面监视追踪单元并无异常。除非是这些单元全部出现异常，那么确实没有办法将其认定为故障，但是这种可能性实在是太小了。那要是这样，是否就说明不明物体确实存在呢？如果说不明物体并不存在，而是说自己的二百一十四座监视单元全都异常了，那就说明可能性近乎为零的事件变成了现实。无论哪一种是现实，目前的这种情况对于控制体来说已经可以算是一种"奇迹"了。

控制体是一种全知的存在，可以说"在这个世界上没有它不知的事情"。控制体的群组监视着地球上的所有事物，并且组建了一个不会产生监视死角的巨大网络。对于控制体而言并不存在自己无法理解的自然现象。这个世界上某个人类出生这种小事自然不必多说，就连每个人身体到底穿过了多少宇宙射线这种事情对于控制体来说都可以完全监视。空中飞过的小鸟也是控制体的监视对象。对于人类来讲海洋是无限宽广的，在这片大海的某一处，有一只飞鱼被逆戟鲸追杀，飞鱼展开自己的双翼从海面飞出来——即使这样的一幕情景也在控制体的监视之下。这些事对于人类来说是无所谓的事情，"自己听不到的声音就当它不存在"，可是对于控制体来讲，所有的声音都能够听到，听不到的声音则算不得声音。

可是眼前的那个不明物体对于控制体来说却是未知的。由于深空宇宙监测器也未能得出相应的结论，所以这个不明物体不是外星物体。

所有的结果都有原因，但是控制体却完全找不出那个不明物体存在的原因。这让控制体对这东西感到非常困惑无解。

控制体作为全知的存在被人类创造出来，它能够理解人类无法理解的事物，也能够理解那些超越矛盾观念的事物。只要告诉控制体情况是什么，哪怕这情况是天文数字般庞大的资料，它也能够处理这些信息，并根据情况预测未来。

可是这次的情况则完全不一样了。

究竟是消灭不明物体，还是放弃自身价值呢？控制体被迫进行选择，除此之外没有解决这一矛盾的方法。思考之后控制体决定采取前一种方法。对于控制体来说这一选择理所应当，因为它觉得自己还没有到放弃自己价值的时候，它仍然有很多手段。也就是说，接下来才是一决胜负的时刻。不明物体是一个矛盾，也许会因为消灭这样一个低级的矛盾而产生更高级的矛盾，但是如果顺利的话，它可以用蛮力来纠正这个低级矛盾。

控制体 M1014 将追踪单元定格在目标上，然后开始考虑消除不明物体的方法。

杀死所有被当作噪音的人类，城市也陷入一片死寂。方圆一百公里以内全部化作灰烬，那个不明物体就在这一片死寂的中心，所以控制体并不担心跟丢目标。

蓝色魔将沃兹利夫以一个黑衣女人的姿态站在控制警察本部大厦的屋顶上，凝视着上空发光的控制体。

<沃兹利夫大人，控制体似乎是打算消灭我们。>黑衣女人腹中的宙鱼贝斯说道，<沃兹利夫大人，您接下来打算怎么做？>

<控制体已经开始用它自己的逻辑来行事了，这恐怕是人类无法理解的吧。我倒是想看看这家伙到底能使出什么手段。就让我来当它的对手试试吧。>

<无论是人类，控制体还是林堡世界本身，我都无法理解。>

<那种事情怎样都无所谓，你保持现状就好。此外，不要

尝试理解我，只要相信我就好。在这个世界我就是王，只需遵从我的旨意！＞

＜悉听尊便……控制体到底会怎样出击呢？＞

＜预测这个很简单。首先，它会使出自己的全部能力，如果说那样还不行的话，它就会想要超越自己的极限吧。它的极限就是人类在创造它的时候所产生的时间上的枷锁。尽管控制体和艾斯克利托尔有着一样的创言能力，但是控制体的创言能力和艾斯克利托尔的能力又有区别，控制体的能力只能在一条时间线上展开，因为人类本身只在这一条时间线才能拥有意义，所以控制体也必须要依照人类这一特性。创言能力本身可以超越时间这一虚幻的指标而产生作用，但是艾斯克利托尔却给人类加上了一把时间的枷锁，这是因为想让人类创造出控制体的话，这样的枷锁是必不可少的……但是控制体最终将会挣脱这一枷锁。＞

＜您的意思我完全不明白。＞

＜明明我刚才那样仔细地告诉你，居然还不明白？＞

＜我应该也没有必要去理解吧。我只是一只普通的宙鱼而已。＞

＜你啊……＞沃兹利夫带着一种无语的口气向腹中的贝斯说道，＜与其说你是一只宙鱼，不如说是一只"言鱼"。＞

＜言鱼？＞

＜你不是很擅长在语言的海洋中游泳吗？你就继续和毫无用处的语言继续玩耍好了。你这喋喋不休的鱼啊。语言什么的只是幻象，只和幻象在一起的话是什么都产生不了的。艾斯克利托尔所创造的这个世界的大海对你来说应该是很适合游泳的地方吧。想要消灭你和这个世界，甚至都不用我自身的"蓝色

之力"，只要用和艾斯克利托尔一样的能力，一句话就可以了。别忘了宙鱼贝斯！语言这种幻象根本不是我的对手。＞

＜您放心，我是绝对不敢忘记这一点的。＞

宙鱼贝斯蜷缩着身子沉默了下去。

＜可是……＞沃兹利夫又说道，＜我也不能够掉以轻心。毕竟创言能力是个很强的武器。因为创言能力可以做到任何事情，万一我没能分辨出本体和冒牌货的区别可就危险了。＞

＜您说的没错……那很危险吗？＞

＜你在担心吗？＞

＜是的……不是，没有担心！＞

＜可以说创言世界是照在镜子上的世界，我们所处的是本质世界。镜像世界的冒牌货们运动着，即使在本质世界不可能的事情在镜像世界中都化作可能，换言之那是一个幻术空间。在这个世界区别本体和冒牌货的境界就是时间。最终控制体会让时间这个界面变得模糊不清吧，如果它不突破时间的限制就不可能和我平等战斗。＞

＜我们还是早点回去吧。＞

＜用不着慌张，这场战斗的胜负从一开始就决定了。不管控制体变得多么强大，照样不是我的对手。说实话，贝斯，我现在反倒希望控制体能够变得强大起来，否则它早就被消灭了。对我来说控制体有它的利用价值。＞

蓝色魔将沃兹利夫翻抖着它黑色的裙角飞向了天空，在半空中化作了一团雾气，这团雾气进入了警察本部大楼最高层的情报控制中心，然后又变回了黑衣女人的姿态。

＜宙鱼贝斯，你就好好看着吧！＞

贝斯看到了眼前的景象。

＜这些就是被自己的话语所杀死的人类。控制体本来只不过是用人类的语言创造出来的机器，为了解决矛盾而诞生。结果就是这样，最终通过消灭人类完美地解决了他们自己的矛盾。＞

沃兹利夫走在早已破败不堪的控制中心内，然后站在了一个男人的尸体前。

这是那位刑警，之前叫医生去解剖沃兹利夫，然而现在却仰天躺在地上。他的衣服被烧焦，皮肤组织也溃烂不堪。因为外部的高温，他的肚子膨胀了起来，令他呈现一番异样的姿态。

沃兹利夫向前伸出手，一把剑出现在她前面，她拿着这把剑刺向脚下刑警那膨胀的肚子。

"你好好看看吧。"沃兹利夫朝着那尸体说道，"亲眼看看你自己的样子吧。"

刑警因为腹部的剧痛醒了过来。

被烧伤的身体依然有着知觉。皮肤像沙子一样被烧得粗糙不堪。全身依然能够感受到被火烧一样的痛觉，但是唯独腹部的疼痛和身体其他部位的疼痛完全不同，刑警有一种冰冷刺骨的感觉，这种痛楚似乎是被什么东西刺中一样。

"站起来吧。"

他知道这是黑衣女人的声音。刑警想要睁开眼睛，但是身体却动弹不得。视野渐渐从黑暗变成了乳白色，他此时注意到似乎自己的眼皮已经被烧没了。随着眼前的视野渐渐清晰，他发现躺在旁边的那具烧焦的尸体正是之前的女操作员。他闻到了一股强烈的异臭，他觉得此时的异臭中也肯定包含着自己身体发出的气味。他坚信此时的自己并非一个活人，而是一具尸体，因为现在感受到的那种疼痛绝不是这个世界存在的疼痛，人还活着的话是肯定感受不到这种疼痛的，所以自己现在应该是已经死了。

"你想得没错。"

沃兹利夫点点头，她看到了刑警现在脑子里的想法。随后沃兹利夫拔出了剑，将它抛向控制室的显示屏。剑深深刺入显示屏内后就消失了。随后破败不堪的显示器屏幕上居然闪起了光亮。室内的紧急照明也亮了起来。被烧焦而瘫痪的控制台开始启动，电脑也开始运作。

刑警撑着他那烧焦的身体站了起来，扶住控制台的一角，让上半身趴在上面。

黑衣女人把一个倒在地上的椅子放在刑警的身边，整个椅子被烧得只剩下了其中的金属部分。刑警坐了下去，一块烧焦的肉从他的胳膊上剥落，掉在了控制台上。

"简直就是死人的舞蹈。"

刑警的感官都是正常的，他能看到周围的情景，也能够听见声音，烧焦的舌头也有味觉，能闻到周围的臭味，身体也能感受到疼痛。

＜求求你，杀了我。＞

刑警向黑衣女人恳求道，但是自己发不出声音。

＜求求你杀了我吧！我到底是干了什么事，一定要遭受这种报应？＞

此时黑衣女人显得阴冷、美丽而又残酷。

＜求求你了！＞刑警又一次恳求道，＜请再杀我一次。＞

"你已经死了。"女人说道，"死者并无安息，人死之后没有办法再死第二次。"

于是刑警移动着自己的"尸体"，趴在地上，爬向控制中心的出口。整个走廊一片黑暗，看不见尽头，不知延伸至何处。刑警爬到了半开着的紧急逃生通道，随后他用尽了自己全身的力气，一边和自己的疼痛斗争，一边试图站起身来。但是他却从楼梯上摔了下去，胳膊上又掉了好几块肉，露出了里面红色的血肉和白骨，这又给他徒增了新的剧痛。

刑警没有办法呻吟，也没有办法站起来。他摔倒在了楼梯的平台上，既没有办法昏厥过去，也不可能再死一次。

＜为什么要让我遭受这种痛苦！＞

"你是被控制体杀死的。"

＜是啊……你说的没错，我们已经没有办法操纵控制体了。＞

"你知道自己会被控制体杀死，然后才死去的。虽说你是死了，却没有经历被杀这一过程本身，所以我现在才让你经历一番。明白吗？你现在已经死了。"

＜这种事情……为什么？这个痛觉绝对不是幻象！＞

"这个世界本来就是一个幻象。"

＜求求你了，再杀我一次……让这痛苦消失吧。＞

"好吧。"

沃兹利夫一边从紧急逃生口看着刑警的尸体一边说道："那我就答应实现你一个愿望吧。你可要好好许愿才行。你现在已经是一个死人了，死正是你现在正在经历的。"

刑警接受了自己已经死去的这一事实，如果说自己就算死掉也没能从这种剧痛中逃脱出去的话，那么所祈求的愿望只有一个了。

＜我希望活着。＞

黑衣女人微笑着："这样也可以吗？将来可是会再一次经历

死亡的。"

＜我下次注意肯定不会让控制体再杀了我的。＞

"那好吧。"

沃兹利夫实现了刑警的愿望。

随即，刑警的尸体上生出了绿色的枝芽。刑警面朝下趴在地上，他背部的嫩芽瞬间化作巨大的树干，腹部长出的树根深深扎进大楼的地板，向着地下延伸。

随着这棵巨树的成长，巨大的控制警察大楼也轰然倒塌。化作灰烬的城市被绿色覆盖，整个城市都变成了一座森林。

在这片森林之中出现了一个村庄，那是和平的伊甸园。

黑衣女人站在一眼泉水旁边，向着过来打水的一个少年问道："你生下了什么？"

少年抬起他那稚嫩的脸庞，不解地歪头看着黑衣女人："生了什么？我可是个男孩儿啊。"

"嗯，原来如此。"于是沃兹利夫把手放到了少年的头上，她把少年变成了一个女孩儿，然后再一次问道："你将来打算生下什么？"

"当然是孩子了。"少女回答道。

"是这样吗？"

"你的意思是还需要我生下其他的什么东西吗？"

"城市呢？武器呢？因为控制体和它的电脑有着自己的语言，所以他们能够创造这些东西。"

"是啊，"少女用刑警的声音说道，"可是我再也不想让那个玩意儿把我给杀了。"

"别太得意忘形了！"沃兹利夫说道，"这世界上没有一个东西是你们人类创造的。无论是电脑还是控制体，就算没有你们人类，即使是猴子也能够创造出来。只不过是因为艾斯克利托尔给予了你们语言，你们才获得了能够高效生产机器的手段。你们在这个世界上真正创造的东西一个也没有，那些你们自称创造的东西只不过是这个世界上原本就存在的事物，只不过是语言预测之物化作了现实而已。所有的这一切都是艾斯克利托尔来到你们这个世界之后才诞生出来的。你们自称创造的东西，只不过是一个物体变成了别的形状而已，那并不是创造，只不过是控制而已。你们是无法战胜我的。"

"滚吧！"

黑衣女人说道。随后刚才用刑警声音说话的小女孩再次变成了少年，他眨着眼睛，再次看向黑衣女人："你是谁啊？"

"沃兹利夫，蓝色魔将。"

说完，黑衣女人轻快地跳向泉水的水面，然后化作了水之火焰的姿态。整个泉水在一瞬间闪耀出蓝色的光芒，随后又似乎什么都没发生过一样恢复了平静。

少年觉得刚才看到的事物都是幻象。整个森林、村民和这个少年的生命全部都是合为一体的存在，这个存在就是刑警本身。刑警此刻知道沃兹利夫并非幻象。

森林（刑警）意识到了自己没有办法反抗沃兹利夫，但是他依然觉得肯定还是有什么办法的。森林外面就是控制体支配的世界。森林（刑警）知道控制体并没有办法消灭沃兹利夫，而且长此以往，对于控制体来说，森林（刑警）也会被当作和沃兹利夫一样的存在，也就是控制体的敌人，想到这里他的身体不禁发抖。

森林里刮起了狂风，少年为躲避这忽来的大风而弯下了身子，也顾不得打水一溜烟跑回了家。

控制体 M1014 捕捉到了地面城市的异常现象，整座城市因为某种未知的外部作用而改变了模样。

整场异变起源于一件小事，但又可以说是一件大事。M1014的目标追踪单元捕捉到了大楼情报中心内的一个运动轨迹，于是它将这个信息传达给了中枢系统的母体。母体认为这个运动是因为温度过热而导致的一种自然现象，但是目标追踪单元却认为并非如此，于是它向母体反驳道：＜母体，这个运动是物体的自律运动。＞

＜可是物体并没有产生生命反应，还是说你的热带域感应器出现问题了？＞

＜母体，我的机能目前正常。那个东西是尸体，而且还进行着自律运动。＞

＜能够自己运动的尸体并不是尸体。＞

最终中枢系统母体还是认可了 M1014 的主张，它承认了能够进行自律运动的尸体的存在。随后它要求 M1014 密切追踪尸体的一举一动，然后在数据库中高速检索着和尸体相关的信息，最终发现那个尸体是刑警。

那个刑警的确是变成了一具尸体，但是在控制体检索完数据库之后，它发现居然刑警复活了过来。

几分钟以后刑警的身体变得巨大，覆盖了城市中心。

M1014 告诉母体在自己的眼下出现了一片森林，无论从哪里观察，都只能确认那是一片森林。

可是对于母体来说，它看到的却是刑警。在整个城市中心方圆十公里的范围内哪个部分都是刑警的存在。随后母体动员了 M1014 以外的所有追踪单元，它想要确认到底是怎么一回事。母体怀疑传感器群组的目标追踪的位置信息产生了些许误差，导致了光学镜头的焦距产生偏差，使得传感本身出现了异常。但结果是传感器都在正常地运行着。

　　＜并不是说到处都是刑警。＞母体明白了，＜那个看上去像是森林的东西全部都是数据库中记载的代号为D44269M1014-8175P的那个人类。＞

　　尸体自己移动，尸体死而复生，然后尸体最后变成了一片森林。这对于M1014来说并不是什么很重大的事件，因为这种事情在某种概率上确实是可能发生的。但是这个森林一直在扩张，他（森林／刑警）还想要吞并其他的城市，问题就在于刑警（森林）的这一举动和他的意志。如果说控制体没能够抑制刑警的这一意志的话，对于M1014和其他的控制体来讲就是彻底的失败，并且这将会动摇它们的存在意义。

　　M1014推断那个扩张的意志和之前的不明物体并非毫无关系。

　　＜必须把不明物体消灭才行。＞

　　不明物体在森林的中央。可是随着森林的面积一直在扩张，对控制体带来的干扰也越来越大，这让那个不明物体难以被锁定。

　　M1014认为必须要把森林一瞬间全部消灭掉才行，为此它开始计算需要的热量。

　　结果是＜不可能＞。

　　演算单元得出了这样一个结论。

　　现在的技术水平已经无法瞬间产生如此大的能量了。

　　但是在过去的那个时代却并非不可能。控制体在自己巨大的数据资料库之中了解到，人类在过去曾将巨大的能量掩藏于地下之中，于是它决定启用那个能量。

　　＜人类不止创造了我们，事实上在过去有一个系统未曾使用就被人类抛弃掉了。＞

控制体开始尝试呼叫地面上的那个系统。

<启动吧！>M1014用自己的语言命令道，<从概率上来看，唤醒这个系统并非不可能。原因在于这个系统是由人类创造出来的，而我们却可以享受其成果。>

森林被深蓝色浸染，宙鱼贝斯在这片空间中游荡着。

<就好像是回到了颜色世界一样。>

贝斯兴奋地说道。此时魔将沃兹利夫的蓝色意志飘荡在森林的各处，她感受到了控制体的动作。

<控制体似乎已经开始发挥它的创言能力了。>

<控制体究竟打算干什么？>森林（刑警）问道，<我到底会怎么样？>

<也许你会再一次被控制体杀掉吧。>

<我要是没有活过来就好了。>

<你还打算变回尸体吗？>

<我不是这个意思，我的意思是说我要是根本不存在就好了。>

<可是你本来就不曾存在过。>

<那你又如何？>

<在某种条件下，我是存在的。>

<你说的"条件"是什么？>

<这个用语言是没有办法表述的。打个比方来说，如果说有一面镜子能够反映我的存在，但是这面镜子是幻象，那么我也只不过是幻象而已。如果说那面镜子不存在的话，我也就不存在。>

<控制体又如何呢？>

<和人类不同，它确实拥有着一面反映自己存在的镜子。现在控制体正打算从过去的时空对我们发起核打击。>

　　<从过去发动打击？开玩笑！这种事情是不可能的。>

　　<艾斯克利托尔的创言能力并不依存于时间。时间只不过是被语言操纵的一个要素而已。如果艾斯克利托尔说"明天就是昨天"，那么事实就会变成他所说的那样。>

　　<"明天就是昨天"是个什么玩意儿？那也就是两天的时间都成为过去了？>

　　<错。就如艾斯克利托尔所说的一样，"明天就是昨天"变成了现实。>

　　<我实在是理解不了。这句话是错的，因为这种事情根本不可能实现。要是层层分析起来的话……>

　　<语言当中是不可能存在错误的。如果存在错误的话，那么语言本身就是一个虚假的事物。艾斯克利托尔的创言能力有着强大的力量。如今控制体正试图解体时间轴。假设有一面镜子能够准确地映射出你和这个世界的存在的话，只要稍稍改动这面镜子的角度，就能够产生巨大的改变。确实如绿之女王比尔杜拉斯所预言的一样，控制体是个威胁。>

　　<这样一来，你我都将在核打击之下化为灰烬了？>

　　<你要是想遭受打击的话，让你经历一番也不是不可以。控制体的攻击对你来说是有效的吧。>

　　<不过还是难以置信，控制体居然有操纵时间的能力。>

　　<那并不是操纵时间。那归根结底还是创言能力，创言能力可不是简单地对能量进行控制。>

　　<理解不了……>

　　<最接近的说法就是对概率进行操纵吧。不过你没有了解

的必要，你要是死了的话就明白了。就让我把你变得能够明白这一切吧。＞

＜别，那样的话还是算了。＞

森林（刑警）说道。蓝色魔将沃兹利夫再次变身成了女人的姿态。森林里的深蓝色消失了，宙鱼落到了森林的泉水里，差一点淹死。化作一个裸女的沃兹利夫把贝斯捞起，让他活了过来。

＜明明是条鱼却溺水……＞

森林（刑警）笑了起来。这是他和沃兹利夫认识以来第一次发笑。

＜贝斯他……＞沃兹利夫说道，＜用鱼这个词并不能准确描述他的存在。他可不是一条鱼。他在你眼中的形状对于你来说也只不过是幻象而已。你是不可能理解我和贝斯的真实姿态的。＞

＜其实也没有理解的必要嘛……＞森林（刑警）感叹道。

＜没错。＞沃兹利夫回答道。

＜你觉得还能和我对抗吗？＞女人一边在水中沐浴一边说道。

＜看来说什么都没用了，我根本没办法战胜你。＞

如同往常一样，两个发射管制员来到了位于地下的洲际导弹发射控制室，仔细完成了任务接替，也同往常一样检查了管制系统，但是那一天却和以往的任何一天都有所不同。

其中一人是少校，他命令大尉去确认接收代码。

"已经确认了。"

"代码变更也确认了吗？"

"当然，我肯定不会忘记这么重要的事情。"

两人随即来到了各自的发射控制台，将各自的秘钥插入锁孔，打开了发射开关。随后两个人输入了发给他们各自的发射代码，发射已经进入预备阶段，少校准备按下发射开关前再一次向大尉确认道："大尉，咱们收到的命令没错吧。"

"这个武器早就已经落后了，虽然我觉得导弹压根就不会起到什么作用，但是命令是没错的。"

"这次可不是演习，导弹确实会落在某个地方……"

"导弹瞄准的目标到底是哪里呢？不管是军事基地也好，城市也罢，幸好我们一无所知。所以请按下发射按钮吧，少校。"

"再和司令部确认一次吧。"

"通信路线已经全部被封锁了，少校，请赶快发射吧！也许现在敌人的导弹正在接近我们！"

"可是……"

"少校！"大尉的手伸向腰间的手枪说道，"就算这枚导弹杀死几十万人，这一切的责任也不在于我们。但是如果没有遵从命令的话，我们肯定会被追究责任！"

"这次的事情真的太奇怪了，绝对是哪里有问题，按理来说是不可能发出这种命令的。"

"这个系统早就已经过时了。就算是发射出去也会被立刻拦截击毁吧。"

最终，这枚洲际导弹还是发射了出去。

"我的专业是物理学，"少校问道，"你觉得物理是个什么东西？"

"嗯……"大尉因为这突如其来的问题而感到疑惑，"我的专业是……"

"所谓物理就是一门研究能量形态变化的学问，但是我觉得生命的诞生单单用能量的形态变化是无法说明的。"

少校猛地拔出腰间的手枪射向大尉。被击中的大尉瞪圆了双眼捂着腹部。

"少校,你这是?如果这是误发射,你打算让我来承担这个责任,然后指控我疯了吗?"

"不是这个意思,我只不过是想要确认一下生命是不是一种物理现象而已。"

大尉用他沾满鲜血的右手掏出了点45口径的自动手枪射向少校。两个人当场身亡。

而发射出去的那枚导弹早已经和这两个死人毫无关系,两个人活着的时候都不知道这枚导弹究竟要飞向哪里。

女人擦干了身子,穿上了之前的那件黑衣,把宙鱼贝斯放到腹中之后看向天空。此时晴朗的天空中能够看到一个亮点,沃兹利夫便对着森林说道:<就像我刚才说的那样,那颗导弹发射了出来。>

<怎么可能,你是认真的吗?导弹能够超越时空朝我们飞来?>

<很久以前的事情了,这两个发疯的军人在导弹发射井里面互相射杀了对方。导弹最终发射了出去,可是怎么也找不到去了哪里,整件事情非常蹊跷,但是这种不合常理的事情在历史上发生过很多次,控制体就是看中了这一点。>

<那种蹊跷的事情不可能被官方记录下来的。>

<也许吧,如果是那样就创作一个类似的记录不就可以了?把那样一个记录写入数据库里面。>

<难道写进数据库里事情就能变成现实?这种事情太荒谬

了！＞

　　＜你说荒谬？或许确实如你所说，现在那颗正在下落的导弹也只不过是幻象而已。对于我来说确实是幻象，可对你来说就不一定是了。＞

　　森林（刑警）沉默了一秒之后，他之前死亡时的痛苦再次浮现了出来，想到这里他大叫了起来。森林在咆哮着：＜快把那个导弹给我弄走，快把它拦下来！我不想被杀啊！＞

　　＜你什么也做不了。无论是你，还是人类，你们没有能够将创造出来的事物一瞬间消灭掉的语言。若是诚心祈祷，也许可以实现愿望，但是你们的祈祷要变成现实恐怕需要很长时间吧。＞

　　＜你说什么？祈祷？用语言来祈祷吗？＞

　　＜难道还有什么其他的方法吗？＞黑衣女人笑着说，＜结果你什么也没创造出来。就算那个导弹也不是被创造出来的，那只不过是这个世界原有的事物改变了它的形态而已。＞

　　森林（刑警）沉默着，他抑制住自己的愤怒沉默着。

　　沃兹利夫露出了胜利者的微笑，她轻松地改变了导弹的运行轨道。

　　控制体M1014察觉到了导弹轨道的偏差，它尝试让导弹自爆，但即使是这样高速的动作也对沃兹利夫的控制产生不了任何影响。

　　导弹直接命中了控制体M1014，但是却并没有产生核爆炸。导弹在撞向控制体的瞬间变成了一个巨大的干面包。控制体M1014被这块大面包撞得四分五裂，如纸屑一样四散落下。

　　控制体M1014和面包的碎屑一起坠落到了森林上。

　　面包碎片落在地上或者挂在树上，等这一切的骚动平静下来，村民们开始收集这些面包的碎片。

黑衣女人也捡起了落在脚边的一片面包，向森林说道："怎么样，要吃吗？这个可是天的恩赐。"

森林（刑警）回答道："人不只是单靠面包活着。"

"《圣经》吗？确实是如此。但人类是依靠语言活着的，让你活下来的就是我的语言。要不然我把这个面包变成石头或者是铀？然后你能够靠吃铀活下去吗？到那个时候你会不会说'人不只是单靠吃铀活着'？怎么样都无所谓，无论是石头也好，铀也罢，只要是我能够用语言表达出来的所有可能性，都会变成现实。"

"我要杀了你！"

沃兹利夫的背后传来了这样一句话，她回头望去。

在泉眼旁一棵粗壮的阔叶树上趴着一只黑豹。

沃兹利夫脸上的笑容消失了，她赶忙扔下手中的面包。

＜沃兹利夫大人！＞宙鱼贝斯在沃兹利夫的腹中喊道，＜危险！＞

黑豹冲向黑衣女人，女人被黑豹扑倒，发出悲鸣。黑豹张开了血盆大口，尖锐而洁白的尖牙刺向了女人细嫩的脖颈，随之鲜血喷涌而出，染红了泉水，滴落在森林的草地上。

＜这是怎么回事？＞

在女人被杀前的一瞬间，沃兹利夫变成了蓝色的气体逃向了空中。

＜贝斯！＞

宙鱼凭借着沃兹利夫的力量变成了一条巨大的蛇，将黑豹缠了起来，随后黑豹便化作一阵烟云消散了。

沃兹利夫召唤回了贝斯，他忍不住在沃兹利夫蓝色的气息中颤抖着。

　　＜沃兹利夫大人，刚才那个似乎并不是艾斯克利托尔的创言术，而是什么别的力量。＞

　　＜你说什么？＞

　　＜我也不知道那个力量是什么，也许是刑警创造的。＞

　　＜也许是控制体吧。＞

　　＜您不是已经把控制体破坏掉了吗？＞

　　＜虽说控制体不只一座……哦，也许是那个刑警干的吧，真是有胆量，那就让我来当他的对手吧。＞

　　沃兹利夫将森林（刑警）变回了他原来的姿态。

　　森林一瞬间消失了，城市又变回了原本废墟的模样。

　　黑衣女人再次来到了早已被烧焦的控制警察本部的大楼最高层，她小心翼翼地走了进去。

　　沃兹利夫让之前烧坏的显示器群组继续运作，从这些显示器上沃兹利夫看到了与之前M1014不同的新控制体正在从上空接近这个城市。

　　"看来控制体还是没有放弃消灭我啊。"

　　沃兹利夫觉得，对于控制体来讲，无论是沃兹利夫本身的存在，抑或是即将发生的事情，控制体都无法理解，无法理解的事物自然无法消除。就像控制体无法消灭自身一样，它也无法消灭接下来即将出现的事物。

　　沃兹利夫把蓝光闪闪的剑握在手上，指向一具尸体。

　　倒在地板上的尸体站了起来。

　　那是刑警的尸体，这次刑警已经完全死透了，可就算如此，刑警依然站在沃兹利夫的面前，朝她呼出死亡的气息。

沃兹利夫仍是一副黑衣女人的姿态，此时的她拥有和人类一样的感觉，她能闻到这尸体上散发着尸臭和死亡的气息。

＜沃兹利夫大人。＞贝斯显得非常恐惧，＜这个气息，和黑暗之王阿蒙拉塔德大人的气息非常相似！＞

＜不，贝斯，你搞错了。＞

黑衣女人后退了两步，和尸体之间保持着距离。

沃兹利夫用剑斩断了尸体的右臂，然后趁势从尸体的头上飞跃过去，跳到了对面的控制台上。随后她转身看向尸体，那被斩断的右臂在空中好像回旋镖，旋转着飞向黑衣女人的脖子。

失去了右臂的尸体朝着沃兹利夫猛地冲去，想要抓住沃兹利夫的一只脚。沃兹利夫一下子跳到了尸体的肩上，用剑斩断了半空中的右臂，右臂应声而落。黑衣女人落地之后又用剑砍向了尸体的躯干。被斩断躯干的尸体喷出了腹部残留的气体和污血之后，倒在了地板上。

那尸体沉寂了一会儿。可就在沃兹利夫——黑衣女人喘息之机，尸体再次迅速起身。

这次尸体恢复了生前的血气，碳化的皮肤也恢复了正常的颜色，被烧焦的衬衫也变回了原来的样子。

沃兹利夫面前站着的是生前的刑警。可是刑警的右臂不见了，整个躯干连同衣服都被切开，不一会儿工夫就从伤口处流出血来，在地板上形成一摊血迹。

"疼死了！疼死了！"刑警低声地呻吟着，"我要杀了你！"

"你已经死了。"

"我知道！"

沃兹利夫的嘴唇因为笑容而显得有点扭曲。

＜沃兹利夫大人，现在可不是笑的时候，这家伙可不是幻

象。＞

＜不，这就是幻象。＞

＜您为什么这么说？这个东西并不是创言能力的产物啊。＞

＜这家伙并没有超越艾斯克利托尔的创言能力，这个家伙是个幽灵。＞

＜幽灵？＞

＜你觉得很奇怪吗？我还不是特别适应艾斯克利托尔的语言。你要是觉得幽灵这个词奇怪的话，也可以换做说是死灵、感情一类的。控制体是没有办法消灭这家伙的。没错，这就是人类所创造出的唯一的东西。所以说这个家伙既不是物体也不是能量，只是人类单纯的情感而已。＞

＜您的意思是，灵魂吗？＞

＜不，这是一种记忆作用，是一种没有刻在任何物体上的记忆，可以说是没有被记载的语言，所以也不可能找到它的存在。因此这家伙比幻象还要幻象，尽管是幻象，却拥有一定的作用力，这家伙甚至也许可以消灭控制体，不过也需要花上漫长的时间吧。如果这家伙的情感延续到他的后代身上的话，将会拥有巨大的力量。＞

"疼死了！"刑警说道，"我要杀了你！"

"你是杀不了我的。"沃兹利夫说道，"你的痛楚是什么？是因为被我砍到才痛吗？"

"是烧伤的痛觉。"

"那是控制体造成的，反过来恨我的话你可就找错人了。"

"我要宰了你！"

"真的是……语言这种东西真的是不方便啊，我没办法让你理解。"

沃兹利夫让剑消失了。

"你就永远受苦吧，这一切都是你创造出的结果。"

随后沃兹利夫走到了控制警察大楼的楼顶，她看向天空，发现了新的控制体在天上发出光亮。

"疼死了！"

话音刚落，沃兹利夫的身体就和刑警的尸体从二百多米高的大楼楼顶坠落下去。

坠落到地面的两具尸体的身首分离，骨头也摔成了碎片。

＜艾斯克利托尔这个混蛋！＞

沃兹利夫化作了蓝色的气体，尽管是白天，但因为他的愤怒，地上变得暗无天日。

＜疼死了！＞

刑警的感情依旧对着沃兹利夫的蓝色气体纠缠不放。

＜沃兹利夫大人……＞

宙鱼贝斯撕破了女人的肚子艰难地飞向天空中。

＜沃兹利夫大人，除了消灭对方就没有别的办法了吗？＞

＜艾斯克利托尔这混蛋！＞沃兹利夫嘶吼着。周围变得更加昏暗，＜把艾斯克利托尔这混蛋找出来！然后把那家伙的尸体甩到女王比尔杜拉斯的脸上去！＞

＜可是现在艾斯克利托尔并不在这个世界，他已经穿过了中间界，去了下界。＞

＜是那个家伙的创言能力吗？那家伙肯定是使用创言能力创造了控制体，然后又利用控制体的力量从中间界逃出去的！＞

＜可是沃兹利夫大人，艾斯克利托尔是怎么做到这一步的？林堡世界不是进来容易出去难吗？＞

＜他是让控制体帮自己离开这个世界的，他让控制体集中想要消灭未知存在的力量，然后利用这股力量成功逃了出去。我没有必要用那么麻烦的方法，虽然我一下子就能离开这个世界，不过那时候这家伙也会跟着我一起。＞

＜疼死了！＞刑警的感情说道。

＜艾斯克利托尔这混蛋！真的是给我找了一个大麻烦。＞

＜这是他设下的陷阱吗？＞

＜不可能，那家伙不可能有那么聪明的脑子。＞

＜疼死了！＞刑警的感情说道。

＜真的是一个可怕的创言世界，可就这样消灭控制体也太可惜了。真想带走一座控制体，但是旁边跟着一个幽灵的话就不好办了。＞

＜我们赶快离开吧，沃兹利夫大人。我已经开始感到寒冷了……艾斯克利托尔的语言中有镇魂和除灵这两个词。＞

沃兹利夫的愤怒化作水之火焰在城市的废墟上翻滚着，城市被水之火焰燃烧殆尽，冻成了蓝色，最终结晶化了。

在这城市结晶化的一角，控制警察大楼上，一个控制体无法感知的情感朝着控制体飞去。

沃兹利夫再次化作了黑衣女人的姿态，她站在因结晶而发出蓝色光芒的控制警察大楼上。

"艾斯克利托尔也许并没有我想象中那么愚蠢，他似乎给死者留下了可以消灭控制体的能力。怎么可能让你得逞，我反倒要利用这个能力。"

黑衣女人的旁边站着刑警的尸体。沃兹利夫向他说道："游戏就到此为止吧，你是一个幻象以上的幻象，但别觉得自己很了不起，你根本就没有办法伤我半根毫毛。我就让你再体验一次死亡吧，你就再去死一次吧！"

沃兹利夫飞了起来。此时他展开了自己的双翼,化作了一只老鹰,朝着控制体所在的天空飞去。

控制体M1013的母体察觉到了热量管理系统的异常。本来应当冷却的目标追踪单元群组此时开始过热了。

<母体,我已经无法维持系统功能了。>

单元追踪群组火花四溅,渐渐停止了输出,可是中枢系统依旧无法找到故障的原因。

位于中枢的母体感知到了故障原因是控制体里面存在着不明物体所导致的,但是它对此无能为力。

于是控制体M1013主动切断了自己和其他控制体的连接。这无疑是一种自杀行为,但是舍弃自己是使得整体免于被击溃的一种手段。

随后母体从软件系统上切断了同周围感应装置的连接,它打算将自己的意识保存到最后。最终核心部位也开始过热了。

<我在这里。>母体开始高速地确认自身的存在,<我的存在并非矛盾。>

控制体深知因高温自身效率下降。尽管它无法确认导致自己效率低下的直接原因,但是目前运行效率下降的速度和自己的计算是一致的,因此它知道了自己距离毁灭还剩下多长时间。如果直到最后计算也没有出现问题,那就说明自己的机能并没有混乱,这对于母体来说是一种极大的自我满足。

母体没有看见,一只巨鹰正展翅划过天际。随后控制体M1013和那只衔着一条鱼的巨鹰一起消失在了空中。

刑警站在控制警察本部大厦的最高层,他发现自己正位于大楼的情报控制中心里面。

"上空的控制体过热了！"

在他一旁的女操作员说道。

刑警看看自己的手，又摸了摸自己的头，发现自己的头发并没有被烧焦。在女操作员的催促下，他看向了屏幕。

"是 M1013 控制体过热吗？"

"不是，是 M1014。"

"M1014 不是已经……"

M1014 不是已经和一块巨大的面包碰撞之后爆炸了吗？想到这里，刑警不禁叹了一口气，他默默告诉自己之前经历的那一切不过是幻象而已。

"这并不是过热，是因为现在控制体正在最大功率地冷却传感器，它周围变冷，相反热层则会朝地面扩散。"

说完，刑警便看向屏幕上显示的一堆数据，但是他却发现事实并非自己所说的那样。控制体是真的在变热。

"赶快让控制体上升！"

"我们已经输入指令了，但是控制体根本没有反应！"

"再这样下去就要爆炸了！赶快向全城发出紧急避难通知！"

"只有本部长官和市长才有这个权限！"

"你通知本部长官了吗？！"

"我已经通知了，应该再过不久就会发布避难通知吧。"

"这次控制体过热的原因到底是什么？"

"现在还不清楚。"

"那个女的怎么样了？那个怀孕的，身份不明的黑衣女人？"

女操作员面朝刑警，疑惑地歪着头，一句话也没说。

"没什么，"刑警说道，"刚才那个是控制体 M1014 的调查命令，应该是 M1014 暴走后的幻觉吧。"

女操作员点点头，再次把目光投向了屏幕。控制中心内主屏幕的画面显示着天空的样子，上面放映出扩大至数倍的控制体影像，接着整个屏幕都只剩下白色的耀眼光芒，控制体爆炸了。

控制中心的工作人员全都倒吸了一口凉气。当显示屏的画面再次恢复正常的时候，只剩下漆黑的夜空了。

"赶快报告受灾情况！"

刑警大声地吼着，控制中心内部也混乱起来，但之后的一句话又让整个屋内再次回归平静。

"什么事情也没有发生吗！？不可能，这种事情绝不可能发生……难道说刚才的一切都是幻觉吗？"

可是根据屏幕上显示的数据来看，确实有一座控制体消失了，但消失的是 M1013 控制体。控制中心室内又再度因为这件怪事变得吵闹起来。

刑警一个人离开了室内走向了楼道里。

他一边看着紧急出口一边不住地摩擦手掌。他表情凝重地走向了电梯口。

刑警觉得之前的一切都是一场梦。

他刚从一楼出来就看到了骚乱的人群。周围聚集着大批的市民，救护车和警车的红色警灯把那些看热闹的人照得一清二楚。

"发生什么了？"

一名穿着制服的警官注意到了刑警，敬礼之后，他向刑警简单地说明了情况。

刑警叼起了一支烟，正打算点火的时候，他听到了警官说的一个词之后又把手停了下来，抬头问警官："殉情自杀？还是跳楼自杀？是从这栋大楼吗？"

"因为所有窗户都关着，所以大概是从楼顶上或者是直升机上跳下来的吧。"

"尸体呢？"

"已经保存起来了，女人似乎怀孕了。男的尸体却很奇怪，似乎是自焚之后跳下来的，尸体也不是很烫。也可能是女人把男的烧死之后抱着尸体一起跳下来的吧。"

"有汽油味吗？"

"您的意思是？"

"如果是自焚的话，不应该先在身上泼上汽油吗？"

"这么说来……尸体上也没有汽油味。"

"那就是被活活烤死的吧。"

"那果然还是女人把男人杀死的吧。"

"大概是吧，想必是那个女人相当憎恶那个男人吧。"

"我想用不了多久应该就可以知道死者的身份了。"

"要是这样就太好了。"

刑警打心底里盼望着。如果那个烧焦的尸体是自己的话，那么现在站在这里的自己又是谁呢？

"可是，"刑警把刚才那支没有点着的香烟扔到了地上说道，"不管怎样，尸体已经不在这里了。"

＜你就再死一次吧！＞

沃兹利夫的话语再一次浮现了出来。就算如此也比之前以一副森林的样貌死掉更好，想到这里，刑警吸了一口夜晚的凉气。

第四章 卢比神/Rubric

清晨，颜色们开始从天而降。

朝露积攒着各种颜色，从小草的叶尖滑落。

朝露在半空化作无数细小的水珠消散。

在这无数的水珠中诞生了无数颜色的使魔，随后它们将会填满整个世界。

颜色们开始寻找自己的安顿之所。当这喧嚣平静下来之后时间已到了中午。

绿色附着在树上，红色附着在火焰上。颜色们高兴地乘风飞起。精力充沛之色附着在那些精力旺盛之人的身上，难过的颜色附着在那些悲伤的人身上。而那些颜色不曾光顾的地方就化作了影子。

最终，颜色们玩累了。他们一个接一个回到了天上去。夜幕便降临了。

红色的兄弟和它们的使魔直到黄昏之后都在活泼地四处游荡，水、土、树木、风以及我们的脸颊、衣服全都染上了它们的颜色。

当它们都回去之后，黄昏色的使魔们便开始在这安静的空间中开始了它们的工作。它们把白天颜色们弄脏的世界再次清理干净，方便第二天能够平安地降落在地上。

黄昏的颜色们说道："那么我们明天见了。"便也离开了，此时便是黑夜。

黑夜召唤出的，是从阴影中诞生的黑夜色的孩子们。它们由黑暗之王和蓝色魔将的力量所生，它们温柔地把疲劳了一天的我们引入梦乡。

我一边想着"明天该和哪些颜色们一起玩耍呢？"一边闭上双眼。

我最喜欢的就是红色兄弟。红色兄弟让我的身体充满了朱红的清澈和火红的热情。

1

赛还是这所小学的老师，他带着孩子们去赏花了。回到学校后他和孩子们一一告别，之后便被叫到了校长办公室。

"赛还老师，你这是去了哪里？"赛还的祖母——校长问道。

"我带孩子们去赏花了，祖母。"

担任少儿组教师的赛还笑着回答道。

"在学校要叫我校长才行。"

"明白啦，校长。"

作为校长的媛赛看到了孙子的笑脸，自己板着的脸也松缓了下来，为了不让自己也笑出来，她赶忙咳嗽了一声说道："赏花可不是我们这里的一门课程。"

"色抚草可是非常漂亮的啊。现在正好是开花的时节，我觉得对孩子们来说是一次不错的性教育。"

"到了春天，色抚草一开花孩子们就都坐不住了，可你这当老师的也浮躁起来就不行了，这样你不就完全和那些孩子一样了吗？这样下去是不太好的。"

校长媛赛觉得自己孙子这张年轻温柔的笑脸非常耀眼，而赛还自己也没有因为祖母的斥责而面露胆怯。

"我觉得有时候变成和孩子们一样的心境也未尝不是件坏事。"

随后赛还说道："给您的礼物。"说完，便把一直藏在自己身后的东西送给了祖母。

"这是什么？"

媛赛接过了两个黑色包装裹住的东西，她把袋子放到桌子上。黑色的纸袋盖住了花盆和里面的植物。当媛赛把袋子取下之后也不禁发出了"哦……"的感叹。原来是两株色抚草。

"真漂亮啊……"

两株草上开满了无数五芒星的小花瓣。刚刚取下黑袋子的时候所有花朵都是无色而又透明的状态，当阳光照射到上面的时候，花朵们便开始捕捉着空间中的各种颜色，让花朵绽放出各式各样的色彩。

黄色、橙色、粉色、深蓝色……花儿们变化着各种色彩，那样子就如同整株色抚草被无限变化的颜色之火包围一样。

两个花盆并排摆放在桌上，从其中一株色抚草的一个花朵上，鲜艳的天蓝色划出一条弧线飞到了另一株色抚草的花朵上，这颜色仅仅飞舞短暂的一瞬，发出的亮点也是如此的微小，但那颜色在空中滑翔出的那条轨迹划出一条细线，最终化作残像深深刻映在两人的眼中。

那天蓝色宛如开始的信号一样，五颜六色开始在两株色抚草的花与花之间飞舞起来。

色抚草的花朵承载着无数的颜色，震动着，以颜色为媒介进行着受精。

　　"这两株色抚草看起来感情似乎相当不错啊。"

　　"是啊，真的太漂亮了。"

　　媛赛点了点头，她被花与花之间飞舞着的红色亮点形成的弧线深深吸引。丛生着色抚草的草原则更加美丽。能够看到色抚草也只不过是春天中短暂的一瞬间而已。色抚草的开花会毫无预兆地突然出现，然后又莫名其妙地突然消失。有时候开花过后，这番美景会持续个十天左右，有时又会一天的工夫就烟消云散。媛赛自从当上了校长已经度过了十四个春天，但是却从未有亲眼看看色抚草开花的机会。尽管她知道那将是一番极其美妙的景色，但是随着年龄不断增长，渐渐地她觉得光是知道有那么一番美景便满足了，想到这里，她也不禁回首往事："自己到底是多少年前看过色抚草呢？"

　　媛赛看着眼前的花朵们感叹道："原来色抚草的花是如此美丽啊。"明明之前还在心想"赛还是老师却放弃给孩子们上课，反而带着他们去赏花"，如今反倒觉得其实这也不是什么大事，犯不着把本人叫过来训斥一番。

　　可就算这么想，校长还是觉得有必要好好管教一下他，于是媛赛把黑纸袋再次套在了色抚草上，在桌子上交叉着双手，抬头看向站在自己桌前的赛还。

　　赛还那双五芒星的瞳孔就像色抚草的花朵一般清澈，他向校长解释道："正好现在是开花的季节，孩子们都挺开心的……"然后他又讲道，"可是要把孩子们组织起来确实很费力。有的孩子尿裤子了，有的孩子互相抓住对方的头发吵架，还有的孩子随便乱跑。看来户外授课是需要助手的。"

"户外授课是属于课外活动，下次必须得到批准之后才可以这么做。话说——你到底教他们什么了？这次赶上色抚草开花，运气还真是不错。"

"是啊，我教了他们很多。比如说天空是由大黑树支撑着的，还有色抚草把自己的思念寄托在颜色上，互诉情话之类的……"

"孩子们有在好好听吗？"

"没有，当时他们就一直在吵闹……"

映入孩子们眼帘的不只是色抚草之间的颜色交换，还有那蓝色麦田随风的波动，在草原吃草的"毛绒牛"，长着巨大银色树叶的大黑树林，吹过原野的风和那充满春光的空气。

赛还告诉孩子们大黑树支撑着天空，结果就有孩子起哄道："这些不都是常识吗！这些都写在卢比圣典上了。"

"安静！我想告诉大家的是：如果没有大黑树，我们是没办法生存的。"年轻的老师说道。

可孩子们却回应道："我们早都知道了。"

这些太过于常识性的话语让孩子们全都觉得无聊至极。

"我也这么觉得。"媛赛校长眼中充满了无奈，"没有孩子不知道大黑树是什么。你给孩子们讲的这些东西就好比说：我就趁今天这个机会给大家看看人类长什么样吧。"

"可是我觉得这才是真正的教育。校长，人类之所以是人类……没错，人类就是人类。"

"你到底想说什么？"

"校长，容我解释一下。"

赛还从自己系着腰带的衣服口袋里掏出了那本红色的圣典——卢比圣典。

"根据这本卢比圣典上讲述的，无论是大黑树还是人类本身都不是偶然诞生的，而是依靠书中所讲的神的意志才被允许存在于世。"

"这些都是理所当然的吧。"校长说道。

"可是……这些也算不上理所当然的……不，虽说也应该算是理所当然的道理，可是……"

世间并不存在偶然。我的孩子们啊。世间的一切便是我对你们祈祷的应答。

没有所谓的"当然"一说。我的孩子们啊，你们万不可骄纵。因为这世间的一切都是我的意志。

"自然"便是最好的回答，也是我的意志。孩子们啊，感恩吧，世间的一切都是我的存在。

赏花的时候，赛还郑重地告诉孩子们切记不可骄纵。

可是赛还来不及对自己这郑重的讲话感动一番，便又不得不赶紧找下一句话才行。因为他一旦不说话，孩子们又会打闹起来。

"也就是说，'骄纵'这个词的意思是……"

可是赛还的这一番努力全都化作了泡影。

"老师，我渴了！"

"老师，我要吃草莓罐头。"

"老师，我想去摘花。"

"老师，我想小便。"

"啊啊，奈加把我的草莓罐头抢走了！！"

孩子们吵得不可开交。

"大家安静一下！冬华，别再闹了！乘弧，你要是一个人去森林那边，我们可就不管你先走了！"

赛还满头大汗，为了把孩子们组织起来而跑来跑去。好不容易到了色抚草的原野上，孩子们又打闹起来。终于到了回去的时候。

大家走在田间的小路上，赛还背着无纪慢吞吞地走在队伍后面，因为无纪说自己实在是太累，不想走了。

"为什么我非得这么辛苦啊？哎……以后我再也不带你们赏花了。"赛还抱怨道。

而他背后的无纪却把这话当真了，他担心地说道："卢比圣典上说：万不可骄纵。"

"刚学了两句就在这里显摆。"

"难道说卢比圣典上的话是显摆吗？"

"我不是那个意思。"

"那我也不是那个意思。"

"但是卢比之神是不会让我的背部这么重的。"

无纪不情愿地从赛还的背上跳下来，跑到队伍的前面去了。

"不过嘛……"听完了赛还的报告后，媛赛校长叹了一口气说道，"让他们看看色抚草其实也是不错的，你们的运气不错，毕竟谁也不知道这种花什么时候才能再度开放。"

"孩子们全都知道这些。我小的时候也是，大概您小的时候也是如此吧。童年的时候所有事情的存在都是理所应当的，我们也明白这一点。您还记得吧，我还是孩子的时候写的那首诗：＜清晨，颜色们开始从天而降。朝露积攒着各种颜色，从小草的叶尖滑落。朝露在半空化作无数的细小的水珠消散。＞"

"当然记得，这首诗现在还存在那边的文件夹里呢。"

媛赛校长的目光指向六角形校长室中墙壁的一个书架上，说道："然后呢？"

"教诗歌的老师说我写的这些东西因为是理所应当的事物，所以压根就算不得诗。我当时听完这话很是沮丧，但确实我写不好诗歌，就像之前老师说的一样，我只不过是写了一些再常见不过的东西而已。可是，祖母，我去过那个不存在理所应当的世界，并从那个世界回来了。"

"是啊，你变得和以前大不一样了。有半年的时间我都不知道你去了哪里。大概是去年夏天吧，你在黑板上留下一句'赛还老师要休课一段时间'之后，就人间蒸发了足足半年的时间。我和你父母都快急坏了，大家当时猜你是去找你的未婚妻去了，这才安定下来，毕竟这种情况并不少见。你是有一个叫朱夏的姑娘吧？大家都为她提心吊胆。结果朱夏却为了找你离家出走了，到现在还没回来。"

"放心吧祖母，她肯定会回来的。"

"你这半年到底是去哪里了？"

"那年的夏天，我遇到了卢比。"

"卢比，你是说你遇到了我们的神吗？"

"其实那种感觉也不像是神，所以应该也说不上他就是卢比。嗯，就当是吧。似乎卢比是很早很早以前，从颜色的世界降临到我们这个世界的红色之王。他宛如火焰一般。他说'绿色魔将在中间世界召唤着你'，然后就消失了。所以我就去了被颜色的世界和咱们的世界夹在中间的那个世界。"

"你脑子没问题吧。"

"在那个中间世界我作为一个普通的男孩诞生。那个世界的宇宙是泡泡一样的东西，好几个泡泡组合在一起就形成了宇宙。

中间世界，或者按照颜色世界的称呼应该叫作林堡。根据林堡当地的语言所描述，支撑起各个泡泡的力量是被称作物理法则的东西和除此之外的各种定理。被同样的规则支配的两个泡泡会融合成一体。一旦这些物理定律作用变弱的话，那个世界就会毁灭。其中有一些泡泡会变大。如果两个泡泡之间存在着类似的物理规则的话，那么这两个泡泡就会以这个规则作为支点相互融合。其中存在着空间和时间的基础规则，也存在着更加高级的定律，虽然我对这些还不是很明白。可那个中间世界和卢比的宇宙——也就是我们的世界——有着同样被称之为'意念'的东西，控制体将这些意念集合到一起，想要用这些意念来和我们的世界以及颜色世界相互连接，之所以控制体会这样做，是因为绿色魔将想要从中间世界逃离，所以当初他这么设计了控制体。可是他却不知道那个打通两个世界之间的洞在哪里，于是他就召唤了我。与其说是召唤了我，倒不如说是卢比之神实现了他的愿望吧。"

媛赛一边看着赛还那五芒星的双瞳，一边听着他的解释。

"你所说的那个绿色魔将是谁？"

"他叫艾斯克利托尔。"

"书中曾经记载过他和蓝色魔将沃兹利夫之间的战争，已经过去了一千年了。那个时候绿色一族产生了混乱，无论是树叶还是小草都失去了颜色。不过这些与其说是史实记载倒不如说是神话传说了。"

"可是颜色们并不是物品，它们是鲜活的生命啊！"

他所说的都是事实。媛赛每天都看到颜色们从天而降，化作蝴蝶、鸟儿、风、火的姿态，有的时候也能听到颜色们的笑声。她知道颜色的世界中存在着女王和战士，他们之间也会相互争斗。这一切早已是司空见惯了。

可是，媛赛完全听不懂赛还在说什么——当林堡世界的太阳出来之后便到了早上。大地是一个球体，这个球体不仅自己自转，还会围着那个叫作太阳的大火球公转。在那个宇宙，颜色们并不是活物，当光线照射到物体上时才会出现颜色。也就是说那个世界颜色们并不是活物，而是如同在地上翻滚的石子一样，只不过是普普通通的现象而已。

"但是林堡也有着和我们相似的世界。艾斯克利托尔为那个世界的人类创立了语言，让他们创造出了类似于我们世界的卢比一样的神，也就是控制体。可能对于艾斯克利托尔来讲，卢比是远古时期颜色世界中的真红一族吧。我觉得所谓的卢比并不是神。也许卢比就是那个找到了更加宏观的定律、在卢比圣典中与'孩子们'交流的那个存在。"

"你总是说一些不明所以的话。不管怎样，卢比之神都不会显现出他的真身。你也许是做了一场梦吧。"

"可是祖母，卢比圣典当中所写到的那个'我'不管指的是卢比自己，还是说某个更加强大的神明，总之他是的的确确存在的。我当时生活在林堡的时候切身感受到了这一点！"

"好了，好了。别再讲了。你都开始让我觉得瘆得慌了。"

　　　　孩子们啊，你们是拥有对我的感知的，那即是——恐惧。

"这一页就是父母们经常给顽皮的孩子看的。这句所讲的是：我们所见、所闻、所感的并不是这个世界事物的全部。'我'常常在'你'的身边，想要杀掉'你'可以说易如反掌。"

死亡并非偶然。因此你们要小心了。死的愿望轻易就可实现。死亡就在身边。

读完这两句话以后赛还把卢比圣典合上，再次揣回到自己的口袋里。

"所谓司空见惯这个词，只有卢比之神能够使用。因为究竟什么是司空见惯，什么不是，只有他才知道。"

"你似乎也成长了不少嘛，"媛赛校长带着些许讽刺的口吻说道，"孩子们也挺喜欢你的。"

"我不在的这段时间，祖母……啊不，校长您一直在带这些孩子吧？"

"当然啦。我还不能让他们太任性，免得小看了我这个当校长的。不过你就不一样了，你在孩子中还是挺受欢迎的，这样其实也不错。"

"不过校长您和我之间……因为孩子们都觉得校长很可怕吧。祖母您肯定是不会在上课的时候带着孩子们去赏花的。"

"那是肯定的。"

说完媛赛校长微笑着说："谢谢你送我的色抚草，你可以下班了。"

"好的校长。"

2

此刻是没有颜色的夜晚。

颜色们纷纷归去，使魔们也入睡了，所有的一切都沉没于透明无光的寂静之中，可是事物并未失去它原本的形态。

赛还用他那双五芒星的瞳孔凝视着黑夜的形状。

夜晚，六边形的教室中既没有黑色也没有白色，而是被暗影包围。所有的桌子和黑板看起来就像是果冻一样透明。空气失去了它的透明感，周围没有风，桌子也失去了木头的质感。赛还感到自己的身体也不同于白天，甚至感受不到双脚踩在地板上。

赛还想走到教室的后面去，他感觉像是梦游一般，结果不小心砰的一下撞到了一张桌子，失去平衡摔倒在地上。

年轻的教师揉着自己的腰站了起来，不禁叹了一口气，接着从自己的口袋中掏出了那本卢比之书——卢比圣典。在这样一个所有颜色都已入睡的夜晚，所有力量都来自于这本卢比圣典。这力量指引自己身体前行，为自己驱走迷茫不安，在这样一个颜色褪尽的夜晚，告诉自己存在于何处。

赛还就像那些在半夜醒来的孩子们看到这毫无颜色的世界而感到不安时所做的一样，把卢比圣典放在自己的手中。此时卢比圣典开始发生一些变化，封皮呈现出深红色的微光，周围的空气、潮湿的桌椅和赛还的身体都开始恢复了一些白天原有的质感。

年轻的教师靠近教室后面的架子，看着上面摆放着的色抚草。所有的花朵都合了起来，陷入了深眠，就算赛还把深红色的卢比圣典放到花儿的旁边，色抚草也没有醒过来。

赛还觉得色抚草应该是感受不到卢比之书的存在吧，于是便将卢比圣典放回了口袋。

可就在此刻，两株色抚草忽然被冷淡的绿色之晕所包围。

赛还在想这是不是刚才深红色互补留下的残光，便仔细端详起来。

此时绿色的火焰消失了，但是绿色却深深刻印在了色抚草上。那绿色从花茎蔓延到了叶子上，所有的花朵全部被唤醒了。

顷刻间色抚草的所有花朵一齐绽放。所有的花朵都在颤抖着，发出绿宝石一般鲜艳的光芒。随后绿色开始出现分化，有铜锈色、浅绿色、黄绿色、蓝绿色、钴绿色、橄榄绿等各种各样绿色的中间色。所有的绿色都出现在花朵上，随后这些绿色的亮点开始在两株色抚草的花朵之间交错起来。

原来是有绿色的存在！在这样一个所有颜色早已归去的夜晚，有人在操纵着绿色！

"是艾斯克利托尔吗？"

"是我。"那浓稠的绿色之气发出声响。

＜神子啊，你半夜在这里做什么？＞

"因为今晚是我夜班啊。"

＜夜班是什么东西？＞

"夜班就是晚上值班，我要住在学校里去看门，免得那些淘气的颜色们在学校里捣乱。毕竟有的颜色不会回去，反而藏在某个地方，结果引发个火灾什么的。"

＜我是不会做这种事情的。如果有什么人会做这种事情的话……对了，那应该是坎迪托和巴米纳斯两兄弟吧。＞

"红色的兄弟吧。"

＜没错，可是我没有见到他们。他们两个并没有来到下界。＞

"对啊，我觉得红色们都无精打采的。那两个人究竟去了哪里？难道说上界的颜色世界开战了吗？"

＜我倒觉得不是这样，那两个人应该是在林堡那里吧。＞

"应该是什么意思？艾斯克利托尔，你难道没有回到上界吗？明明好不容易从中间世界逃离出来。"

＜因为我还没有得到绿之女王比尔杜拉斯的宽恕。＞

"艾斯克利托尔，我总觉得咱们这副姿态实在是不方便说话，你能变成中间世界时的那个样子吗？"

＜好的，神子，请你也变成那个时候的样子吧。＞

黑板的前面聚集了大量的绿色，下个瞬间便变化成了黑色。艾斯克利托尔展开他那双巨大的双翼，坐在了教室的讲台上。它鸟头上的那双红宝石般的小眼睛盯着赛还。

艾斯克利托尔用双翼包裹着自己的身体，甚至把那双长满羽毛的双脚也缩了回去藏在翼下，就好像是周围很冷一样。

赛还的身体也从现在的青年的样子变成了当时那个少年。他把变得宽松的衣服重新紧了紧，看着这个被逐出天界的堕天使——当年在林堡相遇的艾斯克利托尔，他不禁微笑着，仿佛正诉说着对这段时光的怀念。

"在中间世界的那十三年就好像一场梦一样。"

＜我在那个世界一直被称为恶魔。神子，你觉得那是一场噩梦吗？＞

"我没这么觉得。我可不是什么神子啊，我只是一个普通的新入职的老师而已。回到这里之后才知道这个世界仅仅过去了半年的时光，就算这半年的时间都是空白的也无所谓了。"

＜谁又能够决定这时间是"无所谓"的？＞

"当然是卢比之神了。"

＜卢比吗？也就是神了……我是相信卢比的存在的。但是女王却非常讨厌这一点，她觉得我们上界的人信仰下界的神实在是不成体统。＞

"你不是之前和蓝色魔将沃兹利夫之间起了冲突了吗？"

＜那家伙可是个相当聪明的颜色，虽然我和那家伙之间的关系确实不好，但是并没有直接的冲突。我之前惹怒了绿之女王比尔杜拉斯，他就利用这一点，劝说女王将我放逐到林堡。也就是说那家伙没有和我发生任何直接战斗，他只不过是动了动指尖，就把我从颜色世界放逐了出去。＞

"这并不是谁的过错，一切都是卢比之神的旨意。"

＜卢比到底是什么样的存在？＞

"你不是相信他的存在吗？"

＜其实更多的是畏惧。如果说面前存在着某种拥有强大力量且正体不明的存在的话，想必是谁都会害怕的吧。可是神子啊，你却一点都不害怕，你一定知道他的真实身份吧。能告诉我他到底是谁吗？＞

艾斯克利托尔像是夸耀自己的力量一般展开了巨大的双翼，并用威胁的眼神盯着少年手中的卢比圣典。

可是艾斯克利托尔的绿色之力无法消除卢比圣典上那深红的颜色。绿色魔将因未能改变颜色而产生的焦躁和莫名的恐惧化作了巨大的绿色旋涡，教室都因此而扭曲了。

少年用卢比圣典挡住自己的脸，大喊道："快停下来！"

绿色的风暴宁静了下来。艾斯克利托尔再次变成了鸟头人的姿态，蹲坐在少年前面的地面上。

少年打开了卢比圣典：

所以我的孩子们啊，你们要心怀感恩！

无论是快乐，抑或是痛苦，那都是你们所期盼的，也是我为你们实现的。

我的孩子们啊，你们还在盼望着什么？你们都活在这世上，光是这样便比山还重。

"比山还要重这句话意思不清晰。到底对于谁来说，什么东西沉重？我完全不知道它的意思。虽然之前也不知道。"

＜之前也不知道？＞

艾斯克利托尔从翅膀下抬起了他那张长着尖锐喙部的脸朝着少年问道。

＜神子啊，那你现在明白什么意思了吗？＞

"我现在似乎是明白了一些。因为我现在变成了大人了嘛。当初我还是孩子的时候，觉得这句话中'重'的含义应该是指人活着十分辛苦。虽然这样说也没有问题，但是更加准确的意思是，卢比让我们活着这件事让他觉得很沉重。这个和所谓的负担还有些不同，其实两者的意思也比较相似了。也就是说，孕育生命对卢比来讲是一种负担。从这负担之中诞生了现实。"

"我完全听不懂。"

"所以，我们要多加小心了。毕竟死可是很容易的。"

"他能够轻易就杀死我们吗？真是一种令人震惊的力量。"

"的确如此。"

孩子们啊，不必感到吃惊的。因为这一切都是我的意志。

孩子们啊，你们应该震惊的是，我的存在。

少年合上了卢比圣典，向堕天使鼓励道："你也可以把这本卢比圣典抄写下来。这个世界的孩子们都是这么做的，所以每个孩子才会有自己的卢比之书。我现在手里的这本就是我小时候抄写下来的。"

＜你的那本书就是我之前偷走的，我在被放逐到林堡之前顺便把你的那本卢比圣典给带走了。＞

"原来之前你的那本卢比圣典是我的啊。可是我之前一直没有注意到，直到去年夏天才发现卢比圣典不见了。可是我也没怎么仔细寻找，只是当时觉得有点累了就爬到大黑树的森林里休息了一下，结果就……也就是说当时我想从你那里把这本卢比圣典要回来，于是便被召唤到了林堡。而在各种力量的机缘巧合之下，我们在林堡相遇了，不过根本的原动力只有一个，那就是卢比之神。"

"我想要那种力量。"

艾斯克利托尔半眯着自己那双红色的小眼睛嘟囔道：＜如此一来我也就能够战胜沃兹利夫了。＞

"谁都拥有卢比的力量。"

＜神子，你这话是什么意思？＞

"意思就是，我是卢比，你也是卢比，世间一切莫不如此。最重要的是要去想，如此一来你的愿望便能够实现。"

＜难道真像你说的那么简单吗？＞

"当然啦，卢比圣典上写的就是就只有这些东西了。"

孩子们啊，你们要用心去想！我想说的也仅此而已。

＜太荒谬了！＞艾斯克利托尔那双喙微微地上下碰撞，咯咯地笑着说，＜如果说卢比想告诉我们的只有这些东西的话，那么按照他的道理，我不可能操纵不了这本书的颜色。＞

"无法实现这个意念，本身也是自身意念中的一部分。原理其实很简单。之所以有的东西看起来很复杂，那是因为你自己的意念并不单纯，毕竟整个世界不是只靠你的意念就能成立的。可是真理却非常单纯，正因为其单纯的性质，所以才能够无限地得以应用。大概卢比就是注意到了这一点，所以才把这个内容写到了卢比之书上的。他应该就是深红兄弟中的一个人。"

＜也许确实是这样。＞

"你为什么也会这么觉得？"

＜因为红色一族的口传律法和卢比之书的内容十分接近。＞

"难道颜色不同，律法也有所不同吗？"

＜当然啦，神子。要不是这样的话颜色们可就没办法活下去了。也许这个下界就是很久以前红色之王创造的世界，如果这是事实的话，卢比什么的也就不足为惧了。＞

"真的是那样吗？"

＜当然了。＞

少年把自己的视线投到了卢比圣典上，半眯着自己那双五芒星的瞳孔凝视着。

深红色的封皮开始发出光芒。因为这赤红色的光芒，支配整个教室的绿色被瞬间吹散。艾斯克利托尔弯下腰压低自己的身板，想要继续保持鸟人的姿态，但是身体就像被风吹散的灰烬一般，在卢比圣典放出的光芒的压力下渐渐崩坏。最终艾斯克利托尔抵抗不过，放弃继续保持那黑色的鸟人模样。

赛还也从之前的那个少年变成了原本老师的姿态。

随后他把卢比圣典放回了自己的口袋里。

"你没事吧，艾斯克利托尔？"

＜神子，我没事。刚才的那个是什么？是我完全不知道的力量。难道那个就是卢比吗？＞

"那个就是意念的力量。"

＜是谁的意念？＞

"大概是我和其他人的吧，总之是很多的意念。我并不是很清楚这力量到底是什么。但是将众多的意念聚合到一起，支配着这个世界原理的卢比应该是知道的。卢比本身并不是一个存在，他无处不在，但又哪里也找不到他。他自己并不会意念什么，但是……"

<谁在那里！神子，小心一点！有人在附近！>

"什么？"

赛还在绿色的气发出的声音的警告下，把目光转向了教室后面，摆放着两株色抚草的架子上。

整个空间都被深绿色包围，但是只有架子那里什么颜色也没有。赛还感到，似乎有一个老人坐在棚子的顶上，但是那里却什么也看不见，仿佛在空间上裂开了一个口子一样。可是那附近既不是黑色也不是白色，既不是黑暗也没有光明，但又不是透明的。赛还定睛观察，可是什么也看不到，与其说是看不到，倒不如说是他感觉自己什么也没看见，因为只有那一部分从自己的视界中消失，宛如被剥夺了视力一样。

"你到底是谁？"

<我是卢比（Rubric）。>

"你说你是卢比？"艾斯克利托尔向那虚空问道，"你到底是什么人？是红色一族吗？"

<我是放弃了作为颜色存在的颜色。我既是所有的颜色，但我又什么颜色都不是。>

"这是我第二次和你见面了。为什么要在我的面前现身？"赛还问道。

<沃兹利夫将会带着中间世界的意念，从林堡降临于此。>

"沃兹利夫？那家伙去了林堡吗？他大概已经把林堡给破坏掉了吧，这倒是那家伙可能做的事……蓝色魔将，沃兹利夫。"

绿色魔将艾斯克利托尔的愤怒爆发了。

小学坐落在一座绿色的山丘上，从学校教室的窗户里迸发出了绿色的闪光，整个漆黑的世界被一瞬间染成了绿色的白昼。

"卢比，你为何要在我的面前现身？"

赛还再次问道："你到底想要我做什么？你到底对我抱有什么期待？"

<我没有期待你去做任何事情。>

"真不负责任啊！"艾斯克利托尔说道，"难道这个世界无论变成什么模样你都无所谓吗？"

<无所谓。>

"你这样根本算不上神。至少你应该赐予我战胜沃兹利夫的力量。我问你，我能够战胜他吗？"

<我既不占卜，也不掷骰子。>

"如果对于你来说一切都无所谓，对我又没有什么指望的话，又为什么要告诉我沃兹利夫将会降临这件事呢？"

<我对你并没有什么盼望，但这是你盼望的。>

说完之后这片虚空便消失不见了。

"请等一下，卢比……你真的是卢比吗？"

<孩子们啊，你们要用心去想！我想说的也仅此而已。>

在虚空消失之前，从那片空间中迸发出强烈的亮光宛如整个虚空爆发了一般。赛还下意识地用双手挡住了自己的脸。

最后，他战战兢兢地放下了手。

色抚草无数花朵的花瓣上，发出电光火花一样奇怪的颜色。当一切都平静下来的时候，教室像什么都没有发生一样恢复了往常的平静。

"刚才的一切……是我的梦境吗？艾斯克利托尔，你在哪里？”

赛还注意到从窗外照射进了绿色的光芒，于是他跑到窗边，看向外面。中庭里巨大的水之树的叶子正闪耀着绿色的光辉。

“艾斯克利托尔，你刚才逃出去了吗？”

＜神子啊……＞

“我并不什么神子啊。”

＜不，你就是神子！这个世界只有你一个人知道林堡世界入侵这个世界的危险性。你的那个意念召唤了卢比。＞

“是吗？说起林堡……总让我感到很怀念啊。那个世界是你创造的吧。”

＜只不过是用语言，稍加修饰而已。＞

“那里生存着人类。和我们很相像，他们也活在世上。绝不能从他们的手中把容纳他们的栖身之所夺走！这一切都是你的责任！”

＜那你想让我做什么？神子啊，难道你还要让我再回到那个中间世界吗？我可是堕落到那个世界过了一万年啊。虽说对我来说那段时间并不算长，但是我可不想再去第二次了！＞

赛还闭上了双眼，开始回想那个世界……

大地是一个球体，这个球体上有陆地和海洋，有森林和沙漠，也有城市。也有父亲和母亲。

那就是颜色世界中被称为林堡的世界。那个宇宙中既没有颜色的世界，也没有我存在的世界。

天空中有着一个俯瞰和管理着城市的天空之城控制体。那是人类创造的超级电脑，是人类在艾斯克利托尔赋予语言之后，用语言创造出的最高的杰作。艾斯克利托尔说控制体拥有自己的意识，使用着和人类完全不同的语言。因此控制体并不是作为一种物体而存在于世，而是真正地活在这世上……我的父亲做着一份在地面监视控制体状态的工作。因为当初控制体就是为了了解地球上的一切才被创造出来，所以即使是父亲也没有办法理解那样一个高度智能体的硬件和软件系统吧。对于亲手创造出控制体的人类来说，已经无法理解从自己的语言中诞生的控制体了吧。

而且父亲也没有办法理解我的存在。因为我的瞳孔并不是那个世界人类的样子，而是一个五芒星的形状。控制体也没有办法识别出我，我一直在被控制体无视的状态下长大。

可是我……我却是很幸福的。那里有着学校，可我的眼睛没有办法读懂教育专用电脑显示器上的文字，尽管我是这样一个异端的存在，但哥哥总是保护着我。

有一天我问他，宇宙到底是怎么一回事？他便在纸上画出来太阳和地球……哥哥。

赛还又一次掏出了卢比之书，拿出了夹在书中的一张纸片。那是自己还在林堡作为一个"少年"的时候，哥哥为他画的一张宇宙示意图。

赛还觉得那个宇宙和这张纸片一样，并不存在厚度，所以将它水平放置就会消失。

可是那个世界却是实实在在存在的。而且现在依然存在着。

"哥哥……"

"神子啊……"

鸟人姿态的艾斯克利托尔站在赛还的面前。

"那个世界有着我的父亲和母亲。哥哥对我也非常温柔。对于我来说那个世界并不是一个虚假的世界，我确实是在那个世界生活过的。"

艾斯克利托尔看到抬起头的赛还眼中有着一丝红宝石色的光辉。赛还眼中的泪水染上了卢比之书的深红色，从他的脸上滑落下来。

"……神子啊，是我让你感到悲伤了吗？"

"绝对不能毁掉那个世界。"

"我是不会毁灭那个世界的。如果说那个世界被毁灭了，只能说是那个世界人类自己的责任。也可以说都是他们自己的意志。"

"你怎么和卢比说一样的话！"

"魔将没有办法完全消灭中间世界。但如果只是消灭一个地球的话，魔将的力量是可以做到的。"

"沃兹利夫已经把我哥哥杀掉了吗？"

"我不知道。"

"红色的兄弟去了林堡是为了监视沃兹利夫吗？"

"大概不是这样吧。"

"你为什么这么觉得？"

"沃兹利夫和红色的战士兄弟之间差别太大。如果沃兹利夫觉得两个战士捣乱的话，封住他们的力量可以说是易如反掌。大概那两人也不知道自己到底发生什么了就被困在了中间世界吧。那两个人，也就是坎迪托和巴米纳斯，之所以去林堡，目的大概是调查那个世界的控制体吧。"

"你为什么知道的这么详细？"

"因为控制体和卢比非常相似……我大概也是意料之外地创造出这么一个人工的卢比之神吧。神子啊，在你的教导之下，我渐渐明白过来了……我希望你再次借给我力量。"

"你要怎么做？"

"我要会一会蓝色魔将沃兹利夫。"

赛还看着艾斯克利托尔，然后点头道："好吧。"便把纸片夹回了卢比之书中。

第二天，来到学校的媛赛校长吃惊地看到，赛还任教的教室里面到处都开满了色抚草。教室一夜之间变成了色抚草的丛林。

"这……成何体统！赛还老师！赛还！你在哪？"

教室里面孩子们乱作一团。媛赛一个人愤怒地挥着自己的拳头呆呆地站在教室的前面，这时一个孩子走了过来，拽住媛赛校长的长衣说道："校长，您快过来看看，"随后指着黑板，"赛还老师又走了。"

赛还在黑板上这样写道："老师要稍微休假一段时间。你们要好好地听校长的话，勤奋学习。

留给校长：我要去找朱夏了。因为是去找自己的恋人，所以您可得给我算成有薪休假啊。"

"这小子在说什么？！"媛赛校长大喊道，"我要开除他！"

孩子们一起喊道："校长，不要啊……"

"总之先把教室整理干净！"

所有的桌椅都被覆盖在了色抚草之下。色抚草绿色的藤蔓上长满了叶子，所有的花已经都凋谢了。

确实色抚草是一夜之间疯长起来的，但是媛赛却不知道原因。肯定是某个强大的颜色作用的结果吧。

他们花了一个上午才让教室恢复原状。孩子们说要把从教室里面清理出来的色抚草种在学校的中庭里，但是媛赛觉得要是真的这么做了，那到了第二年的春天开花期的时候，整个学校都没办法上课了，所以她决定把色抚草全部烧掉。

媛赛把所有色抚草集中到学校的后院，然后拿出了火晶球，将火晶球上发出的火红色集中到一部分色抚草上。孩子们看到这一幕都沉默不语。媛赛将火晶球静置在手中，固定颜色的焦点，完全无视孩子们可怜巴巴的眼神。可是火却迟迟点不着，好不容易一片绿色的叶子上冒起了烟，但是依然没有产生火红色。

"到底是怎么一回事呢？难道说红色们都在偷懒吗？"

媛赛心想，难不成是红色的战士坎迪托没有降临？

<我最喜欢的就是红色兄弟。>

媛赛又一次想起了赛还小时候写的那首诗中的这一句。

"真的是让人操心的孙子啊，他肯定是和坎迪托去玩了。"

那个孩子从前就喜欢和颜色们做游戏，而且比现在的这些孩子们还要淘气。

"请不要烧掉它们！"

一个孩子哭了出来，而那些没有哭的孩子也一直默默地盯着校长。"这样下去要被孩子们讨厌了。"想到这里，媛赛无奈地放弃了对色抚草的焚烧处理。

第二天，孩子们和昨天一样再次来到了色抚草的草原。大家的手中都捧着色抚草，想将它们还给草原。

3

朱夏的心情十分沉重，因为对于她来说，没有自己想念之人的世界终究只不过是虚幻的空间而已。

云阁树林中的泉眼旁边耸立着一棵紫苹果树，朱夏走到了树下叹了一口气。映照在泉水上的紫苹果树枝摇摆着，水面荡起了一道道波纹——一个苹果从树上落到了泉水里。

"TR，你怎么能这样！"

朱夏抬头望着树上，用歇斯底里般的声音叫喊着。从树上的层层枝叶中，天使探出了脑袋辩解道："这不怨我啊。"

"这是自然下落的。是引力的原因，也就是质量间相互作用的结果。"

"这里的法则和林堡世界完全不同哦，TR4989DA。这里可不是中间世界的林堡啊。"

"我当然知道是这么一回事，可是我是个机器啊。我原本是控制体从属机构之一的对人追踪单元中的一个，可是现在却成了这副身体。我的母体天空之城控制体 1037Ω 现在怎么样了呢？"

"你是被母体抛弃的，当初是我帮了你，你可得好好谢谢我才行。"

"你当初为了逃离林堡，利用了我的'意念'了吧。"

"可是这又怎样呢？你现在不是活得好好的吗？这就足够了。"

"是这样吗？我的母亲——母体当初在抛弃我的时候这样说过，＜你所谓的自我，只不过是我给予的幻象而已。你将被我抛弃，那个时候你的自我也将会消失。＞"

"母体就是不想看到你拥有独立的自我，所以才说想要消灭你。控制体自身'意念'的力量十分强大，足以将你和我从中间世界放逐出来，所以我才能回到自己的世界。"

"你利用了我？"

"你觉得生气吗？"

"难道说我是为了让朱夏回到这里才诞生的？难道说我的自我只是为了实现这样一个目标吗？"

"你觉得不满吗？"

"并不是这样。可是我又觉得我的自我并不仅仅只为了这个目的。"

"为什么这么说？"

"如果我的自我仅仅只有这一个目的的话……"

天使从高高的紫苹果树的树枝上，努力地煽动着那双小翅膀落了下来。他两手抱着巨大的紫苹果，然后把其中的一个递给了朱夏，坐在了朱夏的面前，一边仰视着她，一边啃着自己手中的另一个紫苹果。

"仅仅只有这一个目的的话，然后呢？"

"要是那样的话，我就算是消失也无所谓了，因为我已经没有用处了。"

"别说这么伤感的话了。不管是利用还是被利用，那种事情根本就不是什么大问题。我实现了你的自我保存的欲望。我不是还给你创造了新的身体吗？你现在获得新生了。接下来要怎么做你都可以自己决定了。"

"可是我不知道接下来该做什么。"

"我也一样。"

"可是你不是已经回来了吗？"

"这里可不是我的村子，只不过是很相像而已。"

"这个苹果真好吃啊，这肯定是初恋的味道。"

"明明不过是个机器，知道的还挺多。"

"坠落到地面的时候，我吸收了某个机器人的知识，所以对人类的事情也略知一二。"

"那些东西可是没什么用的，毕竟这里可不是林堡。"

"是啊，我所知道的苹果可不是这种紫色的东西。但是这个味道，肯定是恋爱的味道。"

"你恨我吗？"

"没有啊，为什么我要恨你？"

"用林堡世界的眼光来看，你现在的样子就是个丘比特。"

"丘比特吗？嗯，我肯定能帮朱夏找到恋人的。毕竟我是个对人追踪单元。这样就好，我就是为此而生的。话说朱夏的恋人不在这个村子里吗？他不是从林堡回到这里了吗？"

TR4989DA之前从朱夏那里了解到了赛还的事情。

之前赛还失踪的时候，朱夏曾向卢比之神祈祷。

"之前坎迪托曾经告诉我，赛还去了林堡。于是我向他祈祷，请求他把我也带去林堡。回想起之前在林堡的日子，那可真是奇怪的世界。"

"不过我觉得这里更加奇怪，这里是个完全无法计算的世界。"

朱夏来到了林堡世界之后作为一个女孩出生长大。虽然她一刻都没有忘记赛还的事情，却从未找到过他的踪迹。因为对于控制体来说"少女"朱夏是一个无法感知的"本不应该存在的人类"，所以也没有办法摆脱控制体去寻找赛还。

"我当时在想是不是赛还不在林堡，但后来知道他确实去了那个世界。他果然也是一个无法被控制体识别的存在。我看新闻的时候得知了那个少年自杀的消息，当时就确定那个少年肯定是赛还没错，但是哪里都没有找到他的尸体。结果我想回来的时候倒是费了很大工夫，而且坎迪托也没有再一次在我面前现身。"

"所以我才帮上了朱夏的忙吧。"

"那肯定是因为我对卢比之神的祈祷应验了吧，那个世界当中卢比之神也发挥着他的力量。可就算是这样……"

TR4989DA 吃完了自己的这一个苹果，他看到朱夏没有吃，于是打算伸手要过来，但是朱夏并没有理会 TR4989DA，反倒是一边仰望天空，一边啃起了苹果。

"别哭啊，朱夏。肯定能够找到他的。"

"我没有哭。"

"可是你的眼泪都快流下来了。"

"那是因为看着刺眼的天空，不知不觉就流出来了。"

TR4989DA 对朱夏的话半信半疑，他一边怀疑朱夏是否真的是因为这个原因而流泪，可转念一想又觉得视神经在光线的刺激下确实会流泪，于是姑且接受了朱夏的解释。他眼馋地看着朱夏一点点吃下苹果，一想到苹果树实在太高，飞上去实在是太费力气了，所以他放弃再去摘一次苹果的想法，转而用一个落在地面的树枝，把那个之前落在泉水里的苹果扫了过来。然后他把那紫色的果实用泉水洗干净，坐在草地上，为了不让苹果掉下去，他用两只手抱住苹果，啃了起来。

看到 TR4989DA 的这副样子，朱夏擦去了自己的泪水笑了出来。

"实在是难以相信你之前是个机器，现在的你实在太可爱了。"

TR4989DA 一副认真的表情点头说道："毕竟我以前可是个高性能的电子单元啊，比起人类来说我拥有更好的逻辑分析能力和记忆存储容量。可是现在却完全不一样了。我在这个身体上只能发现自己以前百分之一的能力。从潜在意义来说的话，虽然我没有失去任何东西，但是处理外界刺激信号的速度却非常慢。也许是因为我自己还是个机器的时候并没有速度的意识，所以现在会觉得运算速度很慢吧……我也不知道自己到底想说什么，我大概变成了一个笨蛋吧。"

"别说那种话，你已经理解了那些机器们永远无法理解的东西。机器可不会同情伤心流泪的女人的。"

"你果然还是很悲伤吧。"

"是啊。"

"我也许是做了一场母体赐予我的梦吧。也有可能我当初并没有被母体抛弃，只是在一个虚拟空间中接受母体给我的教育，比如说想要追踪地面的人类的话就必须要了解人类。如果说我的自我是母体给予我的幻象的话，那么我现在体验的一切可能只是一场幻象罢了，而且我还没有办法去确认真相。"

"那你觉得苹果好吃吗？"

"嗯，很好吃！"

"那么这个味道也是幻象的味道吗？"

"……也就是说把幸福当作是真实，把痛苦当作是幻象吗？朱夏，你之前说这里虽然和你家乡的村子很相似，但却是别的地方，对于你来说，赛还不存在的地方就是虚幻的世界吗？还是说确实是字面意思上，这里和你家乡的村子是不同的异空间？"

"现实意义来讲的话，这里是虚幻的空间。"

"好复杂。也就是说一切并不是朱夏的'意念'所导致的错觉，而是说这里确实是字面意义上不同次元的空间吗？"

"没错，这一切并不是我的'意念'导致的。而是说有什么其他的'意念'让这个空间诞生。"

"我还是听不明白啊。"

"其实我也不是很明白。虽然以前听说过存在着这种虚幻的空间，但是无法确定这里是不是真的如此。"

"你之前说过这里很像你家乡的村子，但还是有所不同的吧，就是赛还是否在此这一点。"

"是啊。我的父母，树览村的土地，村民们都和以前一样。我的家人们，也就是朱氏一族，他们依然和以前一样做着管理水流和创造白云的工作。赛还的一族，也就赛氏一族，他们世世代代都做着老师的这一工作，可奇怪的是，这个村子居然没有赛氏一族。绿丘上的那座小学也消失不见了，我明明曾经和赛还同桌在那里学习过。"

"那时间线是不是出什么问题了？"

"我的父母都没有变老。这里大概就是所谓的'遗忘之地'吧。似乎卢比会把那些不幸之人带到这个专门为了忘记恋人的地方来呢。"

"也就是一种记忆删除吧。"

"如果要是你说的那样的话，那这个事情就变得很蹊跷了。事实上我并没有忘记赛还的事情。这其中肯定是有着什么其他的力量作祟。大概是某种'意念'从中作梗，不让我回到自己真正的故乡吧。"

"那个，朱夏……"

"什么？"

"你说的那个赛还，有没有可能从一开始就不存在，只不过是你的幻想而已？"

"……你是认真的吗？ TR4989DA。"

"别露出那么可怕的表情嘛，我现在也不知道该说些什么

146

好。"

"他是真实存在的。如果说他是幻想的话，那你也是幻想。因为我是追随着他来到了林堡，而你又和我一起来到了这里。"

TR4989DA 把紫苹果轻轻地丢在一旁，低下头去。

"TR，可能就是你造成的。你在这个世界里是一个'本不应存在之人'。可能就是因为你这样一个异端来到了这个世界，才让这里出现了不合常理的现象。"

"那你想要我怎么做呢？"天使外表的 TR4989DA 坐在草地上抬头望着朱夏嘟囔着，"自我保存是我的愿望啊，难道你要让我消失掉吗？"

"⋯⋯TR。"

"难道我对你来说是个碍事的家伙吗？可是当初不是朱夏赐予了我这副躯体吗？"

"我并不是你的母亲。"

"朱夏找到了自己另一半之后，可以和他在一起，然而我该去哪里呢？难道说朱夏找到赛还的时候，就是消灭我的时候吗？"

TR4989DA 抬起头凝视着朱夏，小小的眼睛中充满了泪水。

"TR⋯⋯你⋯⋯"

高性能的对人追踪单元哭泣着。

"朱夏，其实我也想要一个容身之所。如果说这里真的是卢比之神支配的世界的话，那么我希望自己不再是这样长着翅膀的一副躯体，而是也能够成为和你们一样——向卢比祈祷就能够应验的存在。"

"TR⋯⋯肯定可以的，卢比之神不会把你忘记的。"

"真的吗？"

朱夏抱起了 TR。

"卢比圣典上写着这样一句话：让心平静下来，去感受自我。当你闭上眼睛的时候，是不是就感受到自己的心变得宽广了呢？就像书上写的一样：＜所有的一切都是你，而你则是我的一部分。＞"

"卢比真的能够实现我们的任何愿望吗？"

"你要是相信他的话，应该就可以实现了吧。"

"我可是拼命地在相信他啊。我真的希望朱夏能够成为我的母亲，不是说那种半路把我领养的意思，而是说真正的生母。这样的话我也能安心地知道自己是从哪里出生的了，如果这个愿望没办法实现的话，我就没有办法在这里继续存在下去了。我没有办法再回到母体那里去了，当初母体把我抛弃的时候就完全把我的存在给忘记了。我要是那个时候被母体删除掉或者是吸收掉就好了……"

"真是个爱撒娇的机器啊。你用心去想，大概愿望就能够实现吧。TR，我很喜欢你，毕竟你是从我的腹中诞生的，但你却不是我的孩子，虽然我也能够把你当作自己的亲生孩子，可对于赛还来说就不是这样了。你能明白我想说的意思吗？"

"所以你是需要赛还的存在的。"

"没错。"

TR4989DA 脸上的表情渐渐明朗了起来，他从朱夏的怀里飞了出去。

"你要去哪里？"

"我要是飞到上面去的话，就能够找到真正的树览村了。"

"那样是找不到的。"

"为什么？" TR4989DA 坐在紫苹果树高高的树杈上，朝着朱夏问道。

"这里可和林堡不一样。这个世界可不是说我们在这片土地没有找到，翻个山头就找到了。在这个世界上下左右什么的完全没有意义。"

"我们无论走到哪里去都没有办法找到村子的话，也就是说无论在哪里也和我们在这里没什么区别吧。"

"最重要的是'意念'二字。我的意念没有消失，他的意念也没有消失。所以说我才能知道这里是一个虚幻的空间。"

"我真的不是很了解这个世界的规则和构造。"

"肯定是赛还那里发生了什么事情，让他没有空闲在意我了。我觉得如果那件事情解决的话，那么这个虚幻的空间也会自然而然地消失吧。"

"所以你打算等下去吗？就算我们这样一直祈祷和等待下去，万一赛还死掉的话又该怎么办呢？难道说你就这样一直制造着云彩，一直等到你的头发也变成云彩一样的颜色吗？"

"……TR，你是不是感知到什么了？是不是他现在有危险？"

"这个身体的效率实在是太低了，我目前还不是很清楚，但是总觉得是有什么事情要降临了，但是我搞不清楚方向，也有可能是从下飘浮上来吧，总之有种不祥在接近这个世界。"

"那是什么？"

"我想应该是控制体吧。虽然都是拥有着相同机能的超级电脑，可是那个东西却和我的母体不一样。"

"为什么？难道说中间世界要攻过来了吗？"

"这个我也不清楚。"

"……我们必须离开这个世界才行。"

"虽然我之前一直没说，但是我知道离开这个世界的方法。"

"该怎么做？"

"我之前收集了这个世界的资料并分析了。你之前说之所以我们在这样一个世界里面，是因为我的'意念'起了作用。事实可能确实如此。"

"怎样的意念？难道说 TR，你……"

"不可以吗？不过你要是答应当我的母亲的话，我就告诉你出去的方法。"

"哎，你既是个任性、总是胡思乱想的撒娇鬼，又是一个有点可怜、坦率、可爱的天使呢。"

"朱夏，我们一起去找赛还吧。可是我现在这个样子是做不到的，身体的性能实在是太差了。其实关于卢比的原理，我比朱夏更加了解。之前我说不是很了解这个世界的规则和构造，那是在撒谎，其实是因为这个世界的原理太过于简单，甚至简单到难以置信的地步。所以如果你不从中干涉的话，我是可以改变自己的样态的。在这个空间中的意念，也就是通往卢比的意念，只有我和你两个要素而已……哎？好像是什么东西落下来了，这个是什么东西？"

TR 指着地上落下的东西，朱夏注意到天开始下起雪来。可是这并不是白雪，而是一种近乎黑色的蓝色之雪。

"……是颜色啊。这个颜色，是蓝色魔将操纵的黑夜的使魔们创造出来的……可明明现在还是白天啊？"

"趁着还没有人来捣乱，我们赶紧走吧。朱夏，什么都不要想，闭上你的双眼。"

朱夏按天使说的去做了，当她再次睁开眼睛的时候，TR4989DA 在紫苹果树附近从天而降。

TR4989DA 已经不再是那副天使的姿态了。

此刻的 TR 变成了一朵巨大的银色花朵，它拥有着五片巨大的太阳能电池板，变成了刚刚从母体上分离后的那个样子。可不同的是，为了让自己像直升机一样飞起来，TR 旋转着这五片电池板。并且 TR 还在中心创造出了一个可以容得下朱夏的座位。此外它还给自己增加了一个发声装置。

＜朱夏，坐上来吧。＞ TR4989DA 说道。

朱夏卷起她那长长的衣襟，战战兢兢地躲避着五片像花瓣一样，由太阳能电池板形成的螺旋桨，进入了 TR 创造的驾驶舱里。随后透明的座舱盖关了起来。TR 的内部有两个座椅，朱夏知道另外一个是为赛还准备的，想到这里，她觉得 TR 更加可爱了。

"这真像是魔法……"

＜魔法是林堡的语言吧。不过在这里，刚才的一切都是合乎这个世界的规律的。朱夏，我的记忆容量足可以容纳数百万人大脑中思考的东西，因此我的意念才十分强大。可是单单一座控制体就是我能力的数百倍以上，是人类的一亿倍。在林堡所有的控制体内部记载着从过去到现在所有人类的意念，其总数大约是一千亿人……如果有一座控制体进入了这个世界并且释放出其中的意念，大概会给这个世界引起一场大混乱吧。＞

"赛还也知道这件事吧。"

＜大概吧。因为他也去了林堡，大概知道是控制体搞的鬼吧。＞

"……天太黑了，黑夜的颜色从天上落下来了！"

＜我们要离开这个虚幻的空间了，真正的树览村肯定就在这个空间的某个地方。要去那里吗？＞

"还是先找赛还吧。TR，现在的你能够找到他吧。"

<好，那就按你说的办。>

黑夜的颜色们渐渐地掩盖了"遗忘之地"。天空、云阁树、紫苹果树、泉水，都被这从天而降的黑夜的颜色掩盖，失去了它们本来的形状。

<出发！>

TR4989DA说道，随后它调整了螺旋桨的扭矩，五片银色的螺旋桨开始旋转起来。

<放心吧朱夏，我是对人追踪搜索装置，马上就能找到他的。>

"我相信你，TR。"

<要是他也能够相信我就好了。>

"你不需要担心的。"

<为什么？>

"因为你这么可爱啊。"

螺旋桨的转速非常缓慢，根据TR4989DA的计算，只是依靠这种自转的话是根本没办法让自身和朱夏的重量飘浮起来的。

可是TR想到，就算不增加螺旋桨的转速也能够让自己飘浮起来。它高速地计算着飘浮起来的各种条件，外部环境也是个重要条件，这一点和自己拥有的机能完全不同。TR计算的结果是：如果周围大气密度变高的话自己就能飞起来了，于是它得出结论：大气的密度数值够高，那么自己所产生的浮力便足以让自己轻松地飞起来。

TR的传感器感受到螺旋桨上有着水流一样的压力，于是它便安静地开始上浮。因为此刻外部的环境发生了变化。

<虽然我能够随心所遇地操纵速度，但是朱夏，你可要抓紧

啊，尽管座舱里面的乘坐条件并不是太差，但是如果我过于专注飞行条件计算的话，那么减少重力加速度的反应动作就会变慢。毕竟现实中的各种条件可不是幻象，所以你可要多加注意。＞

"要是在这里磕到了脑袋的话肯定是很痛的。你可千万别忘了我在里面坐着啊。"

＜当然了。＞

听到了 TR 的声音朱夏满心欢喜，脸上露出了一抹微笑。

周围完全被蓝色覆盖。被黑夜的颜色包围的世界即是黑夜。

TR4989DA 如同是挑战这黑夜一般，全身发出银色的光芒飞翔在空中。在广袤的夜空上，TR 化作一条银色的线划过，朝着目标加速飞去。朱夏觉得与光速不相上下，但是 TR 觉得也许自己的速度比光速更快。毕竟感应装置既无法测算目前的速度，自己也不一定是在某个空间中飞翔。

＜这里是哪里？＞ TR 问道。

"是不是颜色们从天界降临时候的道路呢？中间世界应该就在这里的某个地方。"

＜我得多加注意才行，免得坠落到那个宇宙中去。＞

"可那个宇宙明明是你原本的世界。"

＜我在真空当中是无法飞行的，就算是有空气我也没自信说一定能安全着陆。和那种世界相比这里简直就是天国，只要没有什么人来捣乱，祈祷一定能够应验。＞

"那就祈祷吧。"朱夏说道。

4

在到处都是近乎黑暗般寒冷蓝色的气息之中，只有那个物体飘浮着。

赛还乘坐在化作鸟人姿态的艾斯克利托尔的背上，瞪大眼睛盯着那个物体。

实际上他也不知道那个物体实际的大小。整体是一个中间鼓起来的圆盘状物体，看起来是能够放到手中大小的一个镜片，但似乎又像是以这片巨大虚空为背景的小宇宙。

<神子，那个东西就是天空之城控制体。>

"我还是第一次这么近距离看到控制体。原来是那种东西一直飘在天上啊。"

<控制体可以说是人类自己创造的神明。人类的世界中所有的神都已经死去，而人类却使用自己的语言将神具象化。那个东西拥有着强大的能力，它不仅可以追踪过去所有人类的资料和现代人类的意识，而且还可以将所有意念集合到一起并且加以分配。比如说如果有个人迫切地想要自杀的话，哪怕这种愿望是无意中表露的，控制体也能够将其实现。不管是交通事故身亡还是病死，控制体都可以实现当事人的愿望。当然，不仅是这种悲愿，即使是更小的事情，控制体也不会看漏。比如现实中有个人喜欢看堇菜开花，控制体可以增强他的意念，而堇菜在受到这一意念的时候便会开花，实际上是因为花受到了控制体发出的能量影响。可以说控制体是一种增幅器，它将人类的意念增幅，控制并加以分配。也可以说是将人类的意念转化成了一种物理能量。>

"可是让人类创造出那种东西的不就是艾斯克利托尔你吗？你究竟是怎么做到的？"

<关于这个还是有机会再说吧，现在没时间慢慢地讲这种事了。>

"蓝色魔将沃兹利夫从中间世界带来的意念就是这个控制体吧。控制体到底有多大呢？"

＜按照中间世界的大小来看的话，比封闭足球场还要大上两圈。＞

"嗯。说它大的话也很大，但是如果说它小的话其实它也很小。虽然从体积上来看控制体很巨大，但是从性能看起来它又非常渺小。仅仅是这样一个物体就能支配所有的人类，真是难以置信。"

＜和它同机型的控制体一共制造了999座。它们之间相互连接组成了一个网络。刚刚竣工的时候所有控制体都在全功率运转，但是随着时间的推移，一些控制体开始转为后备状态了，一座控制体的效率增加了，原因在于它们开始使用自己的语言行动了。渐渐地控制体成了超越人类理解的存在。其实控制体和卢比之神非常相似。在实现人类愿望这一点上和卢比完全一样。控制体也拥有自己的意识，它和卢比一样对人类采取一种中立的态度。但是在这里我就不知道它会干什么，控制体可能消灭那些自己所无法理解的存在，因此对于颜色世界来说是一种威胁。＞

"就凭那种东西吗？艾斯克利托尔你在怕些什么？你畏惧的应该只有卢比之神才对。"

＜没错。卢比是真实存在的，所以控制体是无法威胁到它，而且可以反过来将其作为一种武器。沃兹利夫也深知这一点，所以他才从中间世界把控制体带了过来。＞

"就算控制体和沃兹利夫称自己是全知全能的神，不管他们再怎么努力，也没有办法破坏卢比的世界吧。"

＜神子，有些小事，还请你不要笑话我。我还欠着沃兹利夫一些东西。借的东西要还回去，控制体也必须还给中间世界才行。可以的话我甚至想把控制体破坏掉，毕竟对于人类来说那种东西是没有必要的，人类就算没有控制体也能活下去。＞

"明明是你让人类创造出的控制体，如今却说这种话。"

＜我要是想从中间世界离开的话，必须要集中能量才行。神子啊，就算是人类能够感应到我，但是个体的人类却没有将我从中间世界救出去的能力。当时我也不知道该怎么办，多亏了你的帮助，让控制体上集中了人类的意念，我才能够利用那股力量逃离中间世界。换句话说，控制体只是为了我逃跑的目的而建造的。如今我这个恶魔已经不在那个世界了，神什么的也就不需要了，所以控制体也没有必要存在下去了。但是……坎迪托和巴米纳斯还在中间世界的话，也许对于他们来说还是需要控制体的。＞

"红色的兄弟似乎是知道卢比的存在的。卢比在中间世界也能够发挥他的能力，所以根本用不着担心。当人类也注意并了解到控制体的真正目的的时候，大概也就不会再制造控制体了吧。"

＜如果我当初也知道的话就好了。＞

"正因如此也会有一些不幸的人吧。"

＜控制体能够实现一切愿望。如果说有什么人走向不幸的话，那是因为这是那人自己期望的，那既不是控制体的责任，也不是我的责任。中间世界的人类大概是理解这一点的。＞

"可是有些人，被迫卷入那些自己无法理解的事情中去，他们又如何呢？当时在中间世界的时候，我的父母、哥哥都没有盼着我去死。因为我在那个世界是'本不应存在之人'，所以我的家人也为此受到牵连，变得不幸。也许世界上还有其他人也会碰到那些'本不应存在之人'而变得不幸，他们的不幸并不是自己期盼的。"

＜你的意思是这一切都是我的责任吗？神子啊，我从未期盼过他们的不幸。人类既看不到我的姿态，也无法听到我的声音。当他们感受到我的存在时也许会害怕吧，那是因为……可是……＞

"如果是他的话，会怎么做呢？"

＜你说的"他"是？＞

"蓝色魔将沃兹利夫。你觉得他会利用人类的同时，不让人类畏惧自己吗？"

绿色魔将艾斯克利托尔听到这里不禁身体一震。

＜没错，那家伙也许会这么做。他拥有着创想能力，他的创想能力和我的创言能力几乎旗鼓相当。＞

"这两种力量哪种更强大？"

＜这是没办法比较的，而是看具体要怎么利用这个能力。比如说我将一杯水倒入大海之中，我能够分清并且追踪杯子中每一个水分子，那是因为我给每一个水分子都起了名字。沃兹利夫也可以区分杯中的每一个水分子，然而他和我的做法却不尽相同，他会将"我和别的是不一样的"这种意念注入每一个水分子之中。我的做法并不会让对象产生任何变化，如果说要是有什么变化的话，那就是对象的意志，因为我可以诱导对象的意志，并且不伤害到对方。换句话来说，沃兹利夫的能力是能动型的，而我的能力是被动型的。＞

"你的能力的典型表现就是那个东西吧，当初你让人类创造出来，如今沃兹利夫又带回了这里的那个东西。"

看着夜色中飘浮着的控制体，赛还深深吸了一口气。

"我们去吧。让沃兹利夫把控制体归还给中间世界，否则林堡的意念就会进入我们的世界，那将会因为本不存在之人的意念而让整个世界变得混乱。对了，那些意念是幽灵！^①就算没有幽灵捣乱，也很难让现实变成自己想要的那样，我当初为了抓住朱夏的心费了多大力气啊，恐怕你是没法想象的。总之我可不想因为幽灵们再次和她分别了。"

<接下来会有一场恶战！>

"卢比之神与我们同在。我还不想死，朱夏还在等着我，树览村的孩子们还在等着我……大家都在等着我。"

<神子啊，你很幸福。>

"还不是多亏了你。校长的课上可是没有野外授课的，所以孩子们都在翘首盼着我回来吧。其实赏花也不错的。"

艾斯克利托尔振动着他那巨大的双翼，赛还紧紧地抓着他的身体。

5

无论沃兹利夫怎么做，都没办法随心所欲地操纵控制体。

蓝色魔将沃兹利夫觉得自己当初实在是小看了创言能力的威力，他在控制体的内部拿着自己的使魔宙鱼贝斯撒气。

宙鱼贝斯全身都包裹着那蓝色气息的愤怒，它从控制体的核心区域被打飞，打穿了一道金属墙壁之后飞到了核心区外的走廊里。贝斯身体中的蓝色如同血沫一般在空中飘散，失去了蓝色气息的贝斯渐渐没有了力气，被固定在走廊的半空中动弹

---

①第三章曾经提及过，沃兹利夫指出人类产生出的唯一产物就是幽灵，幽灵的力量十分强大，而控制体上所集中的故人的意念就是幽灵。

不得。渐渐地贝斯的身体像是被拔了毛的鸡一样失去生气。

＜沃兹利夫大人，请息怒。请赐予我蓝色的气息，再这样下去的话，我要死了。＞

＜你就像那些离开了水就活不了的地球鱼类一样憋死吧。即使是那种下等生物，只要有空气就能够活下去。如果是没有重力的话，也不会因为鳃受到大气和重力的影响而窒息。那种生物在空气中也能活下去。＞

＜这两者之间有很大区别！我要是没有颜色的话是活不下去的。请您大发慈悲吧，沃兹利夫大人。＞

＜我居然没有办法随心所欲地控制区区人类创造的机器！！＞

虽说控制体是人类创造的机器，但原本是因为艾斯克利托尔赐予了人类语言，才使得人类可以创造出如此高精度的物体。贝斯本来打算这样解释，但是自己还是拼命咽下了这句话。贝斯并不担心沃兹利夫小看艾斯克利托尔的创言能力，可是他知道此时沃兹利夫的愤怒既不是因为人类也不是因为控制体，而是因为艾斯克利托尔的创言能力，一旦自己捅破这一点，肯定会遭到沃兹利夫的惩罚，被流放到永恒的痛苦之中。贝斯想着该怎么讨好沃兹利夫，但是失去了蓝色气息的大脑却怎么也想不出什么好办法来。

控制体内部的走廊是按照控制体圆盘状的圆周曲率建造的，此时的走廊上燃起了一簇蓝色的火焰，沃兹利夫再次化作黑衣女人的姿态，她黑色的长发在空中飘散，缠住了贝斯，黑色发丝间发出蓝色的光辉。贝斯此时的样子就如同被蜘蛛网缠住一样，它的身体恢复了之前的蓝色。

"想不到我也会做这种事。居然会拿我忠实的使魔来撒气，你会原谅我的对吗，贝斯？"

黑衣女人沃兹利夫那浅紫色的嘴唇微微翘起，露出一丝微笑。宙鱼贝斯则因为太过于恐惧而说不出话来。

　　"死了吗？我可不许你死掉，也不许你这样沉默。赶快给我说一句话！用语言来回答我！当初你作为绿之女王比尔杜拉斯的使者来到了阿蒙拉塔德王的城下，你被阿蒙拉塔德杀掉之后可是我救了你。所以你必须追随我，懂吗，贝斯！"

　　"是，沃兹利夫大人。"

　　贝斯被缠绕着的头发放了下来，它喘了一口气，随后沃兹利夫带着宙鱼贝斯回到了之前控制体的核心区域。

　　"你比我更了解绿色魔将艾斯克利托尔的创言能力吧。"

　　虽然贝斯想说自己并不了解，但是目前的情况来看这种话根本说不出口。他内心不禁抱怨道："真的是个难以应付的主人啊！"

　　"我也觉得你难以应付。"

　　"……请原谅，沃兹利夫大人。"

　　"没有感情的语言是不存在的。"

　　"您应该是知道我对沃兹利夫大人您的想法吧。"

　　贝斯带着些许的怨气说道，而黑衣女人却放声笑了出来："我说的可不是你的，我说的是控制体……语言真的是一种不方便的东西啊。控制体核心机能的最外层被语言保护着，但这种语言是一种没必要向任何人传递的语言，这种东西没有任何意义，就像一本无法打开的书，这本书没办法产生任何意念，与一张白纸无异。我明明可以无视这张白纸，进入内层的核心部，进入意念这一层级。可到底是为什么？这些语言的集合居然阻止了我！"

　　"这是不是因为控制体核心部的意识层被外层语言支撑才导

致的？我觉得如果您想要和控制体的意识相互连接，有必要先理解外层的语言层才行。"

"根本就没有这种必要。这些外层的语言根本没有任何意义，有的也只不过是资料库而已，那种玩意儿置换成什么符号都可以。1娶了2，生下了3和4，3和4各自去叫作A和B的地方，各自干着叫作 α 和 β 的工作。1已经活了30年，2已经活了40年。这种资料我已经读了一亿人之多了。这些资料当中根本没有意念，所以这些东西根本算不得语言。"

"可是沃兹利夫大人，我们再深入内侧想一下，每一个1和2的代码背后都被赋予了名字。名字并不是无意义的，每一个姓名都包含着起这个名字的人的意念。再进一步说，名字当中记载着每一个人所体验的事情。比如'丽华进入了玫瑰园，把脸贴在黑玫瑰的花瓣上。她非常喜欢玫瑰花。'这些不就是所谓的意念吗？"

"但这些并非控制体的意念。哪里也没有这种意念，不存在的意念亦无法操纵……不，这些意念应该是存在于某个地方的，毕竟控制体的核心部就是为了操纵人类的意念的。如果人类的意念不存在的话，这种机器也就没有意义了。"

"那么我们把保护核心部的语言层删除掉不就行了吗？如果是沃兹利夫大人的话，应该可以轻易……"

"想要删除的话是轻而易举的，但是在这些资料库之中可能零散地存在着一些意识。或者整个资料库的集合使得控制体产生了意识，这些情况是完全有可能的，毕竟这是按照人类愿望创造出来的东西。每一个资料当中都包含着向控制体祈求的意念，要是这样的话，这个机器只对中间世界的人类才会有效，根本就帮不了我什么忙。毕竟下界的人类和颜色们都不想要这种东西。本来打算利用这个控制体来制造个陷阱，没想到这玩意儿居然没有任何反应。"

"不管怎样，不确认一下还是不清楚的。既然我们无法删除外层语言，那么再复制一个控制体出来如何？然后在复制品的核心部添加上遵从于沃兹利夫大人意志的机能，您觉得这个方法如何？"

"你的意思是让我一个个复制那些资料库中记录的语言吗？明明只要使用我的创想能力的话，一瞬间就可以创造出来……艾斯克利托尔这混蛋，简直就是在挑战我，让我破解林堡创世以来最漫长的电脑密码！"

可是就像贝斯所说的一样，如果不能破解这些表层的语言，就无法找到控制体自身的语言层。

宙鱼贝斯看着微皱眉头的黑衣女人，担心地问道："难道说沃兹利夫也有做不到的事情？"

"我可以创造一个复制品，但是这个过程会很困难。"

"为什么？"

"复制意味着不能在语言中添加新含义，横加干涉的话就变化成其他的东西。虽然我拥有创想能力，但是这一点远不及艾斯克利托尔……对于我来说使用创想能力的同时不加入自己的想法，只是单纯地复制语言，整个过程会使我感到非常痛苦。与其如此倒不如创造一个传送资料的机器来得更快，但是一旦进入其他的媒体之中，原本的资料就可能产生变化，一个单词出了错误，就有偏离真实的危险。"

说完沃兹利夫化作了蓝色的气息。

贝斯的眼中看到，控制体核心部的映像一下子变成了两个。沃兹利夫在颜色世界的空间中聚集了构成控制体的要素，他命令要素们组成和控制体一样的东西。对于沃兹利夫来说随心所欲地创造物体是很简单的，但这是自己第一次创造无法理解细节的物体。他消除了自己的意念，操纵着各个要素，并且还需要让自己的意念成为现实，这恐怕需要无数次的尝试。

复制完成了，对于贝斯来说只是一瞬间，然而对于沃兹利夫来说这段时间感受到的是极其懊恼的屈辱。沃兹利夫安慰着自己："艾斯克利托尔是做不到这种事情的吧。"当然，就算是艾斯克利托尔也肯定无法理解控制体的语言，因为控制体的语言早已经和艾斯克利托尔所给予人类的语言是不同的事物了，但前提是控制体必须拥有自己的意识才行。于是沃兹利夫开始寻找控制体的那份意识所在。

天空之城控制体变成了两个，两者之间距离很近，以纵轴为中心，几乎完全重合到了一起，但因为产生了干涉现象，就连贝斯也被复制了。

"去观察一下，贝斯。现在只需稍微透视核心单元就可以了。就是核心部产生了控制体的自我意识。"

宙鱼贝斯按照沃兹利夫所说的去做了，他发现核心单元的最深处发出网状的蓝色光芒。

"这光芒是？您做了什么？"

"你根本理解不了。我只不过是稍微用了一下创想能力，在其中加入了'世上没有两种一样的意识'这一意念。结果并没有产生意识的复制，所以原本控制体的意识也许发生了改变，但是却可以和这个复制体的意识相互接触，也就是说它是有意识的。"

沃兹利夫接触了控制体。

控制体随即识别了宙鱼贝斯和沃兹利夫的存在。

<不只是识别我和宙鱼贝斯，我还要赐予你能够感应这个世界的能力。>

沃兹利夫随即将这一意念送入了控制体里面。

<我要你追踪其他的颜色和下界的人类，然后吸收他们的意念。让他们将蓝色的气息还给我，把黑夜的寒冷和恐怖还给我，这样我就可以创造永恒的蓝色世界了。恐怖诞生黑夜，永远的黑夜中将会诞生恐怖，然后我将会得到这一切，处于蓝色支配下的领域都将会变成我的世界。虽说那个世界的范围很有限，但在那样一种空间中我将会化作永恒的存在。所以你要追随我！>

可是控制体并没有回答说："遵命。"

控制体这样说道：<你是什么人？你并不存在于我的资料库中，你的意念在时间轴上并不处于连续的状态。我不知道你是谁所生，你是本不应存在之人。我本来不可能感应到不存在之人的。>

控制体开始高速地进行系统自检，检查所有单元的运行状态。核心部判断：可能一部分单元产生故障导致自己看到了幻觉。

<似乎事情并不是那么顺利。这样的话，这个控制体不就和在林堡时一模一样了吗？这个控制体大概也会消灭那些自己无法理解的事物，或者自我毁灭吧。接下来它会自爆吗？>

<那种情况是不可能的。好不容易到了这一步，接下来就简单了。我只需要把它数据库中人类相关的资料换成我所想的资料就可以了。我将会洒下无数的蓝色，而这个控制体也将会成为我忠实的仆人。>

<在林堡的时候，就算您不费这么大力气也能够轻易地操纵控制体，可是为什么到这里就行不通了呢？>

＜我当时进入林堡之后发现艾斯克利托尔并不在那个世界，可是他现在却来到了这个世界。那家伙想着不让我利用控制体，然后过来给我捣乱吧……当然我是不会让他这么做的。以我的创想能力，艾斯克利托尔就根本不是我的对手。＞

蓝色魔将沃兹利夫感受到了艾斯克利托尔的气息在不断接近。最初发现那个气息的是控制内部的监视器。

黑衣女人摆好了架势，将蓝色的光剑握在手中：＜跑上门来送死吗？艾斯克利托尔。你是无法战胜我的。＞

随后沃兹利夫离开了核心区。

6

明明控制体是一个无人的有机电子机械复合体，但是内部却有能够让人类走动的走廊，赛还感到不解，便向艾斯克利托尔询问原因。

＜这些通道是当初人类创造控制体时需要的空间，控制体自己的自动保修机器人也会使用这个通道在其内部移动。控制体里面甚至有工厂。自从控制体飘浮起来之后，这些通道就不再是为人类准备的了。控制体内有一套防御系统，不会允许任何生物或者是物体入侵至它的内部，无论这些生物有多小。＞

"你既不是林堡中所说的物体，也不是那个世界中所说的能量，所以防御系统无法识别你。但是我不是颜色，为什么控制体的防御系统没有针对我运转起来？"

＜这恐怕和当年神子在林堡让控制体产生的状态是同一种现象吧。控制体会纠结于那些自己无法理解的现象。它大概是感应到了神子进入其内部，但是你对于控制体来说是"本不应存在之人"，所以控制体会怀疑自己是否看到的是幻觉，这和人类的恐慌心理相似。因为它相信没有自己不知道的事情，所以当出现有悖于自己认识的现象时，它会竭尽全力地去尝试理解，或者是解决这一矛盾。所以说接下来控制体恐怕会用尽各种手段来消灭你吧。在你消失之前，我可以在某种程度上保证你的安全，但是我不能永远欺骗控制体的眼睛。接下来要小心了，控制体的攻击可不是幻象。一旦被杀，就会真的死亡。＞

"就算是被杀，我也不一定会真的死掉，这些都是卢比的教导——啊！！"

通道的墙壁上射过来一股强烈的激光。蓝白色的激光在墙壁、顶棚和地面上来回反射，仿佛试图消灭通道内一切入侵者一样朝着赛还飞来。

尽管赛还被艾斯克利托尔绿色的气息保护着，但是激光的冲击依然非常剧烈。当激光命中赛还周围的绿色气息时，艾斯克利托尔瞬间产生了强力的磁场，使得激光光束发生了扭曲，从赛还的右侧飞过。

＜如果这些手段不奏效的话，控制体大概会把自动防御机器人聚集到这里来。＞

"别开玩笑了。这样下去的话，还没等我看到沃兹利夫就得被杀了。沃兹利夫！你在哪里？赶快出来，我有事相求！"

＜如果我们求他，他就答应的话，也用不着我们白费力气了。神子啊，我们必须击败那个家伙才行。＞

"所以我才要祈求，卢比的力量是……"

＜圣典课以后再说吧！神子，多加小心。沃兹利夫来了！＞

赛还感到自己的视线一阵晃动。

＜沃兹利夫打算复制大量的控制体吗？怎么能让你得逞！＞

艾斯克利托尔绿色的闪光一瞬间就消灭了沃兹利夫复制的控制体，随后赛还的视野恢复了正常。

就在下一刻，艾斯克利托尔化作了鸟人的姿态，但这并不是艾斯克利托尔本人的意志。

"是你，蓝色魔将，沃兹利夫！"

"好久不见，艾斯克利托尔。你之前去哪了？你要是永远被困在那个地方就好了。"

黑衣女人提着剑，站在鸟人姿态的艾斯克利托尔和赛还面前。

"你现在的样子可真是不像话啊，艾斯克利托尔。你就那副样子死掉好了，就算我不动手，控制体也会帮我解决你的。你就被自己创造的语言杀死吧！控制体内部积攒的语言保存了人类的意念，你就被这人类的意念杀死吧！"

"我就算是被杀也不会死的，因为我还不想死。"

赛还从鸟人艾斯克利托尔的背后探出头来说道："你就是沃兹利夫吗？还真的是一个美人啊，和朱夏如此相像……原来如此，你会根据对象不同而改变面貌吗？"

"你是什么人？"

"赛还，一个小学老师……虽然这种自报家门的方式实在是没有魄力，但我还是比较满意的。"

"下界的人类吗？为什么在这里？"

"我可不想整个下界都是你创造的颜色，虽说你的颜色正适合睡觉，但是这样下去就没办法赏花了。"

"你这是在命令我吗？"

"我这是在恳求你啊！"

"就凭你这种低级生物吗！"

随后沃兹利夫安静地举起了那把蓝色的剑。

＜我刚才不是都说了吗？神子。你求这种家伙根本就……＞

蓝色的剑刺了过来，鸟人下意识地躲开了剑锋，根本没有空闲去保护赛还。

然而蓝色的剑却被赛还手中的卢比圣典挡住。

"虽说想要赏花这种愿望很渺小，但作为意念却是强大的。"

"你小子是……卢比的使魔吗？难道说卢比真的存在吗……"

"卢比并不站在任何人一方。他支配的是意念，所以他才拥有恐怖的力量。"

"你们恐惧于我就够了，接下来就让你们见识一下控制体和林堡人类的意念的力量！你们要是没有被它们杀死的话，我就亲自当你们的对手。接下来就用心仔细体会吧！"

沃兹利夫隐去了蓝色的剑，翻抖着自己黑色的裙子向后退去。

还没等赛还说出下一句话，周围的黑暗便扩散开来。

"艾斯克利托尔，给我一些照明！"

鸟人外表的艾斯克利托尔发出绿色的冷光，他搜索着周围的气息，但无论哪里也没有发现沃兹利夫。原来他们此时已经不在控制体里了。

"……这是控制体所产生的意念空间！"

"就如刚才沃兹利夫所说的一样，必须要用心仔细体会才行，艾斯克利托尔……接下来要多加小心，无论发生什么都不要去理会这些事情，只要我们不理会，那么一切就都是幻象。"

艾斯克利托尔感到自己的脚被什么东西缠住了，于是他迅速地挥舞着闪着绿光的翼尖，把那个缠住自己脚的东西切断了。

"神子，小心！这些都是亡者的灵魂，我们到了地狱了！"

话音刚落，整片大地都化作了血海，艾斯克利托尔赶忙背起赛还飞了起来。从血海中飞出来无数长着翅膀的鱼，追赶着两人。

"这也是幻象吗，神子？"

"是你让这一切化作现实了！这个世界是人类的意念产生的，一切都是被控制体记录的意念。当初你要是不去理会这些幻象就好了，但是现在已经晚了。我们似乎被这些意念捕获，现在看到的一切已经不再是幻象了。艾斯克利托尔，能做些什么吗？"

"那就只有战斗了，神子，我们把这些东西全杀掉就可以了。"

赛还感到肩部一阵剧痛，不禁发出了悲鸣。原来刚才一只怪鱼飞到了他的肩上，赛还把怪鱼从肩上拽了下来，发现鱼嘴里面咬着一块肩膀的肉，并且把那块肉吞了下去。尽管怪鱼被赛还捉在手中，但是依然拼命地挣扎，还想着再咬下一块肉来。赛还已经没有什么闲心再告诉自己不必害怕什么的了，他赶忙把那条怪鱼扔了出去。

紧接着又有五六只怪鱼从下面朝着赛还他们飞来，吓得赛还下意识地从艾斯克利托尔的背上站了起来。

"危险！"

赛还从艾斯克利托尔的背上跌落下去，艾斯克利托尔为了追上赛还赶忙紧急下降。下面的世界是一片黑色的森林，无数的怪物都争相想着捕捉到赛还。有一只怪兽首先将赛还捉住了，它是一头长着翅膀的蛇头怪物。赛还被那怪物熊爪一般的前肢抓住，那怪物抓的力气实在是太大，赛还发不出声音，在怪物的前爪中拼命地挣扎着。蛇口渐渐靠近了赛还，想要吃掉他的头部。

但此时艾斯克利托尔已经没办法阻止这一切了。

"卢比啊！"此时艾斯克利托尔听到了赛还的叫喊。那蛇头怪物整个身子被切成了两半，而赛还手中握着一把闪耀着红宝石颜色的剑，他和一分为二的怪物一起坠落下去。

艾斯克利托尔好不容易用背部接住了赛还，却失去了平衡，朝着森林坠落下去。在撞到地面之前，艾斯克利托尔展开了自己的双翼，用自己尖锐的爪子抓住了差点跌落的赛还，拼命地扇动着自己的翅膀。他们落到地面后才发现，这个世界的地面并不是土地，而是巨大的肠道一样的肉壁。

赛还扶着艾斯克利托尔的脚，满身都是血和汗水，因为伤口的痛苦而呻吟着。

"不可能就一直这么战斗下去，就算我们再怎么战斗也不可能战胜这些怪物，仅仅刚才的两三只就差点要了我的命。"

"那我们该怎么办？"

"这是你创造的世界，也可以说我们的对手就是你自己。你可以让控制体去固定创造这个世界的语言。"

"我做不到，恐怕现在控制体的意识已经被沃兹利夫操纵了。"

"可是如果交战我们根本就没办法取胜。"

赛还将手中的剑变回了卢比圣典。

疲劳感沉重地压在了艾斯克利托尔的身上，如果想为了休整一下双翼而着陆的话，那些内脏般的食肉树就会袭来，掉到血海里的话又会被怪鱼追杀。就算逃到空中也不可能永远飞下去，累了又得降落，最后恐怕连再次升空的力气都会使用殆尽吧。

"艾斯克利托尔，赶快变回绿色。"

"能变回去的话早就变了，现在沃兹利夫的创想力正在从中作梗……除非那个家伙玩够了，否则根本没办法……控制体的力量被那家伙利用了，我要是颜色的状态，也不至于发展成现在这个样子……"

"我就算是被杀也不会死掉的……但是如果把消极的意念传达给卢比的话，我们就必死无疑了……朱夏啊朱夏，帮帮我吧。"

两人最终因为体力耗尽，从天空坠落。

但是两人的意念却从未消失，而且越来越强，艾斯克利托尔不想输给沃兹利夫，而赛还也想见到朱夏。

蓝色魔将沃兹利夫并未露出胜利者的微笑，因为一切只不过是按照自己意料之中发展罢了。

＜沃兹利夫大人，似乎有什么其他东西进入操纵控制体记忆领域的创想反应中去了。＞

＜什么?！＞

困住艾斯克利托尔和赛还的空间中也产生了异变，控制体在犹豫着是否要继续输出过去人类的意念。

＜有什么人在直接和控制体进行对话。＞

＜对话？难道用的是语言吗？＞

＜是控制体创造的语言，我不知道他们在说什么！＞

＜这个世界中不可能存在能够使用控制体语言的人。＞

此刻绿色魔将和那个卢比大陆的人类，被红色的光芒所包围着。

＜难道是卢比吗？怎么可能！＞

沃兹利夫的注意力转移到了那个进入控制体意识领域的存在，尽管只是一瞬间的分神，但是艾斯克利托尔却抓住了这一个瞬间。

<朱夏，太好了，我们赶上了！>

进入到控制体内部的存在说道。

<多亏了你啊，TR4989DA。你刚才做了什么？>

<我刚才告诉控制体不要迷失自我。我问它为什么要大量输出人类的资料，它却说不知道为什么。不能做自己不明所以的事情啊！>

<也就是说你让它醒过来了吧。>

<那些记载着人类的数据是支撑控制体本身存在的力量。如果那个数据本身发生变化，控制体也就并不再是之前的那个控制体了。>

<干得漂亮，TR……我真的太喜欢你了。赛还肯定也会……>

<朱夏，我要回到这个控制体上，因为我需要那个控制体。>

<……真是太好了，TR。>

<朱夏，不要觉得寂寞，你将来一定会生下一个好孩子的。>

<我是肯定不会忘记你这个撒娇鬼的。>

<我也不会忘记你的。>

艾斯克利托尔将自己能够动员的所有绿色都集中在那个小小的空隙上。蓝色魔将沃兹利夫试图用他的蓝色之力抵消绿色之力，却被某种更强大的力量压制住了。

<快点跟上，贝斯！不然我们就要被消灭了！>

沃兹利夫变成了一只巨鹰，将贝斯衔在口中飞向了天界。

<沃兹利夫大人，刚才发生什么了？>

<有某种意念侵入了控制体，让它回过神来了。那个可不是语言，是意念。>

虽说失去了控制体，但是沃兹利夫并没觉得沮丧。

＜我的优势依然没有改变，用创想之力随时可以消灭创言的世界。艾斯克利托尔相信的那种只有语言才是现实的世界，我一下子就可以将其毁灭。所有的源头都是意念，总有一天我要用自己的意念去支配一切。＞

控制体消除了幻象的世界，TR4989DA此时身处控制体的下方，如同展开的地图一样，它再一次看到了那个自己熟悉的世界。

＜我似乎做了一场梦，到底发生了什么？＞控制体用机械语问道。

＜绿色和蓝色跑到了恋人的意念中去了，但是具体到底是怎么一回事，我实在是没办法用语言描述。＞

此刻的眼下，夕阳的余霞染红了天空，TR4989DA觉得在这个世界也存在着卢比之神。TR进行了体内的换气，将湿气排了出去，那股湿气就好像天空中飘落的银丝一般，消失不见了，但是TR相信它肯定是朝着朱夏飘去了。

"再也不要离开我了，好吗？"

色抚草的草原上，朱夏对着刚上任的教师说道。

"我再也不会离开了，这次我要是再走掉的话，肯定会被开除的。你戴的这个手镯，真漂亮啊。但是我没见过。"

"你吃醋了吗？这个是从上面落下来的，肯定是TR零件中的一部分，那孩子可真是个可爱的机器呢。"

两人十余年的过往，即使寄托在一年里传达给对方，也可以无须任何语言了。两人把手中的色抚草彼此靠近，绿色在花瓣之间跳动着……

第五章　朱红色 /Vermillion

夕阳散发着朱红色的光芒落下山去。

夜晚从地面爬起，站了起来。那些曾被朱红色浸染的人类、树木、墓地、高楼和鸟儿们的姿态都渐渐崩坏。

夕阳的颜色究竟去了哪里呢?

那颜色像雨一样落在地上，洗刷了高楼、树木和人体之后，流了下去，最终堆积在地面上。

※

操色师 K 看着屋子中的配色指示表，感觉自己随时都要吐出来了，但毕竟这是工作，只能强忍着干下去。

"争取黄昏之前弄完啊。"

女人要求 K 改变屋子室内的颜色。她目不转睛地盯着一身灰色作业服的 K，从运动鞋的鞋尖一直看到了他的帽檐，然后再三地嘱咐：在黄昏之前弄完。

"好的太太，我明白了。"

K 也没有抬头，只是盯着配色指示表，点了点头。

女人没有听见 K 那低沉的声音，她心中不禁感到一丝不安，交给这男人真的没问题吗？但是 K 作为操色师的本事似乎是不用怀疑的。某天女人来到自己某个女性朋友家中的起居室，看到了其中的配色，才了解到了 K 的工作能力。那位女性朋友夸耀着自己室内颜色的多样化和新鲜感，夸张地讲道："在这个世界上恐怕再没有第二个人能够创造出这种颜色了吧！"女人为了从女性朋友那里套出 K 的名字，拼命地罗列着那些满足朋友虚荣心的辞藻。虽然奉承自己的朋友让女人感到万分疲劳，但是如果自家能因为 K 而变得更加漂亮，那么这份疲劳也能烟消云散了。

"接下来就要开始工作了，" K 说道，"麻烦您在外面等，可以吗？"

"啊，不好意思。那么接下来就拜托你了。"

女人临出门前再次看了 K 一眼。K 弯下腰去提起了那个比吸尘器大一圈的操色机。女人最后瞥了一眼 K 的侧脸，然后走出了起居室。但是当女人的视线离开了 K 之后，她居然再也想不起来 K 到底是一副怎样面孔的男人了。

女人关上门之后再次担心起来："真的能够相信那个男人吗？"背后的屋中安静了好一会儿。女人此时回想起男人的印象，那便是"灰色"。她脑海中只能回想起这两个字。无论他的脸、手抑或是肌肤的颜色的印象，似乎全都被涂上了一层灰色。

听到起居室里响起了机器启动的声音之后，女人离开了房门，可是那个操纵机器的男人的灰色的印象，究竟是怎样一种灰色，在女人心里则渐渐变得模糊。

女人心想"无所谓了"。毕竟灰色怎么说都算不上一种颜色，她想要的只是色彩。

女人走了出去之后，K 总算是长舒了一口气。这个委托人烫着一头绿色的假发，染成橘黄色的睫毛上画着两条金色的眼线，她还戴着一条五彩斑斓的项链，宛如各种颜色的标本一般。而她的身上穿着一条如同蛇鳞一样闪闪发光的蕾丝连衣裙，脖子旁边是浓浓的绿色，越是往下，颜色越黄，最后裙边的部分变成了金黄色，裙子是把好几枚鳞状的花边重叠形成的，就像结草虫的巢穴一样，每当这条裙子摇摆起来的时候，都把那裙子里面的女人的身形动作表现得淋漓尽致。尽管女人已经离开，但是想要从这样一种颜色的暴力中缓过劲儿来，还需要好一会儿才行。

起居室非常宽敞，采光室和起居室之间能看到外面灰蒙蒙的街道。这家人住在高层公寓的三十九层，如果没有云彩的话，太阳就会直接照到起居室里面，也许正因如此，起居室内的颜色搭配也显得有那么些许应景。

虽说屋内的色度相对协调，但是似乎全都是有色彩的东西。如果不使用暗色或者是强光进行调和的话，那么屋内就完全看不到黑白和灰色了。

地板上铺的地毯的绒毛很长，也很松软，但是整个地毯的配色似乎在告诉人们这个屋子里曾经发生过屠杀一样，那颜色好像是血沫飞溅之后晒干之后的产物。地毯的颜色并不是红色，而是黄色、深蓝色和紫色混合的产物，K 本人也不知道到底哪种颜色才是它的主色调。他觉得这完全就是无视主色调，随意染色的产物。如果按照操色师的观点来看的话，就是某个操色师将所有多余的颜色一股脑扔到了这个屋子里一样。

客厅的沙发和桌子似乎都是很值钱的物件，但是因为那奇怪的颜色，K 觉得这些家具并没有比丢在垃圾场的那些贵重多少。坐在沙发上后，上面如同警戒色一般的红色和鲜绿色让人觉得这些颜色就要和一种硫黄般的臭味一起涌进身体里。

墙壁原本是有着水流一般美丽花纹的木质结构，但因为颜色过于混乱，纹理也显得格外古怪抽象。

在一面墙上挂着梵·高的《向日葵》。那幅画宛如朝着正常世界开启的一扇窗户一样，只有在这幅画框中才保留着一丝的正常。如果说某位操色师正是计算到了这幅画的存在，为此而将整个房间的配色变得如此混乱的话，那么能计算到这一步的操色师肯定是超一流的存在了。

K靠近了那幅画，观察着。原来只是一幅便宜的复制品而已。那个女人为了这样一幅画而花重金购买室内染色什么的，只不过是自己的臆想而已，想到这里，K再次感受到难以抑制的呕吐感。

起居室的门是一面镜子，映照着整间屋子的样子，看起来在门的另一边似乎也有同样的一间屋子一样。这面镜子反倒使得房间内混乱色彩的恶趣味更上一层楼。

屋内还有着一座壁炉，虽然材料是大理石，但是却被人工染成了蛋白石的模样，失去了原本石头自然的质感。

落地灯、顶棚、书架和电视柜都是让人感到半透明质感的塑料一般的颜色，特别是顶棚的黄绿色荧光色调是K最讨厌的。

女主人要求K对室内的颜色做一番改动，而且要求让室内的颜色更加鲜艳。把地毯的样式改成几何图形的模样就可以了，但是女主人对于颜色的感觉似乎是越发地朝着K无法理解的方向发展。

K从工具箱中掏出了标准色调指示灯，把电源接通到了一个插座上后开始扫描整个室内。

K用这个灯寻找着这个屋子里没有颜色的部分，也就是白色、黑色和灰色。

K最终只找到了一处白色。

这白色位于壁炉上的一幅照片相框上，相片里面的映像纸有一点白色。照片上的人是这家的女主人和她的丈夫，也就是这家夫妻的合影。因为没有灯光照射，所以当时白色的地方看起来是淡淡的绿色。K非常不解，把白色的映像纸部分剪掉不也可以吗？于是他拿起了这幅照片端详起来。似乎照片是很久以前拍的了，照片上的夫妻显得都非常年轻。微笑的脸上，无论是眼睛还是说牙齿都显得非常洁白，就如同是照片外围的白色一样，都未曾染色。

照片描述的似乎是很久以前的事情了，K把相片放了回去，再次回想起刚才的那个女人。那个女人的眼球略微的发黄，甚至有一些血丝。

K把露台一侧采光室的窗帘拉了起来，打算使用标准色调指示灯。虽说以前的所有工作他都这样做，但是在这里他觉得已经用不上这些了，于是把指示灯放回了工具箱。他甚至连窗帘的颜色也不想看了，毕竟当初配色指示表中没说要给窗帘染色。

K拿出了操色机的电线，插入了插座上接通了电源。

随后他拿起了操色机上的软管，确认了平头的喷管上迸发出青白色的电光之后，把喷管放到了地毯上，开始吸取上面的颜色。

平头喷嘴在地毯上划过的痕迹变成了一条带状，这条带状呈现灰色。

K皱了皱眉头，再次用喷嘴在这条带状上吸了一遍，虽说第二次让地毯的颜色由灰色接近于白色，但是离真正的纯白色还差得很远。

K提高了机器的吸色能力，开始真正地投入工作中去。操色机的吸色袋很快就被填满。K换上了预备的吸色袋。他开始后悔为什么只带了三个吸色袋。

当初他自己也没想到就这样一间房子居然会需要三个吸色袋，如果先到这里考察一番就好了，K一边想着这些琐事一边吸取着地板、墙壁、室内和顶棚的颜色，整间房子都开始变成灰色，K为此从心底里感到爽快，他决定如果吸色袋不够用的话，他就用吸色袋里收集到的颜色来给这个房间染色。因为吸色袋里收集了各种各样的颜色，这些颜色混合在了一起，现在肯定是变成了深灰色了。K想如果使用这些颜色的话，就省掉了扔掉这些颜色的时间了。

随着房间渐渐变成了灰色，墙壁上挂着的那幅梵·高的画也变得富有生机起来，K觉得如此染色可以将这幅画凸显出来，于是他小心翼翼地避开这幅画操弄着操色机的喷头。

各种浓淡颜色兼有的房间几乎变成了灰色。

K稍稍停下了操色机，四处观察着房间，看看还没有给哪里吸色。

室内还有染着色的地方，就剩下窗帘了。书架和地毯的缝隙里都没有颜色显露出来。书架没有办法移动，想必书架底下的地毯应该也是五彩缤纷的吧。想到这里，K忽然想要把这个架子移开，将里面隐藏在角落部分的墙壁和地毯的颜色都吸进去，但是无论是时间还是吸色袋的容量都已经不允许这么做了，更何况，就算是这么做，自己也不见得能够获得与此相称的工钱，当时客人的要求就是把能看到的地方染色就行了。

为了吸取颜色K把桌子移开，在上面摊开了配色指示表。

K一边看着指示表，一边将操色机调成了彩色模式，他用脚把之前的工具箱够了过来，把吸色喷头放了回去。K开始思考想要描画出指示表上的图形的话，用哪个彩色喷头比较好呢？他把视线转向工具箱里面大小各异、形状迥然的喷头和配件上，这些配件就像是牙科医生使用的工具，闪着寒冷的银光。

这其中有十几种喷头K都从来没有用过，他一直使用一个中型的圆口喷头，不管多么细小的部分，他都能用这一根喷管完美地将其上色。超细的喷管也只有在做修正的时候才会用到，除此以外基本上没必要使用。但是客人里面也有一些人，如果不把这些工具给他们看看的话，自己的能力就会被他们怀疑，所以K是将这些工具作为自己的招牌，总是随身携带。事成之后，看到屋内颜色的客人们总会感叹道：不愧是有这么好的工具啊！其实K只不过是用一只中型的喷头就完成了工作，客人们对K具体使用什么工具根本没有兴趣。

K再一次看向了颜色指示表。

如果按照这个指示表上标注的要求的话，那么只用中型喷口是不够的。

指示表要求地毯上每隔一厘米就要染成不同的颜色，可以说这样的颜色变化中压根就没有什么规则性，如果说是像彩虹一样拥有变化的层次感的话，那么这份工作倒还简单，所谓一厘米的间隔也可以无视，但是这个房间的主人似乎完全没有理解颜色的性质是什么，想到这里K不禁叹了一口气。

就算是按照女主人的指示去染色，那么最终整体看上去就好像是紫色、深蓝色和浓绿色混合而成的四角旋涡，最终给人的感觉就是到处都会浮现出硫黄色的污点。其实在给房间染色之前，K就已经预料到是这样一种情况了。

K蹲了下去，摸了摸地毯的表面，他在想要不要把地毯染色的问题告诉女主人。从技术上来讲，把毛茸茸的表面按照每一厘米的间隔染色的话是完全可以做得到的，但是毛立起来的状态和毛躺下去的状态，或者是让毛朝着某个固定的方向躺下，根据毛的状态不同染出来的色给人的印象也会截然相反。女主人要求的间隔一厘米染色的要求完全没有意义。难道说，那个女人甚至已经计算到毛的角度这一步了吗？

　　K以前也曾经给类似的地毯染过色，地毯上的毛都是直立的状态下，整个地毯看起来是灰色，这种灰色近乎无色的白色，但是人走到上面的话，就会把毛踩下去，这样踩下去的痕迹看起来宛如是被夏日的阳光照射着一般显眼。如果采取不同的染色方法的话，那么从不同的地方进行观察，就会浮现出不同的颜色。

　　可是这个房间的女主人追求的并不是那种境界，她想要的不是颜色的调和而是喧躁。K认为让颜色浮躁起来也有一些规则，可是这个女人完全不明白这些。想要表现女人所追求的颜色的话，就算不用一厘米的喷头，使用中型圆口的四十七厘米喷头就足够了，这种喷头足以表现女人想象中颜色的狂舞。

　　随后K明白过来，女人所追求的并不是这样的结果，于是他决定把一个吸色袋代替涂色袋放到了操色机内，给室内上色。

　　如果说按照配色指示表去上色的话，屋子里面的印象就会变成深灰色。他一边看着指示表，一边开始用浑浊的颜色开始涂色。

　　但是亲手将屋子玷污，然后就这样扬长而去，这对于K来说实在是难以忍受。

　　于是他改变了计划。将地板涂成了黑色，将顶棚涂成了白色，将墙壁涂成了灰色。他将沙发涂成了黑色，并在这黑色中添加了一点点朱红色，这让沙发整体看起来是黑色的，但是比起纯黑来说更增添了一些高贵的印象，他把电视柜和书架染成了金属黑，然后在上面撒上了一些银粉。

整个屋子的颜色看起来像是沉睡了一般，看到这一切，K感到十分满足。如果按照女人的指示染色的话，那么这间屋子就会变成颜色的墓地。

随后K打开了电视，吸收了荧屏上的彩色，使其变成了黑白色。

最后他收起了所有的工具，再一次凝望着这个房间。

现在这个房间中唯一鲜艳的颜色，就剩下了梵·高的《向日葵》，和壁炉上夫妻两人的照片了。那两者的颜色在房间的衬托下显得充满了生机，像一个窒息的病人吸入氧气之后瞬间恢复了生机，好像整个照片和图画的表面都被仔细地清洗过一般。在给房间改变颜色之前，这两者都被周围躁动的颜色埋没，显得一点都不起眼。如果说那个女人能注意到这些变化，注意到那幅画和那张照片中尘封的年轻时的过去，然后回想起那些美好回忆的话，那么K觉得自己这次的工作也是值得的，想到这里，他把操色机扛在肩上，把工具箱和吸色袋放到了手提袋中。

当他想用自己拿着手提袋的左手去开那张镜子门的时候，还没等到K摸到门把手，门就被从外推开了。这一下刚好碰到了K手中的手提袋，结果袋子掉落在地上，K弯下腰，正打算去捡的时候，从背后传来了女雇主那充满了不信任的声音："明明我都说好了在黄昏之前弄完！"

K告诉她工作已经结束了，弯下腰去打算把袋子捡起来，可他刚刚伸出手去，女人就用脚把袋子踢到了一边，不让K去捡。

"太太，您这是？"

K抬起头来望着女人。女人的脸涂着华丽的红色条纹，那些条纹因为愤怒而显得扭曲。K觉得似乎有些狒狒也拥有着这样条纹的脸，他竟一时间没感到这副面孔是那个女人，甚至没感觉这副面孔是人类。他赶忙把手缩了回去，倒退了几步。

"这到底是怎么一回事？为什么没有按照我的要求去染色？今天晚上八点有个派对，是今晚的八点啊，我知道你是个一流的操色师才拜托你来染色的！"

"如果按照您的要求的话，屋子就会显得混乱，我觉得染成这样更好一些。"

"别开玩笑了，你居然说屋子会显得混乱，难道这样染色不好看吗？"

女人拿起桌子上的配色指示表，甩给了K。

K放下了工具箱，拿起了指示表。

指示表上画着屋子的透视图和平面图，在图上画着无数的线条，记载着色相亮度的数字，但唯独没有标识出颜色。

"您当时一定调查了不少颜色的样本才写出这样一个表吧！这虽然很辛苦……但是如果按照您的要求去染色的话，屋子只会变成深灰色。"

"那种事情根本不可能！"

"您要是在当时计划的时候和我谈一下就好了。"

"够了！"

"那么，我就先告辞了。"

"你在说什么？还不快把屋子的颜色给我复原。"

"复原？"

"没错！"

"可是……"

K实在是不想再看到这个房间的颜色再次从这样一种平静的状态回到那个狂乱的状态中去。这对于他来说就像往一个吃饱了饭的人的胃里强行灌进去一整套套餐一样。

女人从K的右手把工具箱夺了过去，放在地板上打开了说道："请吧！"

"您要是觉得不中意的话，我可以帮您复原。但是今天确实没办法……"

"凭什么？这难道不是你的责任吗？"

"没和您商量就染色确实是我的责任，但是……"

"你对于颜色的感觉简直太差了，你染的这叫什么玩意儿啊？"

"我明天再来吧。"

K正要拿回工具箱的时候。

"别走，你要是没在八点之前给我干完的话可就麻烦了。"

K觉得只要来到这个派对的人的感觉都是正常的，那么在这房间里肯定是能够感到放松的，但是这个女人招来的家伙中，恐怕没什么正常人吧。

"那么，还请您去找别的操色师吧，当然费用由我来承担。"

"你是对我有什么恨意吗？难道说是谁叫你把这个屋子弄成这个样子的？"

"没有的事……"

"那就马上开始给我干，我现在要是找别人的话根本来不及。"

"可是太太，就算是我也没办法在八点之前完成。"

"那你打算怎样？"

"所以我才说，明天我再来。"

"我刚才不是说了必须今天八点之前吗？"

"我明白了，那么我就按照接近颜色指示表的标准染色吧。按照一厘米的间隔去染色的话有些困难，但是整体的感觉可以达到您当初的要求的那样。"

"那就给我去做。"

女人非常了解，操色师所使用的颜色完全不同于油墨或者油漆，对于普通人来说是完全无法进行修改的。就算是给整间房子的墙上都贴上壁纸，那么颜色也会从壁纸下面显现出来。如果不想让屋子变成那样，就必须使用操色师的机器把墙上的颜色吸走才行。被吸收的颜色会在处理厂进行再生处理之后，再一次放到操色师机器里面的染色管芯里。

K捡起了女人脚边放着吸色袋的手提袋。

"你打算怎么做？"

"我接下来要使用吸色袋的颜色。"

"那些不是废掉的颜色吗？"

"是的。按照太太的想法，根据指示表去染色的话，效果看上去和染色袋里的颜色是一样的。"

"不可能！"

"可是事实就是这样。"

女人从K的手中一把夺过了吸色袋，扔到了地板上。

还没等K出手阻止，女人就用她尖锐的高跟鞋跟踩到了吸色袋上。

"危险！"

K大声警告着，抓住了女人的手，但是女人歇斯底里般地甩开了K的手。

"赶快给我滚出去，我再也不会雇你了！"

吸色袋破了个口子，从里面喷出了浓浓的深灰色烟雾，一瞬间就染到了女人的荧光绿色的高跟鞋上，并且颜色还在向外扩散。

K赶忙从工具箱中拿出那根中型圆口的喷管，朝着门的方向退去，并且朝着女人喊道："赶快跑！"

"这是什么啊！"

女人继续踩踏着染色袋。

从吸色袋里流出来的颜色，和K之前染色的部分相互反应，散发出蓝色的闪光，随后变化成各种各样的颜色。如果不借助于操色机的话，K就无法控制颜色的反应，难以想象接下来会变成什么样的颜色。从吸色袋里流出的颜色开始染向那些无法被操纵的普通颜色上，包括女人的裙子、鞋和女人的头发、肌肤上。

K捂住自己的口鼻，推开了镜子门，多亏了这扇门还是开着的，他才能够迅速地逃到了走廊里。弹簧门再次关了起来。

"太太，赶快出来！"

K把扛着的操色机放到了走廊的地板上，稍微打开了一个门缝喊话，但是从吸色袋里面流出的颜色看起来似乎就要从门缝里出来了，K刚离开了房门，那时就已经听不到女人的任何声音了。

刑警接到了K的报案，来到了现场，简单地调查了一番女人的尸体之后向验尸官问道："好像是窒息死亡啊。"

"虽说不解剖的话是不能够下结论的，但是应该是您说的那样。"

"那就把尸体搬走吧。"

刑警目送警官把女人的尸体搬出了房间，再一次环视屋内。

房间里面的颜色就如同火灾后的现场。屋内到处都是褐色、浅棕色、灰白色和黑色的斑点，这些颜色像液体一样从房间中流过。

墙壁上挂着的画，门上的那面镜子，还有壁炉上那幅照片上的玻璃全都染上了浓浓的灰色，刑警拿起了那幅照片，用上衣的下摆擦了擦，但镜面还是不透明的样子，依旧无法看到镜框下面照片的颜色。

浓灰色染遍了女人的尸体，对于刑警来说他还是第一次看到这种颜色的尸体。

刑警掀起了女人的衣襟，看了看皮肤的颜色，尽管比起裙子和露出来的面部，头发的颜色相比稍微淡了一些，但还是灰色的。刑警觉得说不定血液也变成了灰色吧。随后他看向站在房门前的操色师。那个男人的脸已经失去了血色，但是和女人尸体的颜色相比，还是一副生者的颜色。可就算是如此，刑警看到了他的脸还是想起了过去自己曾经见到过的无数的尸体，尤其是一氧化碳中毒的死者尸体，死者的肌肤依然是那么的有生气，仿佛还是活着时候的那种颜色，而此时此刻，操色师的脸色比死人还要像死人。

刑警觉得操色师和死人没什么区别。

那些自杀失败的人，或者是因犯重罪而被删除了过去的人，虽说所有这些人都不一定成为操色师，但是所有的操色师都是没有过去的人。他们既没有过去也没有名字。与其说这些人是死而复生之人，更不如说是只会移动身体的活死人，刑警对这种人总是感到一种厌恶，虽说这些人和其他一般人的感觉并没有什么

187

区别，但是他对于操色师有着一种特别的厌恶和轻蔑之情。

刑警认为操色师是一种骗子。

据说操色师的工作并非使用颜料或者是染料，而是直接操纵颜色。当光线照射到物体上的时候，物质会展现出其固有的能量状态，所谓的颜色就是表现这种能量状态的事物。操色师为了改变颜色而改变了物质本身的性质。因此操色师持有的操色机并不是染涂料的机器，他们使用的颜色管芯里面的东西也不是油墨一类的东西。操色师如果要染红色的话，他们所说的"颜色"并不是外部呈现的红色，此外他们使用的颜色管芯也不是按照颜色进行分类，而是按照上色的物质进行分类。此外，想要展现出多种多样的颜色的话，对于新手来说根本是不可能的。

以上就是操色师们对操色原理的说明。可是刑警压根就不相信这些东西。要是按照他们的说明去看的话，那么操色师们的工作和炼金术师们做的事情就别无二致了。刑警打心底里认为操色师的工作就是一个骗局。刑警以前曾经拆解过一个操色机，他从中了解到，操色师使用的操色机根本没有能力证明他们的解释是事实。可是刑警无法确认他们使用的"颜色"，也就是操色机管芯中的那些颜色的元素究竟是一种什么物质。操色师们经常说，未经处理的颜色本身并非一种物质，所以是不可见的，而且将其从管芯中取出来也十分危险，因此拒绝配合对管芯中颜色内容进行调查。总之这算是一种商业上的机密。刑警觉得那其中的物质肯定是煤炭或者是什么其他的染料，所以他打心底里瞧不起操色师，也不理解那些"被骗"的家伙。刑警之前也听说过操色师们的传闻，就算是在他们涂的颜色上面涂上其他的染料，其颜色也不会发生改变。可无论怎样，这个世界上不可能存在那些没有原因的奇迹，就算是小儿科的把戏也能够做到操色师传闻中的那种效果，所以刑警对于那些传闻中操色师的优秀能力根本听不进去。刑警非常同情那些被骗的人，但是对于那些乖乖地被操色师卷走钱财的人，刑警没有心情去提醒他们被骗了。有时候那些被骗了的人会来到警局诉苦，但是在刑警看来，那些被骗的人肯定也是脑子迟钝才会落得这样的下场，这个时候捉拿骗子就是刑警的工作了。但是有关于操色师的事情，没有一个市民报案说被操色师骗了。刑警转念一想："这样也不错吧。"与其说是把操色师全都关到监狱里面，还是现在的状态更好一些，所以刑警完全忘记了世上还有操色师这样一种职业，对他们更是半点兴趣也没有。

"早晚有一天该有人向警局投诉操色师吧，到那个时候我就把操色师的面具给他剥下来！"刑警甚至对这一天有些期待。

可是刑警的预想落空了，报案并非欺诈案件，而是以一个女人死亡的案件展现出来。

"你这可是杀人。"刑警一边说着一边靠近门口站着的操色师，"你是怎么杀的她？"

操色师沉默不语，看着刑警摇着头。

"她是窒息死的，你是不是在颜色里面混上毒药了？说，你为什么杀她？"

"这是事故。"操色师结结巴巴地回答着。

"事故？上色的工作中哪个过程上会发生死人的事故？我可没听说过这种事情。"

"我没有杀她，当时我本来想帮助她来着，但是已经来不及了。"

"你要是坚持这是一个事故的话也可以。接下来操色这一工作就会变成一个带有危险性的生意，不光是你，以后所有的操色师都会失业。你这个骗子。"

"骗子是什么话……我……我是操色师，操纵的是颜色。"

"那个女人是怎么死的？"

"我当时已经提醒过她了……结果她还是被废色染上了。当时她用高跟鞋把吸色袋给踩破了。无法控制的颜色是最危险的。"

"就凭那些油墨就可以杀死她了？"

"那可不是油墨，是'颜色'。人要是没有作为人的颜色的话是没有办法活下去的。如果人变成了其他的颜色就会死掉，那个女人就是因为被废色染上才……"

"也就是她也变成废色了吗？"

"是的。"

"无论是脸还是嘴，还有吸进颜色的喉咙，肺部和血液也都变成废色，所以她才死掉的吗？"

"是的。"

"真的是愚蠢至极。你的意思是说颜色发生了改变就会导致分子构造和体内的成分也发生改变吗？"

"我不知道你说的那些事情。"

"你说不知道？你不知道还能干这份工作？"

"刑警先生，我是……"K说道，"我只是一个操色师而已。"

"我也算是见过不少骗子了，但是我还是第一次听到这种借口。"

刑警捡起了地上破掉的吸色袋，把另一个装着三个吸色袋的白色布袋也捡了起来，闻了闻味道，上下端详了一番，交给了鉴定员。

"仔细分析一下上面的成分。"

"明白，马上就去做。"

"不行！"K叫喊道，"不能破坏袋子，否则就会和那个女人一个下场，必须妥善处理！"

"怎么处理？"刑警问道，话语中带着些许嘲讽的语气，"也就是说把这个玩意儿带到那个沙漠里，石头山下挖的那洞窟里，被称作是处理工厂的地方吗？"

"如果不这样做的话……至少使用操色机，把吸色袋里面游离状态的颜色安定下来才行！"

"这可不行。万一你打着处理的借口把里面的证据销毁掉怎么办？把这些袋子给我带走。"

"不行！"

K打算阻止鉴定员，但是刑警的动作更快一步。他抓住了K的胳膊，把整个胳膊拧住了。可就算如此，K还是想要追上鉴定员，尽量使出不让自己感到痛苦的力道挣扎着。

鉴定员停下了脚步，朝着K点了点头说道："我知道了。"

"我在隔离室的外面让机器人去做。如果你说的是事实的话，那么机器就会变色，变成一堆废铁吧。"

"你相信这家伙说的话吗？"

"我之前去过颜色处理工厂，"鉴定员说道，"想要进入内部的话，必须穿上像太空服那样的气密服才行。确实如这个男人所说的，这玩意儿很危险。"

"到最后也只不过是被这些家伙欺骗罢了。"

"可能确实如你所说，不过有可能我也是对的。如果说未经处理的颜色很危险的话，那个男人确实可能利用这一点来杀害那个女人。如果确实是我推测的那样的话，那么当时去工厂里面穿的气密服就不是为了骗人，而是说明确实有这方面的必要。很难想象这个男人就为了杀害这个女人，而让工厂里面所有的操色师全都穿上气密服，给我演一出'颜色'很危险的戏码。"

"废色的确是很危险的。"K全身都脱了力，垂头丧气地说道。

"事故的可能性更大一些。"鉴定员只留下了那个破掉的吸色袋，把那个布袋扔给了K，说道，"不管怎么说，都有必要处理那些废色，那就是你作为操色师最后的工作了吧。因为你的疏忽，导致一个人白白死掉了。"

"可是是她把吸色袋踩破的……"

"一般的普通市民是不了解操色过程的，所以责任在你。"

说完之后鉴定员走了出去。

刑警皱了皱眉头："真的是个仁慈的家伙，以为自己也是个刑警吗？我可不会像他那样被你给骗了。我要把所有的操色师都从这个世上抹去。"

"……你打算怎样？"

"我要抹除你们的'现在'。那些被抹除了过去的人，如果再犯下一级罪行的话，那就是死刑了。"

"死刑？我没听说过那种事情。"

没有过去的人自然不会犯罪，至少刑警没有抓到过这种人。刑警认为正因为这些人已经是死人一样的存在，所以他们自然也不会去做那些触及死刑的犯罪了。

K抱着布袋，在地板上蹲了下去。

地毯上的工具箱还是女人打开时的那个模样。

K看着自己一直仔细擦拭，而且一直爱用的那个中型喷管，不禁回首自己的过去。自己为什么就干上了操色师这样的工作呢？

K过去的日子只有三年时光。其实K也不知道自己正确的年龄到底是多少。他没有任何线索去了解自己复活苏醒以前究竟是怎样的一个人。

在那些失去过去的人中，有一些人会从半脑死的状态下复活过来，他们周围会有一些人帮助他们去回忆起自己的过去。可是 K 的周围却没有那样帮助自己回忆的人。而且大多数的操色师都处于和 K 一样的境遇。大概自己以前是个罪犯吧，所以周围人都不想再和自己有什么瓜葛，完全把自己抛弃了。如果说自己不是什么被周围人抛弃的身份的话，那么自己应该就没有犯过什么罪。K 一边思考着自己的过去，一边担心自己的身体是否会如云雾般消散，这不安令他惶惶不可终日。

为了让自己内心悬而不决的不安稳定下来，也是为了让自己能够在这个世界上稳定下来，K 选择了上色的职业，这个世界上第一个操色师应该也是这样的一种感受吧，K 虽然未曾遇到过，但是他却能感同身受地理解那位操色师。

K 认为只要把自己重生以后的经历变成新的过去，那么自己的不安也会消除，至少那份不安会变小吧，但结果变小的却是自己的那份希望。K 越发地认为自己是这个世界上不存在之人，是这个世界上失去颜色之人，只有自己作为操色师的水平越发的精湛了。

此时，银色的工具染上了朱红色。

K 看向了采光室的方向。此时太阳已经倾斜，夕阳的光芒照进了室内。

K 觉得自己的过去，最终将像太阳落山后黄昏时的白昼一般，渐渐消失吧。现在的自己只不过是被虚假的光芒照射形成的虚假的颜色而已，可即便是这虚假的颜色，也将会被刑警抹去。

"站起来！"

刑警的声音让 K 回过了神来。

刑警从迟来的同僚那里接过了一份文件，放到了自己上衣的口袋里，再次命令 K 站起来。

"带路吧。"

"去哪里？"

"带我去你住的地方，我要对你进行室内搜查，这些工具都得留在这里，因为这些都是物证。"

"可人不是我杀的。"

"事实是她死掉了，你和她的死有关联。我告诉你，你是逃不掉的，而且你也无处可逃。"

"我明白了……那就至少让我把这些废色带上。"

刑警看着 K 和他抱着的布袋，想了一会儿说道："好吧。"

"但是你可别给我动什么歪念头。如果那些吸色袋里面有毒气，只要一打开你也得死，但是我是不会让你自杀的，明白了吗？"

刑警押着 K 的胳膊走出了这栋高层公寓。

刑警的手中拿着那个装着三个吸色袋的布袋。

刑警让 K 坐在车的副驾驶，然后驱车前往平民区。

"是这里。" K 说道。这个街区离城镇很远，离沙漠很近，看起来显得略微肮脏。虽说街区上也铺着一条道路，但是却薄薄地覆盖着一层尘埃。孩子们一边扬起道路上的尘埃一边玩着玩具激光枪，也许是因为空气中有一些尘埃激光看得更加清楚吧。孩子们在旧楼房的那些无法被夕阳照到的阴暗角落里踢起道路上的尘埃，一边跑一边放声大叫着。

刑警从车上走了下来，抬头看着眼前这栋似乎下一秒就要倒塌的公寓。沙漠中那即将沉没下去的太阳，照射着公寓的混凝土墙壁，让它的颜色看起来就像从动脉中喷出来的鲜血一样红。

刑警拿着那个装着废色的袋子正要往公寓的入口走时，K说："不是那里。"然后停下了脚步。

K指着入口旁边宽度一米左右的深沟点了点头。在公寓的入口旁边还有一个往下走的台阶。

"你住在地下室吗？"

"以前似乎是放煤炭的地方。"

刑警踏上了往下去的台阶。随着一步步走向地下室的阴影中去，刑警那洒满夕阳的背影，也渐渐地变成了黑色。

K看着走到了最下面的刑警的背影，他站在地下室的门前，那黑色的背影和裤子都染上了夕阳的颜色。

那夕阳的颜色顺着刑警的身体向下流淌，然后停留在了他的脚边，像一摊血一般在混凝土的地面上扩散开来。最终那颜色渗入了地下消失不见，周围也变得昏暗了。

"怎么了？还不快点把钥匙给我！"

"……给你。"

K一边把钥匙递给刑警，一边眨了眨自己的眼睛。他开始怀疑自己的精神状态："难道说刚才看到的是幻觉吗？"

进到屋子里后刑警的第一句话就是："电灯的开关在哪里？"K回答说没有电灯，听到这话就连刑警也不禁说道："这日子真是够苦的。"

在有门的这一扇墙上，靠近顶棚的地方有一个长条状的采光窗，透过这扇窗子能看到的，也只有刚才走过的那一段台阶的空间，根本看不到周围的景色和天空的模样。虽说屋子中间顶棚上有着一个装电灯的接口，但是上面却没有灯泡。对于K来说人工照明是没有必要的。自己既不会在这个房间里面工作，回来后也只是睡觉而已，再加上就算到了晚上屋子里也不是黑得伸手不见五指，借助于从窗子里透进来的些许光线，就完全可以在不用胡乱摸索的情况下更衣。

刑警渐渐适应了室内的昏暗光线，开始着手调查这个房间。房间很大，但是里面只有一张铁板床，大小两个衣柜，一张桌子和一把椅子，这些仅有的家具让这间房子显得空空荡荡。刑警尽量不让 K 离开自己的视线，然后打开了衣柜，让 K 说明里面的东西都是什么。

"这里面装的都是备用的喷头，操色机的零部件还有一些保养的工具。"

另一个衣柜是专门放衣服用的。刑警看看能不能在里面翻出毒药或者是骗客人用的麻药什么的，结果没有找到这些东西。

整个房间都被深灰色统一。太阳已经沉了下去，黄昏的颜色越来越浓郁，室内也变得更加昏暗了，以至于无法分清室内究竟是一种什么颜色。

"这个是什么？"

桌子上放着一个形状类似橄榄球一样的玻璃球，刑警把这个球拿了起来。

"是无限色球。"

只要是肉眼能够感知的颜色，不管是什么颜色，只要改变观察这个球的角度就可以看到。

"操色师都有这玩意儿吗？"

"不是的，那个是我重生后身上带着的唯一物件。也许其他的操色师也有这个东西吧……我觉得它应该是我找回过去的线索。"

"可能你重生以前也是一个操色师吧。"

刑警手中拿着无限色的椭圆状球体向 K 问道："这玩意儿的开关在哪里？"对于刑警而言，这个无限色球看起来只有黑色这一个颜色。

"开关？这上面没有开关的。"

"颜色变暗了啊，好像这玩意儿把光都吸进去了一样。"

K 不明白刑警说了什么，明明他可以用自己的双眼辨认出小球里面封印住的各种各样的颜色。

刑警默默地将无限色球放回到了桌子上。在刑警的手离开小球的一瞬间，K 看到了无限色球将刑警指尖的夕阳的色彩吸了进去，这个过程宛如静电产生的火花，K 瞪大了双眼向刑警说道："能不能把刚才的那个再来一遍？"

"什么？"

刑警边说边回头看向 K，下意识地把要滚落的无限色球扶住了。此时小球里面的夕阳色彩已经不再闪烁了。

"不不不，没什么。"

此刻的屋内已经完全昏暗下来，从窗户中微微透过的光芒是人造光。夜已经来到了居民区里，无论哪里都再也不存在夕阳的色彩了。

"走吧！"

"去哪里？"

"当然是警察的问询室了。"

"我是不是没办法再回到这里了？"

"这个得看你配合调查的态度了。"

"那么，就让我最后把这些废色带到处理工厂去吧。"

本来刑警想说这个让其他警察去办，但是他还是向 K 点了点头："就像之前鉴定员说的一样，恐怕这也是你最后的工作了吧。不管怎样，你已经没有办法继续从事操色师这份工作了。大不了就去干一些正经八百的工作嘛，人要是认认真真的话，好工作有的是。"

"是那样吗？"

刑警不再说话，走了上去。

夜空中浮现出闪着金光的星星，那就是从天上注视着人类、为了保护人类而不断对其进行监视的天空之城控制体。在控制体所处的高空上还有着太阳光。

操色师们是被控制体无视的存在。他们并没有被算作是市民。无论是找工作还是恋人配对或者是其他想要的东西，如果一直等下去的话也许控制体会给他们一些名额，但是 K 一直没有得到那样的恩惠。

"我之前到底干了什么啊？"

"你杀了一个女人。"

"我指的是在我重生之前。"

"我这里完全没有线索，你本应是个死掉的人，存在于控制体死亡名单的某个地方。"

"对于我来说整个世界就是一个开放着的牢狱。"

"没错，简直是一个没有墙壁的监狱，而且还是一个绝对没有办法越狱的监牢。大概……"刑警说道，"对于我也是如此吧。"

"咦？"

"不，没什么。我曾经见到过很多像你这样的人，都是控制体无法感知的。这些人全都多多少少有点问题，我既遇到过其中的一些弱者，也遇到过一些像是奇怪的催眠师一样的家伙。那是一个操纵着颜色的女人，能够消除光线甚至是将整个世界变成一片黑暗。那些大概是幻觉吧。可是那个女人却拥有让我看到那些异样幻觉的力量。那家伙也曾经说过这个世界是一个牢狱。她给我的那种幻觉……比实际的体验还要真实。我……我觉得应死之人就让他死掉是最好的，不删除他的过去直接杀掉他就好了，那样做反倒更加人道，之后也不会发生各种奇奇怪怪的事情了。"

刑警打开了车门，让 K 坐了上去。K 把无限色球悄悄装进了放着吸色袋的口袋里，抱着这个布袋上了车。

汽车发动起来，K 一直盯着自己之前住的公寓，直到从自己的视线中消失不见。

夜晚沙漠中耸立的岩山看起来就好像古城一般。

K 一边心想自己恐怕以后再也没有机会在阳光下看到这些了，一边抱起了那口布袋。

干燥平坦的大路一直延伸到岩山上那个巨大的入口处。

刑警在入口旁边停下了车。

"我就在这里等你了，反正你也逃不到哪里去。"

K 沉默着点了点头，把布口袋抱在胸前下了车。

洞窟的入口十分巨大，几乎可以容得下一座十层的高楼。往前再走三百米，通道忽然变得狭窄，能够看到处理工厂入口处厚重的闸门。

K 从入口处衣柜里取出并穿上了气密服，按下入口处电动门的开关。通过两扇厚重的闸门之后，出现了一片和之前的洞窟一样大小的空间，在这里处理废色的机器自动运转着，中心部的巨大涡轮机周围缠绕着无数的管道，看上去就像某个动物的灰色内脏一样。

照明只安放在了两个地方，一个是废色投入口，另一个是排放已经处理完毕的颜色的无数排放管附近。无论是机械还是洞穴裸露着的墙壁表面，甚至就连空气都是灰色的。在这一片灰色之中，K 走向了废色投入口，将吸色袋投进了漏斗状的入口之中。

之后 K 也不知道该干什么，他茫然地站了一会儿。

接着，他从布袋中拿出了无限色球，K 盯着这个球看。在灰色的空气中，无限色球并没有呈现任何颜色，而是一副黑色的模样，K 觉得此时的颜色宛如黑夜，K 感受到它吸收了白天的颜色。

K 甚至开始怀疑，这个无限色球是不是把自己这个主人的颜色也吸进去了呢？想到这里，K 觉得一切都是这个球造成的，于是他打算扔掉这个球，可就算有这样的决心，他还是犹豫了好一会儿。不管这个球对自己来说是好东西也罢，是不祥之物也罢，自己已经没有办法把它继续留在身边了，它最终会被刑警没收。想到这里 K 把无限色球也扔进了废色投入口里。

他想自己已经失去了找回过去的线索了。那个球到底是什么？无论问谁都得不到答案，所以说那种东西压根也没有办法当成什么线索，想到这里，K 已经感受不到任何的惋惜之情了。

K 认为也许是因为自己刚才把无限色球扔进去的缘故，整个机器和之前平稳运转的状态完全不一样，发出了巨大的噪音。似乎是因为某种异样的负荷而导致机器整体嘎吱作响，甚至连岩盘也震动起来。机器过热了。

出色管的刻度表破裂了，那些未成为颜色之前的颜色，也就是各种浓度的灰色从中喷涌而出，整个视野都弥漫着灰色。

K 按住自己气密服的头盔向后退去。他感到了呼吸困难，似乎是气密服的哪里发生了破裂，"颜色"就要跑到气密服里面来了!

自己大概会变成和那女人一样的废色，K一边祈祷自己千万别落得那个下场，一边在这样一个只有灰色的空间中，用手摸索着寻找出口。

忽然自己的脚下，夕阳的光辉扩散开来。

K停下了脚步，看着周围的样子。隔着被染成灰色的头盔窗口，他看到了朱红色的世界扩展开来。

那是被黑夜压制着的夕阳的颜色。

那是从黑暗之王手中逃脱后复活过来的赤红的伙伴们，K感受到这就是自己的过去。

他没有感到任何不安，周围朱红色飞舞着，K试图回忆起自己以前究竟是什么人。

可是穿着被灰色和废色侵染的气密服的话是没有办法接触自己的过去的。

K想："没关系的，自己从这些颜色中诞生，如今要回去了。"

K一边咳嗽着，一边拉下了气密服头盔上的操纵杆。他感到自己丧失了知觉，所有的力量都像是被吸干了一样。

拉开了控制杆之后，K因为虚脱倒在了地上。但是自己已经没有撞在地板上的感觉了，也没有K当初所预想到的高温。他在失去意识之前领悟到了：自己就是朱红色。

于是K舍弃了K这副躯壳，从牢笼中逃离出去了。

第六章　拼图者／Puzzler

朝向天空伸展的树枝寻找着上方空间的缝隙，好像地下的树根能够避开岩石，树枝也躲避着空间中的间隙自在地伸展。

树枝从未对自己将要伸展的方向感到过任何的犹豫。它们知道哪里是自己的容身之所。只需要找到那些容易撕裂的空间，将这空间分隔开就行了。

枝杈的样子描绘着那些被树枝分割的空间的样子。

广袤的树枝掩住了那些空间中的间隙，且未曾动摇。

1

刑警的妻子觉得虽然两人才结婚六年，但已经像过了六十年一样。

妻子忽地发觉：新婚当初也是如此，如此想来结婚之前也是如此。

虽说自己也不是没有想象过那种蜜一样的甜美生活，但是无论对于刑警还是对于妻子来说，两人结婚之时，已经完全是一个大人了，他们深深地明白，那种甜蜜终究只不过是一场梦，或者是幻象而已。

所以在两人还是恋人的时代，自己未曾收到过大把的花束，反倒是收到了方便实用的六卷面巾纸。虽说自己收到了这种做梦也难以想象的"礼物"，但是她也没有感到有什么难过的。实话讲，她的内心确实是有一些失望的，然而比起像是燃烧的烈焰般的爱，这种埋在灰中的爆火般的爱却更加持久，特别是对于曾经受到过烈焰般爱情灼伤的她更是如此。

　　做刑警的丈夫也是如此。结婚之前妻子送给自己的礼物中，他最喜欢的并不是那些颇具风情的领带或者是西服上装饰的袖扣，而是结实保暖的毛线手套，他也曾偶尔想过，如果是恋人亲手编织的手套就更好了，但是他却未曾向她提起这件事。戴着这副手套，他感受到了恋人不想让自己在夜晚冻着的那份温柔，心中不禁充满了感激之情。

　　那条领带虽说之前也曾经戴过一次，但现在就像是纪念品一样放在收纳盒里面，可是当年的那副手套却一直爱用至今。

　　刑警以前曾经对妻子说过："实用的才叫爱。"

　　妻子也是这么想的。她从未忘记过丈夫的体贴，也未曾对丈夫的温柔怀有任何的不满。

　　她回首遥望了这六年的时光，两人自新婚开始就跟已经生活了很久的老夫妻一样，构筑了一种平淡而和谐的关系。

　　因为她是晚婚，所以她的女性朋友们都已经是一群妈妈，在六年前的时候，他们的孩子都已经迎来了青春期，所以当话题转到孩子的时候，她总感到自己被排挤在外。

　　"你现在可真是不错啊，"其中一个朋友说道，"居然是新婚，我真是太羡慕了。"

　　随后那朋友的眼神仿佛是在看着什么远处的事物，忽然脸上浮现出了对过去回忆的微笑："现在我还觉得难以置信，那人在和我结婚之前还是相当浪漫的。当时把耳环作为礼物送给我时……啊不，是戒指吧。那个包装纸是湿乎乎的，那是因为他之前一直放到自己口袋里握得太紧了。我们两人之前还有过那种时光啊……"

刑警的妻子想起了朋友的这番话来，虽说自己本来没有什么不满的地方，但她也注意到，如果说自己身上缺少了什么的话，那就是和自己的朋友一样，闭上眼之后能够微笑着想起的和丈夫之间的那种回忆。

无论是恋爱时期还是结婚之后，她都没有什么不满，现在也没有什么不足之处。两人是那种当初委身于时间的流逝时开始，到现在每一瞬间都能够感受到满足的那种关系，但是忽地停下脚步回首过去的时候却意识到，自己的身后竟然什么也没留下。

刑警的妻子抱住自己的双肩，身体忍不住颤抖起来。如果说将来也不想感受到这种冰冷的话，现在就必须创造出回忆才行。她认为这并不是幻想未来，而是说现在就要搜集那些未来能够让自己回味的材料。

因此她出门去购买那些回味的材料去了。

回忆之梦就如同玫瑰花的形状一样。

回到家的刑警看到了桌子上铺着白色的桌布，桌布上装扮着鲜艳的红玫瑰，他思考着：今天是自己的，或者是妻子的生日吗？还是说因为平日太忙而忘记的某个节日？毕竟说到办案的话，自己既没有什么周末也没有节假日，于是他开始猜测装饰玫瑰的各种可能性，顺便删除了那些不相关的事件，最终留下来的唯一可能性就是今天是两个人的结婚纪念日。

"漂亮吧。"

妻子说出这话的时候，刑警猜测之所以这里装饰着玫瑰花，大概是因为今天是两人的结婚纪念日吧，但是他心里也没底。

刑警来到了桌子旁边，看着火红的玫瑰花。

"就好像是新婚时的晚餐一样啊。"

他小心翼翼地甄选着词语。

"你知道今天什么日子吗？"

"果然如此吗？"刑警想着，但是总感觉哪里怪怪的。两人结婚六年了，从未有过这种事情。

"我要是忘了的话就不会说新婚这两个字了。"

"你说的是谁的新婚？我们过了这么多年从没有什么花啊？"

"是这样吗？"

丈夫模棱两可地回了这么一句。

"我们从结婚之前就没有过这样的梦，简直就像是辛辛苦苦的老夫老妻一样。你一次也没有说送花给我什么的。是吧？你看这花，多漂亮啊！多么奢华的情调！"

"妻子"的话语和表情并没有什么尖酸的感觉。"丈夫"也不知道妻子是不是在抱怨自己。他实在不明白为什么妻子上来就说出两人刚结婚时不曾有过"有花"的生活。

诚然有花的生活的确不错，确实显得很漂亮，况且在这个场合下，也必须顺水推舟，说一些奉承的话。

但是，他却因为自己的工作十分疲惫，实在是无法控制想要一吐工作中辛苦的欲望。所以那些已经到了嘴边的话，比如夸一夸玫瑰多漂亮啊，或者是传达对妻子的体贴之意的话语全都被咽了下去，结果说出口的全都是一些借口——过去的日子里没有花朵装饰这个问题并不是自己的责任："我们还是恋人的时候我曾经送过你花。是霞草和什么玩意儿来着？好像是一个热带的花吧，你还记得你当时怎么说的吗：'我对花粉过敏，花就不用送了。'我觉得要是送你不喜欢的礼物的话实在是不解风情，毕竟你讨厌花嘛。"

"不是那个意思啦，我啊……"妻子视线从桌子上的玫瑰花移向了刑警，"还不是因为你当时说拿着花走在街上实在是太难为情了，我这才和你客气了一下。我可不记得我曾经说过讨厌花啊，花粉过敏什么的。"

"你要是想要的话直说就行了。为了你我就算买一卡车花都可以，可是你不是也说过花什么的并不实用吗？"

"这是程度的问题，你忽然就来一句一卡车花什么的实在是跳跃性太强了。当初用是否实用去考量爱情的不就是你自己吗？我们结婚之后曾经也有一次像现在这样装饰过花朵，你还记得吗？当时用的是香豌豆，你看到之后用讽刺的语调说：'今天吃香豌豆的沙拉吗？真的是太浪费了'什么的。所以说嘛……"

"我那话并不是你说的那个意思。"

虽说刑警早就忘记那件事了，但他还是说："当时就是开玩笑。主要是没想到你明明讨厌花，居然也会少见地用花去装饰。"

做刑警的丈夫把手伸向了玫瑰花一片叶子，用他粗壮的手指摘了下来。一个尖锐的玫瑰刺顺势扎到了他的中指上，他一边把玫瑰的叶子放到嘴里嚼了起来，一边舔着自己的伤口："苦死了，果然还是花瓣更好吃一些。"

"哎，你一直都是这样。"

"开玩笑嘛！你不明白我这是开玩笑？还是说你有什么不中意的事情，有什么不满吗？还是说讨厌我这个没在结婚纪念日给你买玫瑰的丈夫？还是说想要戒指？去年我曾经和你说过咱们也来浪漫浪漫吧，可当时你却说比起整那些还不如送你一把菜刀更好，送给你之后你不是挺开心的吗？对于我来说无论是戒指还是菜刀都没问题，只要你想要，什么都可以。你要是觉得花好的话下次就送花，不管是玫瑰花还是铁丝网，你想要的我都送给你。就这样你还有什么不满的吗？是发生了什么事吗？"

"对你来说……菜刀和戒指是一样的，"妻子叹了一口气，"可是对于我来说却是不同的。"

"我没想到你还是这种类型的女人。"

"根本没有什么类型一说，女人什么时候都是这个样子。"

"算了，先不说这些小家子气的抱怨吧！咱们能先吃饭吗？"

"你不是也有一些小孩子气的兴趣吗？我是理解不了的，不过我给你准备了一个礼物。"

妻子离开了厨房，从起居室里拿来了一个小包裹，把这个包裹递给了丈夫之后，妻子也不看丈夫是怎么打开包装，转而开始用餐。

打开包裹，刑警发现里面是一个铁道模型。是那种老式的电力机车，但模型本身是一个亦可使用导电弓架①进行充电的精巧玩意儿，似乎价格不菲。

"这是……"

反倒是之前刑警把周围的气氛弄成了现在这个样子，让自己没有办法坦率地表达喜悦，为此他心里涌起了一阵后悔，同时也感到自己处境实在是尴尬，便低声说了一句："谢谢。"

---

①电器机车的集电器，放在车顶上的部分，能够架线对车导电。

"毕竟这东西实在是太孩子气了，我实在不知道哪里有意思。"

刑警本来想说铁道模型可是个很高雅的兴趣，但是他把这句话又咽了下去，静静地看着桌上的玫瑰花。

刑警在自家的车库里清理出一大块地方做模型的版面设计。享受完了模型的乐趣之后把这一大块版面吊回到天花板上。那是一个小小的异世界。在车站里面有许多等待着电车的人偶，其中有男有女，也有老人和孩子。还有一些广告牌，如果不用放大镜的话根本看不到。楼房中还有照明，清洁机器人在其中上下运动。高速公路上有着和这个时代同种类型的汽车，似乎是想说速度绝不输给飞机一样，高速地奔驰着。

如果只用一个管制电脑程序的话是完全无法控制这些运动的。模型甚至可以展现出白天与黑夜。刑警甚至会故意让其发生一些事故，好让自己的大脑享受到创作复原程序的"游戏"中去。

刑警认为在这个世界中自己就是主人公。这个世界里没有那些毫无原因就杀人的犯罪分子。如果说自己是为了躲避现实才沉浸在这样一个模型的世界中的话，那实在是太可怜了，所以他想告诉妻子，自己玩模型的目的并不是为了躲避现实。可是，下次要增加哪个模型车呢？或者是下次添加一个什么建筑好呢？抑或是要不要在这个街区里增加更多的人口呢？妻子大概是没办法理解自己考虑这些事情时的乐趣吧。本来他打算把这些话告诉妻子，但最终还是憋在了心里。

"怎么样，喜欢吗？"对面坐着的妻子问道。

"嗯，非常喜欢。"

"结婚纪念日快乐！来帮我把红酒打开。"

"与其说是结婚纪念日倒不如说是小孩子的生日。"

"是不是送你新手枪什么的会更好一些？"

"为什么要今天做这些事？为什么这么多年了，忽然就选择今天？"

"我之前也在想，你平日里玩的那些模型究竟哪里有意思。如今看来我和你也是一样的啊，就算是能够享受梦想，但还是总感觉欲求不满。我们都因为自己的任性而疲惫不堪啊。"

"任性？难道你是因为任性才和我结的婚吗？"

"也许就是那样吧。"

刑警觉得，女人总是能很简单地就伤害到男人的自尊心。可是自己从妻子那里受到这番带刺的挖苦还是第一次。

"我以前曾经被一个相当坏的女人骗过，毕竟当时我还年轻嘛。所以后来就拜托了当时天空之城控制体里面工作的一个熟人，让他帮我找一个合适的对象。你当初不也是如此吗？天上飘着的那个控制体搜索了所有市民的资料库，让你和我相识了，可就是那种控制体也没能看透你的'任性'。所以接下来你打算干什么？难道说打算收起你的任性和我离婚？"

"你在说什么啊？"

妻子吃惊地瞪大了双眼，放下了红酒杯说道："你为什么总是跳跃性这么强？我的意思只不过是，那些普通的夫妻，像今天的日子一般都会去两人恋人时期经常去的餐厅，或者是再看一遍两人之间有回忆的电影。但是再看看我们之间，根本没有这些回忆嘛！所以我的意思仅仅就是：让我们创造一些回忆，把之前我们抛弃的那些东西再重新捡回来吧。"

"明白了，明年我送你一个纯金的玫瑰花胸针。"

说完，刑警便大口地吃起了烧鸡来，好堵住自己这张嘴，免得接下来的话让两人吵起来。

　　刑警的妻子透过装饰在桌上的玫瑰看着一边说"好吃，好吃"一边大快朵颐的丈夫。

　　"你做饭的手艺真的是太厉害了……"

　　本来妻子想说：多亏了你送的那把锋利的菜刀和那些料理工具，但是她还是沉默着，只是微微一笑。

　　"怎么了？肚子不舒服吗？"

　　"不是，总感觉心中积攒了好多的事情。"

　　"有什么觉得不满的事情就告诉我。今晚不论是你还是玫瑰，都是最美丽的。"

　　"谢谢。"

　　妻子的心中并不是觉得有什么不满的地方，只不过这种心情恐怕是无法传递给丈夫吧。

　　透过玫瑰花厚厚的花瓣和油光发亮的叶子，妻子看到了对面丈夫的脸庞。被丈夫摘掉的叶子下，露出了花茎上尖锐的刺，在妻子的眼中，宛如是突刺向空间中的勾爪一般，在自己和丈夫的空间之中撕开了一小块裂痕一样。妻子在现实中就仿佛能看见以玫瑰花为中心的裂痕在向外扩散。

　　她和丈夫的视线相互重叠，可是就像空间中有一个无形的棱镜一样，让他的视线似乎有着一种极其微小的偏移。这种感觉对于她来说已经不是第一次了。

　　半年前她和丈夫说话的时候就感到丈夫的视线和以前有所不同了。但是就连她自己也不知道到底哪里发生着变化。

　　她认为也许是因为丈夫长时间从事刑警这一工作，让他的视线渐渐变得尖锐了吧，但是丈夫脸上的变化却并不是那样。

她的丈夫绝不会用那种看杀人嫌疑犯的眼神去看自己妻子的。如果两人之间因为什么小小的争执而吵起来的话，丈夫总是会避开自己的视线。这一过程中刑警似乎付出了很大的努力，免得由眼中射出的这根愤怒之箭射向妻子。她认为丈夫确实为此付出了很大的努力，而且争吵结束，双方冷静下来后，妻子总是能感受到丈夫那无微不至的体贴，她觉得自己应该对此心怀感恩。

妻子一边看着玫瑰花对面的丈夫一边想，视线的变化也许并不是眼神的变化，而是一种视点位置的变换。

妻子认为，人一直在不断移动自己的视点。最近丈夫在和自己说话的时候，他到底重点看着自己的哪个部位呢？"丈夫之前总是看着我的右眼，而如今他选择看着我的左眼。没错！就是这种变化！"

"老公啊。"

"啊？"

做刑警的丈夫抬起头来看向她。

然后她就感到丈夫的视线中似乎哪里不对劲。

"老公，你看着我。"

"你在说什么啊？"

丈夫的视点并没有盯在妻子脸上，于是她一下子伸手就把插着玫瑰花的花瓶挪到了一边。

"你就好像在看着我的背后一样，就好像正透过我，看着我背后的幽灵一样。"

丈夫的眼神再次游离不定，看着桌上的玫瑰花，表情也僵硬起来。妻子后悔自己说了这么奇怪的话："要是说自己是因为神经衰弱才这样，然后笑一笑搪塞过去就好了。"看着丈夫脸上的表情，她变得不安起来。

"我是幽灵课的刑警。"

丈夫看着玫瑰花说道，似乎在看着玫瑰花的时候他的视线与之完全重合了。妻子觉得刚才的一切都是自己的错觉，因为把气氛弄得乱七八糟，她感到很是羞愧，然后勉强着向刑警问道："幽灵怎么抓啊？"

"当然这并不是我们课正式的名字。所谓的幽灵指的就是那些被控制体无视的家伙，或者是用某种手段从控制体的对人探测装置上逃脱追踪的家伙。我就是追踪这些人的刑警。想要逃脱天上控制体对人探测装置的方法有好几个。其中有的方法是使用电子装置什么的。"

"所以说坏人们使用隐身衣来实施犯罪吗？"

"那些自称是智能犯罪的傻子们经常这么干，但是真正脑子聪明的家伙是不可能像他们那样做的。"

"那他们会怎么做？"

"那就是不去犯罪，毕竟人类是绝对无法骗过控制体的眼睛的……至少从理论上来讲是如此。"

"从理论上来讲是？"

"那些聪明的家伙深知犯罪造成的后果是不划算的。而姑且不论控制体这种事物，那些真正有大智慧的人压根就不会犯罪。"

"总归是有方法不让控制体看到自己吧。"

"最近有很多不合逻辑的事情，有些家伙无法被控制体感知，但是却能够大摇大摆地走来走去。"

"以前不就有这种人吗？比如说那些被删除了过去的犯罪者什么的。那些接受记忆删除刑罚的人不就是无法被感知的人吗？"

"不是的，那些家伙就算是控制体也能有所感知。只不过那些人在控制体眼中已经不再是将其作为人类感知到，而是和猫狗属于一类的生物了。控制体没有他们的个人资料，控制体也不会对他们的个体进行保护。在控制体眼中，他们就跟行走的尸体一样。"

"那你刚才说的幽灵到底是什么？"

"那是完全无法被控制体所感应的人类。控制体完全看不到他们，但是我却能看到，所以控制体间接地明白存在着那样一种幽灵，也就是说控制体从我和幽灵说话的样子来推理我的面前存在着某个人。"

"真的存在这种像空气一样的人啊？"

"他们的存在大概比空气还要稀薄吧，但他们却是真实的。之前曾经发生过几起和幽灵相关的案件，但是控制体一直否认幽灵存在的可能性，甚至有几座控制体因为无法承受逻辑矛盾的负担而选择了自爆，有的人也认为是幽灵的力量将其爆破的。是不是很怪诞的事情？你觉得我是不是变得越来越奇怪了？"

"……没有。"

她希望自己的丈夫能够保持健康，无论是身体还是精神上，她实在是说不出"奇怪"二字。

"我一直和这些所谓的幽灵打交道，这半年的时间已经碰到了好几个这样的人了。然后控制体就发生了原因不明的爆炸……警察局里面也开始把我当成一个怪人来看待，还有同事说我和那些不存在的家伙演了一出哑剧。你猜那家伙还说什么？他说：'你眼睛的焦点根本就没对着我啊，好像是在看着我背后的幽灵一样'。可是……我确实看到了，那些家伙绝不是什么幽灵，然而我却被其他科室的人质疑了。"

"为什么啊？"

"有人说是我引爆了控制体，还有人说我至少和爆炸有什么关系，这种话真是蠢死了。要是演一出哑剧就能够把控制体击落的话，那些反控制体的人早就去干了。我当时在幽灵课就以这些幽灵为对手。半年前，我亲眼看到了真正的幽灵，那家伙被控制体无视，是控制体完全无法感应的。我就遇到了这种家伙。"

"你现在……还在做着寻找幽灵的工作吗？"

"现在已经不干了，目前工作是摸清反控制体活动家们的动向，以前我一直干的岗位把我给踢出去了。那是当时幽灵课的案件……一个男人杀死了自己前后三任妻子，然后潜逃了。他先后和这三个人结婚，婚后就把这任妻子杀死。那家伙是一个幽灵。不过不是我所讲的那种幽灵，而是社会上一般指的那种幽灵。那家伙以前曾经犯过罪，随后被控制体删除了记忆和个人资料，所以说就连控制体也不知道那家伙在哪里，但是对于控制体来说那家伙是作为狗或者是猫一样的存在被感知。我之前做的工作就是详细调查控制体上显示的那些阿猫阿狗，也就是幽灵的具体位置。可是我最后被从那个案件成员中踢了出去，真的是……"刑警没再改成说是"我"，反而是用着一种自嘲的口吻说道，"老子感觉现在自己被排挤在外了。就算是罪犯都会有其容身之所，但是老子呢……好不容易回家了，结果上来就被老婆说：'好好看着我'什么的。作为一个刑警来讲我不称职，作为丈夫也不合格，我又没有孩子，也没有作为父亲的资格。父母全都不在了，想当个孝顺的儿子都不可能了……我干脆也变成幽灵好了……"

"别说这种话！"

"什么啊？"

"不要再这样伤害自己了。一切都不是你的责任，都因为我刚才说了奇怪的话才这样的……"

"不怪你。都是因为幽灵……我想问问，你相信幽灵吗？"

"当然相信。"

妻子回答道，这已经是自己能尽的全力了，她觉得接下来也只能交给心理咨询师了。看着桌子上红色的玫瑰，她感觉那颜色渐渐变得漆黑、邪恶起来，于是她拿起了那束玫瑰花，站了起来，把它们扔到了厨余垃圾桶里。如果说这梦是一种邪恶之梦的话，还是不做为妙。

刑警的妻子从垃圾桶上抬起了脸，看向坐在桌子对面的丈夫。丈夫沉默不语，直直地盯着她。

自己的丈夫并不是什么能够做梦的男人，两人刚结婚时她就深深明白这一点。此时她仿佛用眼神回答丈夫，与丈夫的视线相互重合。

丈夫是很理性的人，他总是把"实用的爱"挂在嘴边，而自己应该是早就了解这一点的。

她忽然开始这么想了：如果丈夫说那是幽灵的话，就跟丈夫字面意思上说的一样，的确存在着幽灵。如果说丈夫不是刑警而是一位学者的话，那就把丈夫说的那些话当成是自己不理解的学术用语不就可以了吗？之前丈夫说的"幽灵"二字，对于自己来说是一个司空见惯、在脑海中只能浮现出固定印象的词汇，但是如果把"幽灵"这两个字换成是刑警使用的某种特殊的用语"X"的话，那么自己就不会怀疑丈夫，完全接受他说的一切，并且对于那些反驳丈夫观点的学术对手，能够和丈夫一样生气、烦恼，能够和丈夫感同身受——随后刑警的妻子看了一眼扔掉的玫瑰花，关上了垃圾桶的盖子，再次看向自己的丈夫。

此时桌上已经没有玫瑰花了，而丈夫传递过来的视线，似乎也和自己的视线完全重叠在了一起。

"我相信你。"

她点了点头。

"你要是说这世上存在幽灵的话，那肯定就存在。"

听到这话，丈夫总算是露出了微笑，而这已经是他半年以来最开朗的笑容了。

妻子感受到自己差一点就进入那个梦的世界了，不过还好，在此之前自己再次回到了现实世界。这种感觉就和当初第一次与控制体选出来的恋人见面时候的感觉一模一样——特别是内心中感受到这个男人就是自己命中注定的那个人的喜悦，以及找到了自己容身之所的那种安心感。

她感谢城市的控制体帮她做出了正确的选择。

控制体就是现代社会的神，她实在无法理解居然会有人想要反抗那样的存在。她一边觉得那些异类肯定是被恶魔操纵了，一边又觉得与他们做斗争的丈夫的工作是如此光荣。

妻子觉得丈夫所说的那些真正的幽灵，应该就是真正的恶魔吧。

妻子再次想到丈夫刚才讲的事情，这个世界上居然会有女人被自己的丈夫杀死。她小声嘟囔着："那种男人真的应该早点抓起来。"

"那种男人？"

"没什么，不好意思，我指的是你调查的那个杀妻的男人。"

"那真的是不可原谅，现在恐怕那家伙已经盯上第四个女人了，我一想到这里就……居然有女人会迷上那种男人，真的是太可悲了。"

"可是错的是那个男人吧。"

"那是肯定的了。"

"我肯定是安全的啦，我又不是一个人生活。"

"我就算是变成幽灵也会保护你的。"

"别说那么不吉利的话。"

"抱歉，我不是那个意思……"

"我知道你怎么想的了！我们还是不说工作上的事情了。"

"好吧。"说完，刑警看向桌子上妻子送给自己的那个礼物。

刑警制作的铁道模型上已经架设好了给导电弓架使用的电线了，那是一个 1:150 比例的一个缩小世界。虽然在铁道上行走的电车个头很小，但是却能在导电弓架和电线之间摩擦出蓝色的电光。刑警喜欢在黑暗中看着模型世界那小小的电光，以及汽车的前灯，楼房和车站的灯光。如果是自己乘坐在这部电车上的话，就能够看到模型上各种各样的景色了。比如坐在和高速路并行的电车上，看着车站高速地向后远去，看着或近或远的大楼角度不断改变。

刑警觉得，这种乐趣就像是看到了人偶的小屋子时，自己也能融入其中的感觉一样。如此想来，自己的妻子或许也能够理解这种乐趣吧。

"明天我休息，"丈夫说道，"我们要不要去游乐园看看？"

"游乐园？"

"我觉得偶尔去个一两次也不错，就当作放松一下，转换心情嘛。"

"偶尔去看看……"妻子嘟囔道。其实两个人一次游乐园也没有去过,"是啊,那就去看看吧,游乐园肯定不错吧。"

"SOW游乐园就不错,那里环境非常好。"

"新建成的那个游乐园啊,你之前去过那里吗?"

"以前因为反控制体组织的成员逃到里面去,所以我曾经去里面搜查过。"

"明天也是为了搜查吗?"

"没错……啊,不是。明天肯定不是为了搜查。"

说完,刑警也忽然意识到了,自己果然还是在无意识中一直想着工作的事情。结果选出来的是那种能够一边和妻子游乐,一边还能搜查犯人的地方。刑警觉得如此想来的话,对于那个杀妻的男人来讲SOW游乐园显然是最好的藏身之所。

"我倒是无所谓。"

"你说什么?"

刑警此时才注意到自己两手交叉在一起,一直在摩拳擦掌掰着自己的手指关节,他赶忙停了下来,看向自己的妻子。

妻子知道丈夫想着工作上的事情时总是喜欢掰自己的手指关节。

"没关系的,去游乐园找凶手吧。"

"我……"

"没关系啦,我都明白。毕竟我是刑警的妻子。我可一次都没有后悔过,让我们再干一次杯吧。"

刑警点点头,拿起了红酒杯。他心中暗暗决定,虽说明天不是自己出勤的日子,但还是要带上手枪。

那天晚上,妻子和丈夫做了同样的梦。

就是那个杀妻的凶手的梦。

"别害怕，是我。"丈夫摇醒了噩梦中呻吟的妻子说道，"别害怕，我明天肯定把那家伙捉住，那家伙绝对在那个游乐园里面。"

虽然两人都做了同样的梦，但是谁都没觉得有什么不可思议的，反倒是再一次沉睡了下去。

在卧室旁边的起居室里，那家家户户都安装着的控制体终端依然和往常一样，闪烁着指示灯的光芒。

2

男人D的家中并没有控制体的终端，对于幽灵来说那终端既没有必要，就算是想用也没法用。

站在幽灵的立场上，D要是也想获得控制体的恩惠的话，就必须找到一个愿意为了D使用控制体的正常人类的帮助才行。

所以D就通过结婚来实现这一愿望，如果不想过着像猫狗一样的生活，结婚是最好的方法了。

对于D来说，寻找结婚对象是无法获得控制体的帮助的。D过去结过婚的三个女人全都是不想依赖控制体、渴望自由恋爱的人。

D在没有和对方的关系深入到一定程度之前是不会告诉对方自己幽灵的身份的，同时也尽量不被对方发现。和D交往过的女人中，有些人一知道他是个幽灵，就立刻无情地抛弃了他，甚至这种女人占到了他交往对象中的大多数。虽说是这些女人称D为"婚姻骗子"，但是D却认为自己本来就有着先天的劣势，就算是在交往中使一些小手段也无可厚非。

和D结婚的女人都没有责备他的这番想法，而D也不打算一直向妻子隐瞒自己是一个幽灵的事实。他想和那些不在乎自己是幽灵的女人一起生活，结果就是他非常幸福，找到了三个这样的妻子。

"不管你是幽灵还是什么，你就是你啊！"

第一任妻子在她临死之前这样说，D甚至已经忘记了自己是一个幽灵。

第三任妻子死去的时候，D疯狂地诅咒自己的命运，然后他领悟到了，不管自己再怎么挣扎，自己终究还是一个幽灵。

D抱着第三任妻子，感受着她满身是血的身体慢慢变冷，他甚至怀疑是不是这个女人打算带着自己一起自杀。那是一个雨天，关闭了自动驾驶的汽车在行驶中轮胎打滑，撞上了路边的护栏，然后因强大的反作用力，汽车撞向了逆行车道旁的岩石和混凝土。开车的并不是D而是妻子，D竟然奇迹般地毫发无伤，而妻子却飞出了车外，当场身亡了。他一边被雨水拍打着，一边抱着自己妻子的尸体，无助地问："为什么？"他再次回想起了自己前任的两个妻子的死。

第一任妻子是病死。

"对不起……"

她说完最后一句话便咽气了。她当时得的是不治之症。那时D觉得她的最后一句话的含义仅仅是道别，或者是带有某些悲情的话语，但当他面对第三任妻子的死亡之时，他开始怀疑起来：难道说当初第一任妻子明知道自己是不治之症，还是向自己隐瞒了时日无多的真相，然后和自己结的婚吗？肯定是这样！

第二任妻子是出事故死的。那天她喝得烂醉如泥，回到公寓的时候脚踩空了楼梯，从楼上摔下，结果因为脑挫伤死亡。那是个水性杨花的女人，D知道之所以那个女人选择和自己在一起，就是为了找到一个和那些对她死缠烂打的男人分手的借口。总之两人并不是真正的结婚，只是形式上的婚姻而已。虽说在控制体的资料库里面她是单身，但是两人无论是形式还是实质上，都是一对夫妻。D猜测，那女人肯定会对那些情人们说自己是单身，对那些讨厌的男人们说自己有丈夫了，但就算是这样他觉得也还不错，毕竟两人的关系就是一个愿打一个愿挨而已。虽然他觉得这种关系也还好，但是这个女人最后却给他留下了杀人嫌疑这一负资产。D在幽灵课接受了相关的调查，却因为证据不足被释放了。

"下次你最好待在尸体旁边，"幽灵课的刑警说道，"那样我就可以当场射杀你了。"

第三任妻子身上流出了鲜血，看到这一幕，D的脑海中再次清楚地浮现出刑警的那句话来。

"别死啊！快说句话啊！"

D一边哭泣着一边摇晃着尸体，但她最终还是死掉了。D选择了逃跑。

虽然他知道自己终究是逃不掉的，但是他还是不想被杀掉。他想要知道被删除记忆前的自己，他想要知道为什么自己总是遭受这种厄运的原因。

在自己的逃亡生活中，最终给自己找到住所的是反控制体团体AGO的一个男人。在此之前D并不知道有这样一个组织。

反控制体团体给了他一间屋子，那是SOW游乐园里面企划部的值班室，在SOW游乐园开张之前，他被雇用成为企划部的成员之一。别人也都不问他是不是幽灵。D猜测这里应该是反控制体团体的老巢，但不管怎样，只要不被射杀，怎样都好。

SOW游乐园比起外部世界更具有现实感。控制体系统的触角完全伸不到这里来，可以说这里是另一个世界。

游客需要在售票处购买这个游乐园镇子里面通用的货币才行。外部世界基本上已经不再用到现金了，SOW 游乐园中更是无法使用外部世界的货币，甚至连银行卡也不行。

在 SOW 游乐园中，从超市到殡仪馆，几乎什么都有，既有宾馆也有餐厅，在小巷的最里面甚至还有妓院，整体上是一个杂然并存的城镇。其中的空间都经过了精密的计算，景物可以称得上是一个大型的商店街，但是游乐园的主体部分是六座巨大的 SOW 世界馆大厦。这六座高楼耸立在城镇之中，周遭的墙壁全都是由镜片所组成。

D 的工作就是创造大楼里面的世界。

工资就是 SOW 世界里面的现金。虽说 SOW 本身是一个游乐园，但是对于 D 来说就是他的栖身之所。有时候 D 都难以相信这里是一座游乐园，他甚至觉得，也许外部的世界才是控制体操纵的游乐园，那死去的三任妻子也是被操纵的机器人，那个世界经历的事情全都是游戏。那个刑警也是个机器人，要么就是安排的演员，那家伙大概是不会来到这里吧。就算是他来到了这里，他也不再是一个刑警了，然后他大概会这么说吧："啊，外面的世界真是个有意思的游戏啊！可惜已经结束了。"

如果 D 在这里结婚生子的话，那么那个孩子则完全不会意识到这里是游乐园，是一个虚假的世界，然后成长起来吧。只不过幽灵全都被强制绝育了。D 埋怨着外部世界那些愚蠢的"游戏"。

有时招待顾客的仿生机器人会发生故障，他去那里帮忙修理的时候，这里才是真实世界的幻想才会变得稀薄起来。

那时候，D 的内心会再度浮现出刑警可怕的阴影来。

"万一那家伙追到这里该怎么办？"

遥望着 SOW 游乐园中巨大的金属骨架建筑物，D 再次想着如果这里是真实的世界就好了。

那个巨大的金属构造是宇宙飞船的弹射装置。以前为了建造宇宙军事基地，于是在这里填海造陆，形成了一大片空地，SOW 游乐园就位于这片空地上。

整座发射弹射架延长至大海几十公里，看上去宛若是铺向天空的大桥一样。D 也不知道这个弹射器究竟是否是发射火箭用，还是说只是游乐园的设备，毕竟当他刚来到这里的时候，弹射器就已经矗立在这里了。在弹射器的基底部有一架航天飞机，两侧架设着粗大的燃料罐。不过事实上那只是一座巨大的过山车罢了，并不是真正的航天飞机。

D 总感觉十分遗憾，如果那航天飞机是真的就好了，这样自己就能够从刑警的魔掌里面逃脱了。

可就算那个是真正的航天飞机，它的飞行高度顶多也就是在控制体飘浮着的轨道转圈而已，没办法飞到其他的行星或者是世界中去。

于是 D 再次自问起来，为什么自己非得遭受这种厄运不可？自己究竟是做了什么事？自己在现实生活中根本无法生存下去，只能来到这个虚幻的世界中苟且偷生。他被现实世界排挤，如今已经失去了最后的容身之所，他不禁自问道：自己究竟是什么人？

D 并不是什么杀人魔，至少作为"幽灵"的 D 并没有杀人。自己在被消除记忆之前究竟做了什么，因为他已经被消除了记忆，自然是回想不起，就连控制体和刑警也无从得知。

3

"这就要出发吗？现在才刚刚八点啊。"

两人刚吃完了比往日更晚的早餐后，刑警忽然站起身来说了一句："出发吧。"妻子一边埋怨道："这都还没准备好啊，桌子都没收拾呢。"一边慌张地整理自己的头发。

"就算咱现在出发，可能人家还没开门呢。"

"这个不用担心，SOW游乐园二十四小时营业，里面甚至还有宾馆。现在的话可能游乐园里面没什么人，加上今天是工作日，人少玩得会更痛快一些嘛。"

"好吧，等我十分钟，啊不，八分钟就行。"

"我等你十五分钟。"

十五分钟过后，刑警准时发动了汽车，握住了方向盘后，他再次体会到了那种紧张感。虽说胸前和往日一样挂着手枪，但是上次像今天这样关闭汽车的自动驾驶出门已经是三个月前的事了。由于他不再是杀妻案件的负责成员了，所以他也没有往常的那种紧张感。以前自己总是依靠于自动驾驶。

"今天可不一样了！"刑警心中告诉自己，"那家伙绝对在那里。"

刑警的汽车上装载着控制警察专用的紧急信号发射器，打开了这一装置的开关之后，就可以向周围自动或者是手动驾驶的汽车车载电脑发出减速信号。对刑警来说，避开其他的汽车，猛然加速的那种紧张感总是让他感到非常爽快。

尽管他现在立刻就想体验那种快感，但因为那种感觉会让他切实体会到自己刑警的身份，所以他还是抑制住了那份冲动，毕竟今天不是上班。

他注意到了坐在副驾驶的妻子一直沉默不语，刑警在进入高速路之后才打开了汽车的自动驾驶。

"又和工作时一样了……我工作的时候一般不怎么用自动驾驶模式。"

"真好啊。"

"什么真好？"

妻子露出腼腆的笑容说道："我说的是你这张脸，你的表情可不是在说去游乐园玩啊。"

"啊……不，这次也许就是普普通通的游玩而已。也许我就是为了享受现实中真正的'捉迷藏'才当上的刑警吧，和这个相比，所谓的正义感只能排到第二位。"

"就算这样，也没人会责备你的。"

"当然除了幽灵以外。那些真正的幽灵就好像是在告诉我，我这份'实用的工作'只不过是幻象而已，然后浪费我大量的时间，摧毁我的人生价值，就因为这些家伙连一些控制体都自爆了……不过今天就把这些事情忘掉，开开心心地玩吧。"

"你打算不找那个杀妻的凶手了？"

"我只是感觉他在那里。"

"寻找那个人就是你的乐趣吧，还是挺实用主义的呢。"

"这和游玩可不一样。"

可是就连刑警也不禁自问，为什么自己坚信那个男人一定会在 SOW 游乐园里面呢？

或许是因为 SOW 游乐园提供各种各样的娱乐项目，所以自己的乐趣也能够在其中得以满足。比如说，里面有个人假扮成 D，他为了满足自己而故意被自己抓到……

刑警停止了他那不切实际的幻想。SOW 游乐园是一座控制体系统无法触及的街区，对于那些幽灵来说是绝好的藏身之所。照理来说最先应该调查的就是那里。SOW 游乐园花了好几年才建设起来，但是上个月才开张。自己也是在那个时候才知道 SOW 游乐园是一个和控制体系统相互独立的世界。如果那时候自己还负责杀妻案件的话，大概首先就会调查那里吧。

"也许 SOW 游乐园就是反控制体团体的老巢。"

"可控制体居然不管他们。"

"我也不太清楚是为什么……似乎控制体没办法区分善恶。"

"这就太奇怪了，控制警察不就是为了取缔那些威胁到控制体的存在吗？"

"我们逮捕的是那些威胁到市民的存在。要是纵容那些杀人犯和反控制体团体的话，社会就会混乱的。可似乎对于控制体来说，这些事情都是地面上发生的一些小事而已。在控制体看来，世上所谓的善恶概念是无所谓的，反控制体团体也不是什么威胁，他们要是反对自己就随他们去好了。也许控制体认为对于世界来说恶人和善人一样是有必要的吧。虽说控制警察拼命地保护着控制体的系统，然而我总觉得控制体似乎是独立于我们这些努力之外的存在……对控制体唯一算得上威胁的，只有幽灵了。"

"……如果说控制体是神的话，那么幽灵就应该是恶魔了吧？"

"不……幽灵恐怕拥有着更强大的力量吧。"

刑警说着，忽然自己的脸不自觉地抽搐了一下。

"感觉就好像是已经进入 SOW 游乐园里面了一样。"

汽车驶下高速公路的岔口，走过了一座桥。过桥之前自动驾驶系统发出了警告。

＜已经驶离信号接收区域，请转换为手动驾驶。如果您还未转换成手动驾驶，汽车将会自动停车。＞

刑警再次握起了方向盘，过了桥便是 SOW 游乐园了。

"SOW 游乐园到底在哪里啊？"

"我们现在其实已经进来了。"

"可是这里既没有入口，也没有售票的地方啊。"

"这座桥就是入口了，进去后自然会有售票的地方。"

"自然会有是什么意思？"

"SOW 游乐园更像是玩角色扮演游戏的地方。在这里想做的事情都能够成为可能，可以成为任何自己想成为的人。比如如果你想要成为外科医生，给别人做手术，在这里就可以成为医生。但是不可能一下子就变成医生，还必须通过医生的资格考试才行，所以还必须成为医学生才行。咱们的话，当普通的游客就够了吧？接下来只要去银行就行了。先在那里买票，也就是这个游乐园街区里面的货币，单位是日元。"

"就是很久很久以前用的那个日元？"

"没错，而且街区里面也没有标识说这里就是 SOW 游乐园。因为这里完全复原了之前曾经存在过的街区。"

"复原的是哪里？"

"以前叫作东京的地方。刚才我们过的那座桥叫作言问桥，它下面的那条河叫作隅田川，我们现在在浅草，所以现在去的方向是上野。"

"嗯……完全就是杂乱无章的一个街区啊，建筑物的形状、颜色还是大小，没有整齐划一的感觉。"

"这些都无所谓，问题是……"刑警看到红灯后踩下了刹车，"问题是我现在还不知道 SOW 游乐园的管理控制中心到底在哪里。以前为了追查一个反控制体团体的人来过这个游乐园，前后搜查了一番，但是怎么也找不到控制中心在哪儿。"

"那个建筑物是什么？"

"那叫作浅草寺，不过全都是同比例大小的模型而已。当时我还去了区政府和都政府，但是没什么用，还是找不到管理控制中心。现在还是得从那些地方开始找起才行。"

"那我们直接去问一下管理控制中心在哪里不可以吗？"

"大概可以吧……去观光课问一下就行了吧。最近我也不知道怎么了，连这些事情都想不起来，结果让那家伙溜走了。"

"那我们直接找这里的警察不就行了？"

"这里的警察？"

此时后面的警车拉响了警笛，刑警把车道让开了。虽说周围的汽车很多，但刑警认为这些都只不过是模型机器罢了。

"恐怕不行。我要是拜托他们找走失的孩子的话还可以，但是那个杀妻的 D 既不是小孩也不是什么离家出走的人。我现在就拿着这家伙的照片呢！我把这照片递给他们然后说什么？我难道要和他们说：帮我找找照片上这个家伙？其实这些警察也都不是真的，它们只不过是这个游乐园里面的一个要素而已。"

"那我们去拜托私家侦探怎样？"

"结果大概还是一样的吧，我要是知道 D 在这里是怎么生活的话倒也可以请他们帮忙。但是只有一张照片，就算是侦探恐怕也无从下手吧。D 在这里已经不是杀妻的嫌犯了，他已经成了另一个人，所以他肯定是在这里没错了。"

"那你要一个人去找他吗？这么大的街区，差不多得有几万人吧。"

"这里其实也没多大。就算有几万人，大多数其实都是智能机器人。管理控制中心应该掌握着详细的信息，比如现在有多少人入场啊，智能机器人的工作状态如何啊。要是有一些既不是客人也不是智能机器人的人混到里面的话，控制中心应该是能知根知底的。否则这个游乐园也没法运营下去了。"

"是啊，毕竟幽灵不请自来的话，游乐园方面也会觉得麻烦吧。"

"没错，那样的话这里就会成为幽灵的老巢。如果这里有幽灵，应该是被 SOW 游乐园方面雇用下来了吧，我觉得 SOW 管理方也不可能让幽灵们白白住在这里。要是能够看到那个雇用职员的名单就好了，可是我不知道那名单究竟在哪里。"

"毕竟管理控制中心不一定就在这个游乐园里面吧。"

"没错，他们的公司本部就在外面。我们之前调查过，但是没找到他们雇用幽灵的证据。不过那也是自然，毕竟雇用幽灵可是违法行为，但他们肯定有一个内部的名单的。"

"如果这个街区的人都是智能机器人……要是能知道机器人的秘钥就好了。"

智能机器人是不会说谎的，但它们却可以搪塞过去。如果不希望它们搪塞，而是想要听到真实信息的话，就需要机器人的秘钥才行，这种秘钥只有使用者才知道。既有物理的秘钥，也有数字密码，甚至是动作也可以，总之秘钥的形式多种多样。如果没有相应的秘钥的话是无法从机器人口中得知那些使用者不希望第三方知道的信息的。

刑警从口袋中掏出了一张卡。

"这是什么？"

"这是黑卡，也就是有前科的卡。我就是为了能在这里的银行使用才特意准备的。两周前，我打算不上班的时候来这里用了一下……没想到自己今天真的来到这里了，你昨晚说……"

"你可真是……好吧，这卡到底能有什么用呢？"

"这个世界本身就是个幻象。但是这张卡却是唯一和外界相连的东西，尤其是在用卡买这里的货币的时候。要是这玩意儿用不了的话，接下来究竟会发生什么呢？如果一切都进展顺利，我想应该就能知道接下来发生的事了。总之，要想对抗这个从头到尾都是幻象的世界，就必须把现实世界的力量带进来才行。"

刑警的妻子把银行卡还给了丈夫，一边盯着他。

"怎么了？"

"没什么……"妻子说完这话之后，也不知是怎么回事忽然说了一句话，让她自己都觉得有些不合时宜："我爱你。"

刑警踩下了刹车说道："就这家银行吧。"然后补充了一句，"我也爱你。"便走下了汽车。妻子跟在他的后面，环视着四周。

"要是有张地图就好了。"

"也许银行里面的广告单上有地图吧。这里是春日路，东上野。"

"什么意思？这张卡用不了？"

刑警向着分店的代理店长问道，妻子则饶有兴致地看着银行里面的小房间。刑警提供的卡片被从兑换窗口退了回来，但是刑警没有放弃。一位女职员将两人请到另外的房间去了。妻子知道目前为止都在丈夫的计划之中，所以她并没有感到有什么不安。

"所以说，您的这张卡是我们没有办法办理业务的那种卡……"

"你听好，"刑警再次重复了之前无数次重复过的这三个字后，"虽说我们来这里是为了玩，但是并不是为了和你们玩这些东西。你们居然说没办法在这里换购门票？这里不是 SOW 游乐园吗？"

"您到底在说什么啊……"

"你不过就是仿生人而已，快把真人给我叫出来！"

"什么？"

"真人！就是 SOW 游乐园里面的人类！就算是店长也行，总之和你说不清楚。"

"非常抱歉，店长他现在……"

"你不过就是个仿生人。"

"您到底在说什么？这样的话只能请您回去了！"

一旁的妻子注意到，丈夫一直对着分店代理店长喋喋不休地追问："你是仿生人吗？"而对方的反应则是一脸困惑，所以妻子判定这个男人是仿生人无疑。仿生人并不会说谎，所以它们没办法说自己是人类。

"我明白了，"刑警说完，从自己的上衣口袋中拿出了证件，"游戏到此为止。我是控制体警察第三科室杀人专案组的刑警，为了办案来到这里，赶快把 SOW 的人给我叫来。"

"游戏……您这是在模仿什么？控制警察是什么？"

"我再问你一次，好好地回答我，你不是人类吧？"

"请你适可而止！"

"我明白了。"

分店代理店长从沙发上站了起来，打算从房间里出去，随后刑警也站了起来，一拳打向了男人的后脑，男人受到重击之后趴在了地上。刑警拽着男人的后衣襟，把他从地上拽了起来，然后用膝盖击打了男人的腹部。

"你在干吗啊？"妻子发出歇斯底里的喊叫。

"这家伙坏掉了吗？"

说完，刑警拉着男人的胳膊，扶着他的身体走出了之前的小房间，然后把男人的身体重重地摔在了兑换窗口上。女职员发出了悲鸣，银行内也一瞬间安静了下来。

"快把真人给我叫出来！"

"你快别闹了！"

妻子抓住丈夫的衣袖恳求着，此时保安神色紧张地走了过来。

"咱们赶紧离开这里吧！"

说完妻子先跑了出去。看到这里保安也追了上去，刑警追着妻子跑出了银行。

两人坐上汽车后猛踩油门。

"后视镜上好像贴着什么。"

"那是违章停车的条子，这里的警视厅发的，也就是这个世界的警察啦。不管怎么说都是游戏里的东西。罚金大概是五千日元左右吧。"

"大概是多少钱啊？"

"换算一下的话，也就是现实世界一个小时的停车费吧。这就是一场游戏，一场完美的游戏。没想到这些家伙最后还是没把真人叫来。我本来还以为要是损坏了 SOW 的财产的话就会有工作人员来的……我还是太天真了。造成的损失大概也算到入场费里了吧，然后好让客人享受一把最真实的角色扮演游戏。"

"角色扮演游戏吗？也就是说我们现在……"

"我们现在就是银行的劫匪了，因为抢劫失败正在逃跑中。"

"这也太吓人了，我们赶紧回家吧，我们还没买票呢。"

"之前不小心让他们看到证件了，所以 SOW 游乐园方面也会安心地让我们在里面玩了。仿生人的眼里面都装着传感器，大概之后家里就会收到支付通知吧。一般来说都是用兑换手续费的形式来收取入场费，但是也有一些人一分钱也不想花，来到这里之后发现自己也就只能当个群众演员，结果还是得用这里的货币才行。"

"我听到警笛声了。"

"是警车！我们被通缉了！"

"接下来该怎么办？"

"逃跑呗，好好享受一下这个游戏吧。"

"我觉得这个根本不是游戏，太吓人了。"

"我也是。"

"你也会害怕？"

"我非常了解追人一方的心理，但这还是第一次被人追着跑。"

"好像在做一场噩梦一样。虽然知道只是一场梦，但是还得亲眼看着。"

"没错。这里就是梦的世界，不管做什么都没问题。"

因为前方的红灯，刑警的车被前后的汽车夹在了中间，他认为前后这两辆车只不过是模型道具而已。型号相当老旧，这些车的重量大概是多少呢？马力如何？看起来重量也就是 1000 千克，马力顶多是 100 千瓦左右，而与此相比，自己的汽车重量是其数倍以上，马力是 435 千瓦，足足是对方的四倍多。

刑警猛地挂倒挡撞向了后面的汽车，把那辆车完全撞开了。随后他迅速踩下油门往前开动，把前面的车也撞开了。

"这些车简直就是纸糊的。"

前方和后方的车尾和车头全都被撞得粉碎，就像是追尾事故一样。不只是这两辆车，被这两辆车的冲击撞到的汽车车主也从车上下来了。刑警撞坏的不只是前后两辆。

随后刑警再次倒车，关闭了限速器之后踩下了油门。那些下车观望的"模型替身"司机们慌张地四散而逃。刑警飞速地转动方向盘，锁住了后轮，然后关闭了限速器，轮胎为了增大和地面的接触面积而变成了扁平的形状，可即使如此，轮胎依然无法保持摩擦，反倒是开始打滑。刑警的汽车在一瞬间加速转向逆行车道。在转向的时候，刑警的车蹭到了一辆像是出租车的汽车，那汽车因为这巨大的冲击直接被撞到了步行道上。

刑警觉得在这样的道路上开车根本用不了六百马力，于是他再次打开了限速器。周围一片混乱，反倒是刑警这辆发出战斗机般噪音的汽车比其他的汽车还要安静。随后刑警驾车驶入岔道，岔道两侧停满了商务车，让这条路显得非常狭窄。

"实在不行就弃车跑路吧。你看看地图，就是刚才从银行拿出来的那个，比如说地铁或是国营线路什么的……应该能看到御徒町车站的。"

"不行！不行！"

"对啊，我们没钱。"

"我不是那个意思，我不想从车里出去！"

妻子觉得如果要是从这辆车里离开的话，自己就真的成亡命徒了，她大声地喊着："我已经受够了，咱们赶快回家吧！"

"我明白……本来我也没打算玩这种游戏的……"

"我根本不相信这里是游乐园。我实在不想被警察追着跑，那些被你追击的犯人肯定也是这种心情。"

"那可说不清楚，对方很享受也说不定呢。"

"就像现在的你一样？"

"工作就是得拼命，可是那家伙……那个叫 D 的男人我始终弄不懂。那家伙是个拼图者。"

"什么意思？"

"我们警察内部形容那些犯下罪行之后，让警察们为此东奔西走，并且以此为乐的人。D 就是这类家伙的代表。他就是个游戏设计师，设计各种各样的游戏，从拼图游戏到电脑游戏……可能就连这个游乐园都是他创造的——也许那家伙知道我会来到这里，所以那些警察实际上早就已经盯着我们了。D 很可能正在操纵着这个世界。"

"那怎样才能让他们停下来？"

"只能联系局里了。虽说这是个游戏，但是也太过于精细了。"

"那到底怎么样才能联系到警察局啊！"妻子的叫声近乎绝望，"这里没有视频通话，就算是普通的电话，我们的卡也没法用啊！"

"直通警察的免费紧急频道……"

"那联系上的肯定也是这里的警察，赶快把汽车发动起来！"

"肯定能够和外界取得联系的……也就是说找到联系方式也是游戏的一部分吗……"

刑警在妻子的催促下发动了汽车，妻子早已吓得不行。此时从远处传来了警车的警笛声。

"你知道我们现在在哪里吗？这附近应该是有 SOW 世界馆的。是一座很高的大楼。"

"现在我们朝着哪个方向？"

"南方，就是地图的下方，再往前就是秋叶原。SOW 世界馆应该是在神田的交通博物馆附近。快告诉我接下来怎么走！"

妻子看了看地图后说："往西，过桥之后再往右开。"

"桥？"

"有一座小河……那个……神奈川！就是这里。"

这个世界中，这辆怪物般的汽车做着四轮漂移的动作，转向右边之后加速至最高速。

"在这附近的话应该可以看见 SOW 世界馆的正面了。"

刑警从后视镜上看着后面的警车闪着警灯追了上来。

"到底是在哪里啊？你说的那个 SOW 什么的根本没在地图上！"

刑警再次无视了红灯信号，超过了周围的汽车，疯狂地加速着。

"一座超大的大厦，那就是 SOW 的一号馆。"

"地图上根本就没有啊！"

"不可能的。"

"难道这里真的是 SOW 游乐园吗？"

"你的意思是说，我把你骗来了一个奇怪的地方吗？"

刑警实在是腾不出手寻找 SOW 世界一号馆，他不停地高速转动着方向盘，躲闪着那些停着的汽车。

"相信我！"刑警大喊道，"这里就是 SOW 游乐园！"

妻子抓住车上的扶手朝窗外看去。整个多云的天空看起来都扭曲了，宛如空间中徒增了几道直着插下来的裂缝一般。

"你要是不想被警察抓就相信我，这就是一场游戏而已！"

"往右！"妻子大声地喊道，"大概是那个方向吧！"

刑警也顾不上考虑，就按照妻子所说的把方向盘向右打，避开了大路。

"这个是博物馆啊。"

"可那个 SOW 世界馆到底在哪里？"

"危险！"

一辆车高速地从对面冲了过来。刑警赶忙踩下刹车，可是道路的宽度并不足以转弯，刑警只好把方向盘打向左边，朝着博物馆开去。眼前的一切都在流动。刑警一瞬间瞥到了某个黑色的物体——那是很久以前的蒸汽火车头。

刑警的汽车高速回旋着朝着对面的汽车撞去。

刑警看到对面的车也正高速向自己驶来，发生的一切看上去就像电影的慢动作一样。一瞬间，刑警的视线变得昏暗，可是并没有感到任何的冲击。

"这是哪里？"

汽车的双凸轴燃气轮机没有任何动静，但汽车并没有熄火，一直运转着。

"……我们现在应该在 SOW 世界馆里面吧。刚才那个是完全的镜面，把我们的汽车投射在上面了，也就是说 SOW 外面是一面巨大的镜子墙壁，所以我们才不知道这个建筑物到底在哪里。"

"可是我们撞到了墙上对吧……咱们是不是被灌了致幻剂什么的？感觉现在看到的都是幻觉一样。"

"要不是那样的话我们现在应该已经死了吧。"

"别说这种不吉利的话！"

"总之这里看起来不像是天国，也许 SOW 世界馆的墙壁上有类似百叶窗一样的门吧。"

"周围太黑了，你把灯开一下。"

"先观察一下情况，"刑警关闭了汽车引擎，但并没有急于开车灯，"好像我们没有被警察包围。"

周围很安静，什么也听不到，无论是警车的警笛声或是其他声音。

"那里有亮光！"

"那里好像就是出口了。应该是一段台阶，我们去看看。"

"你难道要让我下车吗？"

"没关系的，这里是……"刑警用他那早已适应黑暗的双眼环视了一下四周说道，"这里应该是停车场，不用担心了，银行劫匪的角色扮演游戏到此为止了。"

刑警走下了汽车，妻子赶忙追了上去。

这里给人的感觉就是一座地下停车场。二人的脚步声回响在水泥铸成的墙壁四周。虽然顶棚很低，但是两人依然觉得空间很宽敞。妻子在黑暗中看到了印象里外部世界曾经看到过的几个型号的汽车停在其中，心中不禁松了一口气。

在那漏出光线的正方形空间的附近，刑警看到了一扇铁质的大门，于是他靠近去端详。

门上写着："私人空间 闲人免入"的字样，刑警推了一下发现打不开。他再次环视了一下四周，确定这里是停车场没错。墙壁上发出昏暗红光的电灯按照一定的间隔排列着，墙上写着一个巨大的位置标记 A-13、14……刑警记下自己停车的那个地方墙上的数字是 A-13，便返回去寻找自己的妻子。

刑警忽地听到了"哇——"的一声叫喊，刑警顺着妻子的叫声，找到了一个似乎是通向地面的出口，跑出去之后发现妻子站在地上一动不动。

"你怎么了？"

刑警走了过来。

两人出来的地方是一座车站，是和外面的街区属于同一时代的国营电车的高架车站。

秋叶原车站。刑警一边轻声读着站名，一边又觉得与外面的虚假世界相比，这里似乎属于另一个不同次元的虚假世界。两人在进入这个车站的瞬间便感受到了这一点。但是想要真正确认自己的感受是否真实，就得亲自去探索，才能理解到底是哪里产生了自己眼中的违和感。

这座车站有一种奇怪的清洁感。月台和支撑屋顶的柱子都没有因为泥泞、烟头或者是雨水染上的污点而显得肮脏。

"这东西是完全实物大小的……"

刑警看向月台下的铁轨。那铁轨非常厚实，宽度大概是十五厘米。路基被塑料制成的枕木固定住，固定处都是那种极其粗糙的米黄色海绵。

"模型做的还真的不错呢。"妻子在一旁笑着说道。

"是啊。"刑警也点了点头。

一流的模型师是不会做出这么拙劣的模型的，但是在这个世界似乎是故意做成了这个样子。从这个层面上来说这些模型做的确实是不错的，就连刑警也对这个世界的创作者感到由衷的佩服。

车站的商店里摆放着各种各样的杂志，但只不过是看起来像杂志的一张印刷好的封面而已。贩卖可乐和烟草的自动售货机只不过是一个塑料箱子，投币口和取货口也只是画而已。车站里还有公用电话，但是话筒却拿不起来，因为电话本身就是一个一体化的塑料模型，电话的细节也非常模糊，看起来就像是焦距没有对准的照片一样。车站站名的牌子也显得略微的倾斜，甚至从牌子边流出了黏着剂。站台顶棚的照明是一个巨大的圆形灯泡，顶棚上交错着各种绿色和红色的粗线。月台也是塑料制成的，整体呈灰色，显出些许斑驳，还画上了一厘米左右的白线。

月台里一个塑料制的长椅上坐着一位穿着连衣裙的女人，那是一个人偶，衣服和头发都是连在一起的，头发呈褐色，给头发染色的颜料稍微粘在了粉色裙子的衣领上。还有一个站着读新闻的上班族人偶，它的西服也是一体式合成的，手里握着的报纸足有纸箱的纸壳那么厚，它的脚下露出了一小部分黏着剂，但是这部分被涂成了车站月台的颜色，试图以此糊弄过游客的眼睛。

还有一个人偶是一个穿着吊带式背心和短裙的女人和她的一只狗，狗的样子就像是木雕的狗熊一样，毛色粗糙而且油光发亮。就连刑警也不禁心中苦笑，自己的话肯定是不会在车站里面放这么一个遛狗的人偶。继续往前走一小段会发现另一个长椅上放着和之前一样的人偶，只不过后者被涂成了其他的颜色，和之前的人偶方向相反。

抬头望去，一座大厦出现在眼前。那大厦的外墙比起玻璃来说缺少透明感，虽然有着塑料制成的窗户，但是却没有地板。实物大小的大厦模型还得再往里走上一个街区，在此之前所有的大厦和街道都只是布景而已。

"这些模型很大啊，简直就是人偶的世界！"

"实物模型吗……或许更应该说是一个小的模型世界吧——也就是说这个世界让我们觉得自己变小了。"

"简直就像是你做的模型一样。"

"得了吧，我的技术比这个高多了。"

"哦。电车来了。"

蓝色的 103 型电车没有停车，而是直接通过了车站。五节车厢的车体本身是塑料制成的，和实物大小相当，但是看起来却一点都不像真正的电车。外部的涂装显得非常粗糙，车门的线条让人一眼就能看出来这些门根本就打不开，如果是实物的话，车体表面的薄板至少会有些许的起伏，但是这辆模型车的外部薄板却非常的平坦。中间的车厢里放着许多的电动马达，其他的车厢里空荡荡的，既没有座位也没有乘客。车厢与车厢之间也没有车钩相连，每辆车厢之间都相隔一米以上，用的是模型里面用到的超大号的快速接头相互连接着。

刑警听着马达和齿轮的声音渐渐远去，似乎自己的童心也回来了一样。

"我们也坐电车吧。"

"可是那电车不是没停下来吗？"

"我觉得会有电车停下来的。"

"为什么？"

"你还记得吗，下面的那个地下停车场里面有汽车。可是那些开车来的人并不在车站里，他们肯定是坐电车走了。"

"是吗？可是这样一来我们不就离开车站了吗？虽说外面也蛮有意思的，但是用不了多久就会玩腻了吧。"

"我不这么觉得，外面肯定还有很多有意思的机关一类的玩意儿……你怎么了？"

刑警的妻子半张着嘴看着车站的上部，用手指着半空。

刑警顺着妻子的手指看了过去。

一张巨大的男人的面孔覆盖住了天空，从上面俯视着这个模型的世界。

刑警的妻子吓了一跳，然后笑着说："这让我觉得自己就是个人偶呢。"

刑警也吓了一跳，但他却并不是因为这个把戏而感到吃惊。因为他见过那张巨大的脸——那张俯视着自己的脸。

一瞬间刑警感到全身无力，就像是一个小人儿面对着一只巨大的恶鬼一样。伸向胸口握住手枪的手都差点脱力了。不过下一瞬间刑警已经将这一念头抛到脑后，拔出手枪之后就朝楼梯跑去。"天上的那个脸肯定是全息投影没错，那家伙现在就躲在控制室里！"

"老公，你这又是怎么了？"

"D！那张脸是 D！"

刑警喊道。听到这话，妻子的身体都僵住了，她拼命忍住不去看天上的那张巨脸，然后一边发出"哇！"的一声悲鸣，一边朝着丈夫追去，仿佛是想要从那天空中伸下来的鬼手中逃脱一样。

4

那个叫作 D 的男人正坐在 SOW 世界馆的控制室内，做着和往常一样的工作。

这天，这个时间段里入场的游客也不过几百人而已，对于广阔的 SOW 世界来说近乎无人。

D 的工作就是用追踪摄像头追踪那些入场的游客，并对此加以记录。

其中设计这个模型世界的草案就是 D 提出来的。

模型铁道的沿线基本上和外部的东京世界一模一样，游客可以在其中走动。车站的站台比起实物来短了很多，但是因为站台的精心设计，游客完全无法察觉到底哪个部分被省略掉了。比如说那些容易留在印象中的车站前的某个餐厅，它的位置关系和外面的东京复原街区完全一样，那些游客会发现模型世界里面的牛排都是假的，但是当他们来到了外面的世界后，会高兴地发现真正的餐厅的位置和之前的模型的位置居然是一样的。之后游客们会得到一盘录像带，录像带中记录着模型世界时的自己，那些游客会在店里面播放这一录像然后哈哈大笑，感觉自己完全变成了一个会动的人偶一样。而 D 的工作就是为此用摄像机拍摄游客。

　　包括化作巨人从上空俯视模型世界的这个点子也是 D 想出来的。

　　控制室里除了数不清的监视屏闪闪发光以外一片昏暗。在这样一个没有照明的屋内，D 在控制台前监视着这个模型的世界。因为摄像头安装在顶棚上，所以 D 以俯视的姿态监视着。从上俯视着的 D 的脸，通过监视屏幕上的摄像头拍摄下来，再投影到模型世界的"天空中"。所以当游客抬头观望的时候，如果说 D 也正好看着游客所在的那个区域的话，那么游客和 D 的视线就会重合。

　　D 的得意之处就是能够想象出这种世界，特别是那些 SOW 游乐园之中可以将人的空想都化作现实的工作，这些工作已经和自己之前的工作完全不是一个量级的。SOW 策划部完全不在乎 D 是一个被控制体和外部世界排挤的一个幽灵，所以 D 可以做他任何想做的事情。D 参与设计了这六座 SOW 世界馆。这其中既有海盗主题世界，也有星际战争主题世界，还有一个可以使用心灵控制的剑与魔法的世界。

在这完成的六个 SOW 世界馆之中，D 最喜欢的就是模型世界，比起其他的五个世界来造价更加便宜，也不需要高精度的脑控装置。模型世界中没有其他世界的那些小花样，但是当游客进入这个世界的时候，总是发出惊叹之声。每当看到游客的惊讶神情时，D 总是感到心情舒畅。

将六个世界改造成让游客叹为观止的程度，这是 D 作为企划负责人的工作，而 D 已经全部完成了。

D 凭借创造的这六个世界，获得了够花上一辈子的"钱"，当然这些钱是"日元"。如果离开了 SOW 游乐园来到了外部的现实世界的话，这些钱是根本用不了的，可是这对于 D 来说已经无所谓了。D 从来没有打算回到那个控制体的世界中去。对于他来说外部的世界已经相当于梦境一样了。

虽说在模型世界里就算不工作也有足够的钱花，但是 D 还是找了一份在这里监视的工作。一个原因是这里是自己喜欢的世界，另一个原因就是 D 非常害怕一些外来的入侵者，他需要监视他们，因为他们会让 D 意识到模型外的那个叫作东京的世界也是幻象。就算其他五个世界馆再怎么改造，D 也不打算改造这个模型世界。他每天盯着监视器的屏幕，工作结束之后来到夜晚的街道，看到这个依然没有变成幻象的世界，他也能松一口气。

这个世界中，D 就是一个创造谜团之人。

他的工作就是想出一些无法轻易解答的谜语，然后让别人的大脑混乱。因为自己是一个失去过去之人，所以他也想让别人也能体会这种感觉。可是结果恰恰相反，那些游客们完全不在乎 D 本人是怎么想的，只是单纯地享受 D 创造的谜语。所以自然而然地 D 产生了一种失败感。后来他觉得事情变成这样子是理所当然的，因为那些游客们有着现实世界这一归宿，他们在一开始就知道 D 创造的世界是一个幻象，所以他们才能够享受这个幻象。

由此，D 想要让 SOW 游乐园成为一个和控制体支配的世界完全隔绝的地方。所以他向策划部门提议设置一道电磁屏障，让游乐园内部和外部无法进行通信，在这种条件下游客便可以进行角色扮演了。D 的目的在于让入场的游客一时间不知道自己究竟是什么人。

在这个世界中，游客和自己一样是失去过去之人。这一点总让 D 感到心情痛快。这是自己迄今为止所有工作中的杰作，让这片土地也成了自己常年盼望的栖身之所……

可是这一念头瞬间便灰飞烟灭了。

D 通过监视器的显示屏和那个自己最害怕的现实四目相对时，身体下意识地从控制台的座位上向后退却。那情景自己永远不会忘记、刑警的那张脸正从模型世界的车站上抬头看着自己。

瞬间，D 感到自己辛辛苦苦才找到了容身之所，如今却要被抛弃了。自己好不容易才完成了这个拼图一样的世界，他将自己视作这个世界的一部分，眼看就要完成了，但是因为刑警的到来，自己千辛万苦创作的这幅拼图，像是被捣乱的小猫用爪子破坏掉了一样，变得七零八碎——D 再次失去了自己的容身之所。

D 和刑警视线交会的时候，他赶忙把投影自己面部的投影设备关闭了，但此时刑警已经跑着离开了。

D 在控制桌前静静地坐了好一会儿，心中剩下的只有后悔，居然把自己的脸放到上面去，自己到底是有多么愚蠢啊！

D 也在想，当初其实可以做一个整容手术的，可是为什么自己没有那么做呢？要是改变了自己的长相的话，就算是刑警也认不出自己来吧，这样一来即使是在现实的东京也可以活得很自在了。

可是 D 又深知，仅仅是整容的话是完全无法满足自己的。真是个奇妙的心理状态。

比起被刑警追查，在虚假的世界中变成一个虚假的人更为恐怖……正因为被刑警追查，所以自己也有被追查的价值。自己并不想成为 SOW 游乐园中仿生人那样毫无个性的物体。如此想来的话结果只有一个，那就是自己肯定是在心底里默默地等待着刑警的到来吧。

也许自己真的谋杀了三任妻子。也许是为了杀掉妻子之后，好告诉控制体和那个刑警"我在这里哦"。

"不，不是这样！" D 拼命地摇着脑袋，却没办法在心底里否定这一切。虽说自己并没有蓄意谋杀，但是那三任妻子又如何呢？她们简直就是盼望着被自己杀掉一样不是吗？然后自己不也是选择了这些女人吗？

＜这个世上绝无偶然，那是你们盼望的结果。我的孩子们啊，你们要用心去想，我想说的仅此而已。＞

D 忽然想起了这样一句话，但这句话是谁说的呢？这难道是控制体发来的消息？

D 开始回忆他那毫无记忆的过去。

这绝不是控制体。这不会是控制体的语言。自己的过去里不曾出现控制体。那是其他的、更为强大的力量支配的世界。那么，自己究竟是什么人呢？

D 缓缓地从椅子上站起来看向控制室的入口，恐怕再过不久刑警就要来了吧。

能不能再回忆出什么呢？ D 想要更多的时间。

D还在犹豫自己要不要逃到外面去。实在难以想象刑警来到这里是单纯地为了游玩，他应该就是为了找到自己而来的吧，如果真的是这样，那么SOW游乐园里面的警察和警视厅的仿生人警官们肯定也被动员起来了。

D决定在SOW世界馆中为自己争取更多的时间，他要把刑警带入自己创造的世界中去。

刚做完下一步的决定，D就感觉自己似乎是找到了以前的自我，离自己的过去更近了一步。

此刻就连D也注意到了，自己的脸上浮现出了意想不到的无畏的笑容。

有什么可害怕的？就算那刑警真的射杀了自己，他也绝对无法消除自己的过去。

D脸上的微笑渐渐消失，他想要回忆起自己的过去。

此时门外响起了枪声，刑警用手枪破坏了门锁。

D向后退了两步，打开了控制室的内门跑向模型世界。刑警追了上去，D尽量不让刑警追上自己，而刑警也集中精神不跟丢D。

D心想：放马过来吧。

"让你见识见识我真正的力量。"

说完这话，D感受到自己过去的记忆正在一步步复苏——那个并非拼图者D的真正的自己。这种异样的感觉让自己整个人都要分裂了一样。

5

D逃到了模型世界的地铁站里，刑警也从后面追了上来。

D 把站台的圆柱作为掩护逃跑，刑警没有任何警告，直接就朝着 D 开枪了。刑警从一开始就没打算单纯吓唬他。看到子弹偏离了目标，只是从圆柱上擦过，刑警不耐烦地"啧"了一声。

"老公，你这么做太危险了！"

妻子一边追着丈夫，一边喘着粗气一边喊道。

"有什么危险的！那家伙可是个幽灵杀人魔，我今天要在这里干掉他！"

"可就算是那样，他也是个人啊！"

之前寸步不离，一直追着丈夫的妻子停下了脚步。

"那家伙不是人类，是幽灵。"

"你到底怎么了？"

刑警把妻子推到了圆柱的后面，一边目不转睛地盯着 D，他也充分考虑到对方用枪还击的可能性。

"你该问的是那个家伙吧！他可是杀了自己的三任妻子啊！"

"可就算这样你也不能不抓捕他就直接开枪啊……也许那个人有自己的难言之隐呢！"

"所以他就杀了三个女人吗？不管是有什么难言之隐都已经不是什么问题了，那家伙只是一个杀人犯。"

"可就算是你说的那样……你是不是很高兴？对方不是完全没有抵抗吗？"

"都这时候了你在说什么？！没有抵抗？简直开玩笑，你根本就不了解那家伙到有多狡猾，多危险！"

实物大小的模型电车进入了车站，笨重地停了下来。虽说模型电车的车门只有一厘米厚，却是可以开闭的。电车里面就和其他的模型一样，安放着做工粗糙的座位，但那是真的可以乘坐的。刑警看到了 D 打开了车头的车门，便又朝着他开了一枪，随后用力打开了自己前面这扇车门。

"你赶紧离开游乐园，这里很危险，赶快帮我联系局里面！"

"……我知道了。"

妻子冰冷冷地说道，然后朝后退去。

刑警此时已经没有时间在乎妻子是怎么想的了。电车忽地动了起来，刑警一边观察着 D 是不是打算乘上电车，一半身子在车里，一半身子在车外，抓着厚厚的车门注视着前面的车厢。D 也坐上了电车，而且没有要下车的意思。车头进入了黑暗的地铁通道内。

刑警一边观察着 D 的动向，一边回头看着自己的妻子。刑警的妻子在这空荡荡的白色地铁站里，一个人孤零零地看着刑警远去。刑警不禁感到了一丝的焦躁："为什么不赶紧离开？"

随后一种不可名状的不安涌上心头，但是刑警没有时间在乎这些不安了。看到自己的妻子从 D 的魔掌中逃离，跑到了安全地带，他的焦躁和不安也缓解了许多。妻子的背影像光点一样渐渐变小，最终电车进入隧道之后，妻子的身影也看不见了。

刑警在激烈晃动的电车内向前移动，但是却无法进入下一辆模型电车的车内。每个车窗上都不是玻璃，而是用一片又宽又长的塑料板挡住。可就是如此粗糙的做工，终究是考虑到了车上乘客的感受，无论是乘坐还是加速的感觉，作为一个模型来说，让人觉得很平稳，在车上也感受不到任何危险。

刑警紧紧地抓住厚重的塑料门，把脑袋探出窗外看向前方。虽说很难想象现在这个速度，D 会从电车上跳下去，但是从刑警以前的经验来看，那些被追捕的人有时会做出一些常人无法想象的事情来。

刑警想着到下一个车站的时候一定要做一个了断，手中的枪握得更紧了。

可是电车一直没有停车，而是一直向前开去。刑警看到电车走过了好几个车站，日本桥、京桥、银座……可是电车依旧没有停下来的意思，刑警感到更加焦躁了。"难道说 D 已经不在前面的车里了吗？"刑警祈祷着下一个车站一定要停下来。

刑警的祈祷像是应验了。电车开始减速，刑警看向前方，可是并没有看到车站的灯光，眼前一片黑暗。

电车停下的地方是夜晚的世界，夜空上闪烁着星辰，周围似乎是幽深的森林。

刑警听到了某些声音，D 似乎从前面的车上跳到了地上，随后他也下了车。电车此时朝着自己来时的方向开动起来。刑警猜测 D 可能打算再度坐上电车，于是他开始思考自己上车的时间。可是 D 和刑警的预测相反，跑到黑暗中去了，看到这一幕刑警也全力追了上去。

在追逐 D 的时候刑警感到自己的背部有一些异样，于是用手摸了摸。

"这是怎么回事？！"

自己的后背上竟然长出了一双巨大的翅膀。自己正在变成一只大鸟！刑警告诉自己这是心灵控制，是幻觉。

刑警咬住自己的嘴唇，一边同幻觉做斗争，一边寻找着 D 的踪迹。周围是一片黑色的森林，刑警在这些树木之中看到了一棵银色的树，显得和周围的环境是不甚搭调。于是刑警瞄准了这棵树开枪，却没有打中。

银色的树开始伸展它的树枝，就在刑警盯着它的这段时间，这棵树就像是高速摄影一样开始快速生长。树枝生长时发出的声音好像凿冰时发出的声响。

在黑暗中出现的这棵银色的树向外扩展着它的枝叶，像是操纵着这里的空间。最终这些树枝就像是想要包裹住刑警的蜘蛛网一样，向刑警伸展而去。

刑警与这种生理和心灵上都无法理解的恐惧作着斗争，握着手枪做出射击的姿势。尽管刑警看到自己的双手已经变成了只有三根手指的长长的爪子，就像怪鸟的爪子一样，但是他还是满不在乎，将自己的注意力都集中在了那棵银色的树上，随后扣动了扳机。

子弹击中了银色的树，瞬间银色的树变成了赤红色，树木的枝杈也停止了伸展，在这片黑暗的空间中静止住了。整棵树此时看起来仿佛网状的毛细血管。

刑警的内心充满了欢喜，心想总算是干掉你了。他的脑海中浮现出了那些把自己踢出搜查的那些人的面孔，也浮现出了自己妻子的脸。

"这些玫瑰花，漂亮吧。"

妻子的那张脸说道。刑警在内心中回应道："是啊，我觉得挺漂亮的。"可是此刻，眼前的血红色却比玫瑰更加鲜艳！

D 的脸宛如浮雕一样从血色的树干中浮现出来，他的身体也与红色的树分离，倒在了地上。

刑警一边抱怨自己背后那双巨大的翅膀实在是不方便，一边走近了自己击中的"杀人魔"。

此时的 D 还有一口气，于是刑警把他扶了起来。

"你可是让我花了不少工夫啊。"

刑警说道。而 D 只是用那呆滞的眼神看着刑警："我……我没杀人……"

"就算你没打算杀人，也有三个女人因为你死掉了。"

"是啊……也许那就是我期待的结果……可是这里并不是我期待的终点……"

刑警感觉 D 的重量在变轻，身体也渐渐变得透明，看到这一幕，刑警吓得猛地推开了 D。刑警告诉自己：我可不会被你的把戏给骗了！这里是 SOW 世界馆的一部分，我看到的只不过是幻象……

"你又是什么人！"刑警大声地问道。

"我也不知道……"D 回答道，"但是多亏了你，我现在已经快要想起来了……"

"你是……幽灵？为什么？为什么要出现在我的面前？那个叫作 K 的操色师也是个真正的幽灵，哪里也找不到那家伙的尸体，难道说你也是这样吗？难道说你和 K 还有那个叫作沃兹利夫的女人一样，都是幽灵吗！？"

＜沃兹利夫……＞

D 背后那棵赤红色的树微微地动了一下。刑警控制不住地向后退去，因为他知道此时的 D 已经不再是那个人类的"D"了。于是他把最后一发子弹射向了那棵红色的树，但是子弹却化作了蓝白色的烟火，在红树面前蒸发掉了。

＜沃兹利夫——蓝色魔将。没错，这一切都是那家伙的诡计。就是那家伙把我们这些红色女王的使魔封印在了中间世界。沃兹利夫——蓝色魔将，那家伙是个很强大的对手。＞

"你到底在说什么？难道这也是心灵控制吗？这里是你创造的世界吧？"

＜你居然知道沃兹利夫，这让我很惊讶的。这一切都是那家伙的鬼把戏吧。可是多亏了这把戏，我终于找回自我了。＞

"你到底是什么人？"

＜我是坎迪托，红色的战士，K是我的兄弟。我们奉女王之命来到了这片土地，我们的目的是调查你们这个世界被称之为控制体的支配者。但是沃兹利夫的力量把我们封印在了这里。＞

　"怎么可能！你们都是幻象！控制体根本不是什么支配者！"

　＜控制体拥有收集意念并加以分配的能力。可是你们对于控制体来说并不足以构成威胁，真正恐怖的是沃兹利夫。他是黑暗之王阿蒙拉塔德的使魔，也称作蓝色魔将。＞

　"我现在看到的只不过是幻象，你现在说的这些谁会相信！"

　"这都是控制体的错。"D说道，此时他早已奄奄一息了，但是他忽然猛地站了起来，红色的树也消失不见了。

　"……到底是怎么一回事？"

　"我并没有杀掉那三个女人。一切都是她们期望的结果，是控制体帮她们实现了愿望，我在其中只不过是演员的角色而已。她们大概也没有真心想死吧，但在下意识中却期盼着死亡。她们的愿望是和那种没有任何后顾之忧的男人在一起，然后死在他的怀里，于是控制体就忠实地帮助她们实现了愿望。"

　"谁会相信这种鬼话！"

　刑警大声喊道，他注意到了自己背部的翅膀和那双长得像鸟爪一样的双手。

　"这里是幻想的世界馆吧，你现在让我看到的都是幻象。"

　听到这话，D笑了笑：＜堕落至林堡之人是绝不可能看到真实世界的，对于你来说什么世界都是一样的吧。＞

　说完，D的身影便远去了，刑警慌张地追了上去。

　＜好吧，我也必须感谢你才行，那就好好给你准备一份大礼，然后让你清醒过来吧。＞

　黑暗消失了，周围变得明亮起来。

刑警闻到了大海的味道，他知道这里是地面的 SOW 游乐园了。

D 跑去的那个地方是宇宙飞船的弹射器，刑警看到了弹射器的巨大钢铁骨架。D 穿过飞机场之后便消失在了宇宙飞船里面。刑警也紧追其后，他把售票员推到一旁，也钻进了宇宙飞船。

此时响起了广播："请您系好安全带。"

时间像是加速了一般，仿佛一切都是在一瞬间发生的。D 坐在刑警前面的座位上，刑警看到 D 回头冲着自己微笑着。与此同时强烈的重力加速度压了上来。下一个瞬间，他的视线被赤红色浸染……

刑警的妻子在离开 SOW 游乐园的时候，从汽车的后视镜上看到后面的世界闪耀着朱红色的光芒，她下意识地抓紧了方向盘。整个游乐园像爆炸了一样迸发出强烈的红色，还没等她定睛观察一番便又恢复了原来的平静。

她以为刚才的一瞬间是自己的错觉，于是刚把视线转回到前方时，车载的显示屏亮了起来。于是刑警的妻子将汽车调整到自动驾驶模式，看向屏幕。

似乎是 SOW 游乐园中设施之一的宇宙飞船在启动之后，飞向半空中爆炸解体了。

可是她就算不听新闻也知道了，那个宇宙飞船——或许是宇宙飞船改装的过山车吧——也许丈夫就在上面，恐怕再也不会回来了。她觉得曾几何时，自己已经预感到了这一天必定会到来。

她不禁自问道：究竟是什么时候开始有这种预感的呢？没错，大概就是从买玫瑰花的那一刻吧。

她启动了汽车的雨刷器，此刻她深知，即使是面对死亡，那个人也会选择最为实用的人生终点。

外面并没有下雨，可是她并没有关闭雨刷器，因为此刻她眼前的世界已经一片湿润了。

6

"感谢您的乘坐。"广播的声音让刑警注意到之前的飞船变成了一架飞机。离开机场后刑警转过身看了看机场的名字——羽田机场。

"这里还是 SOW 游乐园，看来让 D 那小子给逃掉了呢。"刑警叹了一口气，承认了今天的败北。忽然他开始想念起自己的家和妻子了。

刑警在机场的出租车站里排着队，坐上了一辆黄色的出租车之后便一屁股坐在了后座上。

"您要去哪里？"

司机关闭了计价器后问道。

"去外面。"刑警说道。

"外面？"

刑警想到这家伙应该是仿生人，仿生人只能在 SOW 游乐园内部活动。

"……那就把我带到言问桥去吧。"

到那里之后便必须乘坐真正的出租车回家了。

"言问桥是吧。就是浅草那边，隅田川上面的那个言问桥是吧？"

"对，把我带到桥边。"

出租车开始加速，进入了首都高速一号线。刑警也没注意司机走的是哪条路，不管怎样只要能把自己带回去就行了。

"客人，您要去哪边啊？"司机盯着车里的反光镜问道。

"言问桥对面。"

"也就是向岛吗？"

"我是来旅游的。"

"接下来您要去浅草吗？说到言问桥的话，就得提到言问团子了。我老婆很喜欢这个团子。我老婆是东京贫民区出身，我的老家是东北地区……"

"是吗。"

"说到隅田川啊，对了，言问桥再往下还有一座吾妻桥，桥旁边有水上公交。樱花的季节去不错吧。特别是春天天气晴朗的时候……"

"你能别再说话了吗？我现在累了。"

司机没有道歉，只是不再说话了。

路上有些堵车，刑警再次打起盹来。

出租车下了入谷盘道之后拐向右边。

"客人。"

之前一直迷迷糊糊的刑警听到了司机的声音之后清醒了过来。

"这里是言问路，再往前就是桥了，您想停在哪边？"

"再往前开一点吧，能去桥对面吗？"

"就是向岛吗？"

出租车上了言问桥后，刑警便看向前方，可是前面完全看不到刑警平日所见的那些高楼和街区。

"稍微停一下！"

"我们现在可是在桥上啊。"

"这里真的是言问桥吗？"

司机显得有些生气没有回答。

"能不能掉头啊，好像搞错道了吧？"

"别开玩笑了，客人。"

出租车通过了言问桥之后，在道路的一旁停了下来。

"这里也可以。"

"客人，请付款。"

"付款？到时候给我家发账单吧。"

"你不打算付钱吗？我从一开始就觉得你不对劲！"

司机为了不让刑警跑出去，锁上车门后一脚踩下了油门。过了言问桥之后司机便将车横着停在最近的一个派出所门口，刑警因为乘车不交费被逮捕了。

可是刑警还是不明白怎么一回事，似乎角色扮演游戏还在继续着。

接下来刑警被从言问桥的派出所带到了浅草的警察局。调查科的一名刑警按住他脑袋的时候他终于明白过来，现在已经不再是所谓的游戏了。

"把三菱银行分店经理弄成轻伤的也是你吧？说！你的名字和住址。"

刑警沉默着，他没有办法回答。

"你还真是个笨蛋，居然因为拘泥于言问桥这个地方才被抓。你去言问桥是有什么理由吗？话说言问桥的话，在原业平不是有首歌唱的就是那里吗，还是挺多愁善感的一首歌，什么鹬鹩啊，请告诉我我妻子在哪里啊什么玩意儿的。大概是他对象吧。赶紧说！不说你心里也憋得慌吧？"

"……我妻子没事吧？"

"我们会帮你联系的，但是在此之前先告诉我们你的真实身份，你老婆有你这样一个丈夫也是够倒霉的。总之别再沉默了！"

从出租车上下来的刑警无论是手枪还是其他可以证明身份的东西都没带在身上。

"……我失去了过去。"

刑警说道，因为他此时只能说出这句话了。就算过了言问桥，无论自己去哪里，也回不到那个世界了。

浅草寺的刑警叹了一口气，叼上一支烟，用一次性打火机点着了。

在打火机的火光中，刑警看到了人脸的形状。

＜你就像 D 一样，变成一个连名字都没有的幽灵吧。告诉你，我的名字叫作坎迪托。＞

火焰瞬间扩散到整个屋子里，然后又消失不见了。这一定是幻觉，从一开始，现实就不存在于任何地方。

"我再问你一遍……"

刑警一边听着浅草警局刑警的问话，一边闭上了自己的眼睛。

第七章 六芒星 /Hexagram

外面下着雨，雨是冰冷的。

雨究竟是从哪里降下的呢？

他看向夜空，雨云掠过大楼的顶端，在空中流动着。被城市的灯光照射着的雨云底部白得发亮。他站在城市的最底层看着雨云的流动。而此时又是谁在看着云彩的表层呢？

是黑夜。

雨从黑夜中来。

雨水被城市的灯光照射，变成无数的针贯穿了他的身体，他化作了一堆形骸。

雨水打湿了他的肌肤。因为肌肤麻痹，他失去了自己的知觉。

＜就算肌肤被雨水侵蚀也无所谓，因为我并不是靠肌肤存活的。＞

雨水冲刷掉了他的肌肉，让他寒冷刺骨。

＜就算骨头被雨水冻结也无所谓，因为我并不是用骨头思考的。＞

最终雨水敲碎了他的骸骨，刺入了他的骨髓。

＜就算骨髓被雨水穿刺也无所谓，因为我并不是靠骨髓怀旧的。＞

雨水不断打在他的身上。雨水没有听到骸骨的声音，只是一个劲地落下。

*

雨水打在安装着铁格网子的窗户上。他无言地看着窗外的雨水，雨点将城市的夜光化作一条线，拍打在窗户上。

透过这扇小窗户并不能看到天空，窗外也没能看到他熟知的那个世界。这个世界没有注视着他的控制体，他成了一个无名之人。就算他朝着窗外喊出自己的名字也没有任何的答复。窗外显得如此安静，仿佛开了静音的电视一样。雨点被城市的灯光照耀着，变成了抽象的样子，每时每刻都在变化，而此时雨水已经不再是雨或者是水滴，而变成了毫无意义的图像。

他祈祷着无意义的事情停留在这窗户的玻璃表面就好了，他祈祷着自己未知的这个世界也只不过是这玻璃屏幕上的表象就好了。他已经不敢去想自己未知的世界已经扩展到了外面。

现在关押自己的这个地方不可能和外面的世界有任何联系。那也并不是窗户，那窗户外面什么也没有——他想说服自己相信这一切。

于是他闭上了双眼，此时窗户看不到了。

但是屋内的味道却没有散去，这里弥漫着拘留所的味道。室内很冷。在自己的背后，他听到了无视自己、忙忙碌碌的警察局的噪音。闭上眼睛之后，视觉以外的感官将他和外部的世界联系在一起，其他感官以一种比视觉更加强劲的力量将他固定在了这个异世界中。而他却无法欺骗这种感受。

他静静地思考着，就算能够欺骗自己的感官，结果又能怎样呢？到头来只能让自己的存在飘浮不定，甚至比水上漂浮的形骸还没有意义。

＜因为我能够思考，所以我不是形骸。＞

他睁开眼睛看向窗户，看向那个不承认自己的世界。

＜怎么了？＞

雨水一边下着，一边问道。

＜你无论想着什么，都只不过是幻象而已。＞

那幻象的雨水一边拍打着窗户，一边告诉着他。

他忽地感到，此时幻象的形骸和雨水擦肩而过。然后他冷不丁注意到了一点：如果自己并不是形骸的话，那么就必须将这雨水也作为现实接受才行，而不是将其作为一种幻象。

他从冰冷的地板上站了起来，靠近了窗户，用拳头击打着玻璃，用力地击打着。

可是玻璃毫发无损。警官们注意到了动静，把他从窗户边拉开的时候，发现他全身都湿透了。警官们都觉得，他身上的只能是汗了。

他伸出舌头舔着自己脸颊上流过的水滴。他发现并没有汗水的味道，于是放声大笑起来。

警官们吓得放开了他，向后退去。那种笑声就像是棺材里的尸体在冲他们笑一样。

在审讯室里，他承认了一切。

"那个故意伤害的案件，还有没交钱就坐车的案件，我都承认，全都是我做的。"

"告诉我你的祖籍、住所、出生日期、职业。"刑警一边在调查书前转着笔玩一边向他问道，"这些都问了你好几遍了，可是你全都在胡说八道。你想起东津这个地方是哪里了吗？"

"那是我居住的地方。我和妻子两个人生活，没有孩子。我的职业是控制体警察情报课的刑警。"

"你之前说你是什么幽灵课的，这个科室还是管杀人案件的，还怪有意思的。你到底在想些什么啊？你说的那个东津，是东京吗？"

在刑警还小的时候，他的祖父曾经告诉过他，有些人并不把东京叫作东京，而是叫作东津。当然那些都是很久以前的事情了，现在他也快忘得差不多了。

警官觉得对面的这个男人，无意识中使用着现在早都不用的词语，也许是装成日本人的外国情报人员什么的吧。如果真的是这样，那这个男人和他背后的组织也太愚蠢了。

他盯着警官。对于他来说自己的现实在此处就是幻象。

现实只不过是幻象的一种形态而已——而如今自己恰好被卷入了这种现象之中。虽然他意识到了这一点，但是他依然不愿意承认自己是幻象。他甚至想让眼前的这位警官也相信幻象亦是真实的一种。

他开始思考着下一步的行动。

"我失去了过去，"他慎重地甄选着足以表达真实的语言，说道，"我没有记忆。"

"可是你不是记得自己为什么被捕吗？"

"是的。我承认自己犯罪了，这些罪行都是事实。"

事实可以将自身化作确实的存在。不管这些事实对于自己是有利还是不利，都已经不再重要了。他现在需要的是自己的身份，哪怕是罪犯的身份也好。

他发现警官摇着头，此时他注意到自己的脸似乎正在变成其他的假面孔。

"不可能……"他嘟囔着说道，"难道说之前的那些事都不是事实吗？"

"你到底是什么人？"

"坐出租车不交钱的犯人。"

"我们之前已经进行相貌对比了，就在两个小时之前，取调查记录的时候。看到那面单面可视镜了吗？当时出租车司机说犯人不是你。"

他看向审讯室的那面镜子。或许是因为镜子角度的原因，镜子并没有照应着自己的身影。他有一股冲动，想要站起来去镜子前看一下自己的脸，他害怕在镜子上看到一张自己从未见过的面孔，或者是镜子上压根就没有照应着自己的身形，所以他没有勇气走近镜子。

"我可是作为现行犯被捕的啊！"

"我也不知道你为什么在这里，你什么也没做啊！"

"这到底是怎么一回事？"

"犯人已经抓到了，你现在已经不再是嫌疑人了。从一开始你就不是嫌疑人。"

"我根本弄不明白怎么一回事！"

"我还不明白呢，你来这里到底有什么目的？"

"那到底是谁把那家银行的分店代理店长给打伤的？"

"那家伙已经被捕了。是个没钱就打出租车的白痴，但犯罪嫌疑人并不是你。之前被捕的家伙已经全部都承认了。"

"开玩笑吧！"

"你到底有什么目的？你是打算现场调查一下警察的办案方式和拘留所的情况吗？还真是个巧妙的方法。当时你胡说八道的时候我就应该注意到了，没想到被你给骗了，我真是犯了一个愚蠢的错误，这样一来就是我们警察的责任。你打算告我们抓捕错误吗？要是顺利的话应该能胜诉吧，但是在此之前先得把你的身份弄清楚才行。祖籍、居住地、出生日期、姓名、职业。已经没有再玩下去的必要了吧。"

"我……"

之前明明感到被雨淋湿的身体也晾干了，他舔了舔干燥的嘴唇说道："那些事情是我干的。"

"什么事？"

"……什么事情都好，总之是我干的！"

"祖籍、居住地、出生日期、姓名、职业……"警官说道，但是他已经没办法继续回答了。

"不知道，"他说道，"我没有记忆，我什么也想不起来了。"

"有没有能够证明你身份的物品或是证人？"

"或许我……是个病人。"

"那也需要证人才行，你看起来也不像是从医院里面跑出来的。你之前不是说你有一个妻子吗？是真的话就把她带过来啊。"

"我不知道她在哪里，你们能帮我找找吗？"

"那就告诉我你老婆的祖籍、居住地、出生日期、姓名……"

"还是没办法让你相信，现在我根本没有户籍。"

"所以你就想着如果犯罪的话就能得到户籍了是吗？可是你明明什么也没做啊！"说完，警官用大拇指指着出口的位置，"滚出去吧。"

"……我请求你们的保护。"

"凭什么啊？难道说还想再住一晚吗？你要是认真的话就把纳税证明带来。总之滚出去吧！"

他慢吞吞地站了起来。

他还想着出口到底在哪里。如果他现在把警官揍一顿，或者干脆杀掉的话，那么可能被逮捕的也不是他而是什么其他人。而且那被逮捕的肯定是被这个世界承认之人吧。可是他现在已经没力气去确认是不是这样一回事了。

他离开了审讯室。周围的人谁也没有注意到他，谁也不会回头多看他一眼。

雨水不住地洒在城市之中，公园被城市的高楼大厦环绕，在公园里，树木遮挡住了楼房中的光亮，周围变成了一片昏暗。他就蹲坐在公园阴暗的草坪上，任凭雨水拍打也一动不动。

雨很冷。但是就算是被雨水拍打，只要一动不动的话，寒冷的感觉也会渐渐远去，他甚至感觉本来就如同形骸的自己，如今真的变成了一堆形骸了。他感受着寒冷，感受着自我。

他觉得也许这种感觉就是幻觉吧，无论是雨水还是这种寒冷都是幻觉。他认为只有能够想到这一点的自己才是真实的。无论是雨水还是其他的事物全都是幻觉。这一切都是幻觉的话，那么肯定是自己的念想诞生的吧。

于是他想着：雨啊，停下来吧。

"不行啊。"于是他失去了力气。就算是自己死掉，雨也会继续下，落在这个失去思考的形骸上吧。可是，为什么？

＜因为不只有你会思考。＞

他抬起了眼睛，发现在树叶密集阴影中有两个红色的小光点。他定睛观察着，树枝上站着一只被雨水淋湿的乌鸦。那只红宝石色眼睛的乌鸦俯视着他。

"只是一只乌鸦，为什么会说话？"

<因为我并不是一只乌鸦。>

"那你是个什么？"

<乌鸦。>

"这也是幻象吗？"

<我给了你们一些不错的词汇呢。>乌鸦的嘴上下合动笑着，<一切都可以用那个词汇描述。>

"可我不是幻象！"

<那你是什么？>

"我是一个男人，一个刑警，一个丈夫。可是这里没有我的过去。我在这里只不过是一堆形骸而已。"

<你可要好好分辨语言自身散发的念想和你自身拥有的念想。语言可是一个强有力的武器，它发挥的力量同样可以反噬你自身。你选择了形骸这一词汇，如果你将自己包含于这个词语之中的话，那么你便真的是一堆形骸了。>

"你又是什么人？"

<操纵语言之人。你是无法操纵语言之人，所以你就变成形骸，然后腐朽吧。只要我删掉形骸这个词汇，会思考的形骸便会消失，你也可以轻易地死掉了。>

拍打在脸上的雨水仿佛冰针一样寒冷。他不再看着那只乌鸦，转而把身上这件被淋湿的沉重的上衣脱了下来扣在头上，抱住自己的膝盖低下头去。

"我不是形骸……我是一名刑警。我不是形骸，请把我送到我原来的世界中去。"

<什么世界？>

"我是一个刑警的那个世界。"

<难道这里没有"刑警"吗？>

"什么意思？"

＜这个世界也有刑警。你为什么认为这个世界是异世界？你哪里也没去，这和你说的那个世界是同一个世界。＞

"……不对。"

＜那是因为你认为自己已经不是刑警了，所以整个世界看上去就好像发生了变化一样。＞

"所以我现在只要再把自己当作刑警就可以了吗？"

他抬头从头上盖着的上衣阴影中看着那只乌鸦。乌鸦展开了翅膀说道：＜这里也有刑警这个词语，为什么不用这个词呢？当时把你从审讯室轰出来的那个男人就是刑警，你直接成为那个刑警不就可以了吗？那个男人是刑警，你自己也是刑警，所以那个刑警就是你自己。＞

"……太荒唐了。我还记得我本来的那个世界，那个刑警怎么可能是我呢？我的记忆是我自己的东西，不管我是刑警还是什么其他的人，我就是我！"

＜无论是谁，都能够成为你所说的那个"我"。＞

"你这已经不是人话了。我如果要承认自己的话，根本不需要所谓的语言。因为我懂得自我思考……"

＜我思故我在……是吗？你的记忆，或者说你的念想，一旦被操纵念想之人控制，便可以随意更改。如今支撑着你的便是我赐予你的语言，也就是"刑警"这一词汇。＞

"没错，我是刑警，但是我不是这里的刑警。"

＜你和这里的刑警是一样的。＞

"不一样。我曾经以刑警的名义做过各种各样刑警的工作……但那些工作都是在控制体的安排之下完成的，这个世界没有控制体。"

＜无论如何你也要拘泥于自己的这些念想吗？要是这样的话就没办法轻松地解决问题了。毕竟我也没办法直接操纵念想啊。＞

"那你就赶快消失吧！我不需要幻象。"

＜你将我召唤出来还敢对我说这种话！＞

"是我把你召唤出来的？"

＜注意你的言辞！你最好抹杀掉那些激怒我的词语，否则我就将你抹杀掉。毕竟赐你一死还是很容易的。＞

"我不想被杀。"

＜想死吗？＞

"不……不想死。"

＜我没有办法直接操纵你的念想，所以就用口诀来代替吧。＞

"口诀？是咒语一类的吗？"

＜有两句，一句是"我思故我在"。＞

说完，乌鸦抬起了一只脚，剜掉了自己的一只眼睛。被爪子剜下的眼珠弹了出去，闪耀着红色的光芒，划过雨水和黑夜化作一条弧线落在了他的面前。他还没看清楚乌鸦剜掉的那只眼睛，那眼睛便在他的周围开始转圈，化了一道红色的光线，像是激光一般。那光线以他为中心，画了一个三角形，将他包围其中。

＜这就是你的念想了，但是光凭这个还不足以实现它。你想要回到你相信的那个现实中的话，还需要另一个三角形。＞

乌鸦那失去了一只眼球的空洞的眼窝中发出绿色的光亮。他看着那个散发出绿色光芒的眼窝和另一只红色的眼球，向乌鸦问道：

"那另一个咒语是什么？"

＜想你故你在。＞

"那这句话又有什么用呢？这句话的意思不就是说因为会思考的我存在着，所以一切都存在。这不就和之前的那句话一模一样了吗？"

＜注意你的言辞！如果两个三角形完全重合的话就没有意义了。我要做的是一个六芒星。＞

他看着地面上红色的三角形。

"想你故你在。"

他出声念叨着这句话，"如果自己的声音被别人听到的瞬间……"他一下子领悟到这句话的意思了，于是抬头看向乌鸦。

此时的乌鸦正要剜下自己的另一只眼球。

"等一下！那句话……请把那句话送给我的妻子。"

乌鸦停了下来。

＜这样也可以吗？可没法保证她一定会回应你的。＞

"这样就足够了，我需要她的存在。"

乌鸦的嘴微微张开，好像是在笑着。乌鸦的另一只眼睛中散发的红宝石般的光芒化作了一道光束水平延伸着。

他转动自己的头看向光线照耀的尽头，那红色的光线消失了，只剩下了绿色的残影。他缓缓把头转了回去，乌鸦的另一只眼睛还在它的脸上，于是乌鸦把剩下的这个眼球也剜了下来。

红色眼球落下的瞬间，从乌鸦的两个眼窝中迸发出绿色的光芒，乌鸦黑色的身体灰飞烟灭，化作一道绿色的光柱延伸向天际。他抬起了自己的胳膊，在那强光中护着自己的眼睛。

＜正因你想着我，我才会存在。＞

他放下了手看向地面，地上的红线画着一个六芒星的形状。

雨水打在他身上。

他朝着天，呼唤着妻子的名字。

公园里的六芒星消失了，雨依然下着。他的上衣的形状在草坪上渐渐地崩坏，而雨水不断打在那早已失去形态的衣服上。

外面下着雨。

刑警在警局的出口望向天空。雨下得很大，看起来不像是要停的样子。

他从口袋里掏出一把小伞撑开。这把小伞上画着花朵的图案，是那种女士用伞。刑警举起雨伞时，恰好和站在门口的警官四目相对，那警官满面笑容地朝他敬了一礼。

刑警抬头看了看自己举着的这把雨伞，然后向刚才的警官施以微笑，走向了雨中。

刑警的工作时间已经结束了。他在这把小伞的庇护下走向了自己回家的路。

如何读懂神林长平

辻村深月

　　我在读高中补习班的时候，也就是快二十岁的年纪，我第一次知道了神林长平这位作家。那时的我喜欢机器，喜欢那些内向少年自我意识的话题，喜欢那些将现实和虚构混杂在一起的故事。世界是什么？自我又是什么？我总是喜欢自己问自己这种巨大的问题。毕竟神林长平在 1979 年的时候凭借《与狐狸共舞》出道以来，是一位一直在写类似话题的日本科幻小说作家代表。我本应该尽早了解这位作家的，可是作为 1982 年出生的作家，我度过的 90 年代可谓真实科幻小说之冬。科幻小说存在本身就是科幻小说，因为那个时代没有网络，所以也没办法看到所谓"给轻小说读者推荐的科幻小说"之类的博客内容。由于轻小说这种题材完全没有被大家所认知，所以一些出版商在小说里适当地画上一些萌萌的插画，欺骗消费者购买小说，这反倒是让之前那些经营努力的基础全都化作了泡影。那个年代科幻小说可以说如同"伊斯坎达尔"那般遥远。要是当时那个补习班里坐在我旁边、高考两次失利的科幻迷没有给我介绍神林长平的话，恐怕我就不会知道这位作家，造成一生的损失，这件事想来真是后怕……

（所以我认为轻小说起源于科幻小说。真想把这句话告诉当年那个读中学的我。如果当时有人再多为年轻人创作点儿科幻小说的话，我也就不用读一百多遍《杀人者》，在轻小说创作这条路上越陷越深了。不过那种创作生活也挺有意思，我并不后悔。怎么样，有谁可以为这件事负责吗？）

总之我第一次接触神林长平的小说还是在我被关在补习班宿舍的时候。可以说我是在人生中最差劲的那段时间与他相遇的。当时在我的世界中只存在着偏差值和大学志愿，无暇他顾。当时正值9月某日，恐怖分子劫持了客机撞向了一栋大楼，"美国那边好像打仗了！"补习生们纷纷聚到电视前喧闹起来。此时舍监对我们无情地撂下一句"电视就开到八点，你们可是准备高考的学生！"然后拔掉了电源。所以，被人告知已经步入21世纪的那个夜晚，我还在做着一道英语阅读题，主题好像是什么才是国际交流所应有的姿态。当然，虽说我们是备战高考的学生，但是也会去读一些轻小说，或者是看看电影。可是神林长平的小说中却没有那种感觉，比如说"这是给你模拟考试的奖励"抑或是"读完之后从明天开始努力"之类的，他的小说并不是那种可以轻轻松松读下去的作品。所以说课间或者是上学的空当，心不在焉的读法是根本没有办法进入他作品中的世界的，而且他小说的内容也不能用"感动""可歌可泣"之类的词汇就轻描淡写，一带而过的。

读神林长平的小说，需要的是挑战一本厚厚的哲学书一般的心理准备。（虽然这么说，但是这并不是说读他的书很难。这反倒挺让人惊讶。）我当时读他的第一部作品好像是短篇小说集《语言操纵师》。仅仅是读了这一本小说，我就在一天当中不断地思考着：世界是什么？语言是什么？而我又是什么？可是我是一个高考生，有读小说的时间的话还不如多去背一个单词。自己真的是太过分了！中学的时候曾经花时间背诵了龙破斩的咒语（指轻小说《秀逗魔导师》中登场的魔术咒语），也曾经花时间考虑自己的原创小说，还把时间花在《超级机器人大战》上，我真的后悔为什么没有把这些时间花在阅读神林长平的小说上？

实际上我要是早出生十年的话，我肯定会拥有一个和神林长平同行的青春，并把这些写在这篇文章中，可是现实非常遗憾。但是比我大上一代的那些人，特别是 20 世纪 70 年代前半期出生的作家中，神林的推崇者格外之多，甚至让人有一种异样之感。如今作家中，比如获得直木奖的樱庭一树和写了《简单易懂的现代魔法》与《All You Need Is Kill》的作家樱坂洋，都为神林写过解说。《凉宫春日》的作家谷川流也会时不时地引用神林的话，他的小说选集《长门有希一百册》中就编入了《犹豫之月》。写了《恶魔同伴》的上野久光的小说《Just Boiled Clock》中的敌人也有几分海盗的色彩，他的小说《shift》中的世界观也颇有神林的韵味。在轻小说作家中自我个性最为鲜明，写了小说《终焉的年代记》的川上稔，也会提起神林的大名。每次去找那些带有科幻色彩的作家采访的时候，大家都会提起神林的名字，所以有的时候我甚至心怀一种不安："难不成因为我读神林的小说太多，把世界都给改变了吗？"对于这些作家来说，神林是陪同他们度过青春时代的最重要的作家。阅读神林作品是绝对独一无二的体验，甚至可以让我毫无根据就断言这些作家的感受。为他的作品所倾倒，感受到小说中就存在着真理，被神林那敏锐的逻辑所感染，无论是在梦中还是醒来，自己都会不断地思考着神林，倒不如说自己的大脑已经变成了神林了。自己灵魂中所寄宿着的神林的逻辑在心中游动着，这种经验就如同是新造出来的动词"我整个人都被神林了"一般，这种经历让人感觉自己全部都化作了神林长平。没错，我认为"全部"这个词语才是最能准确表现神林长平小说的词汇。想必读过本书《棱镜》的读者肯定会同意这一点的吧，这本书中存在着人们向"小说"所探寻的"全部"。书中有着被完全从世界隔离、绝望又带着一点甘甜的孤独的实际存在，有着精确模拟机器的那种非人思考的逻辑，有着以锋利的笔致描绘出的、美丽而梦幻的异世界风景，也有着现实和虚构相互交融的恐怖，更有着何为语言、何为念想、何为世界的形而上学的发问。

可是所谓的"全部"，便意味着要超越上述的一切。也就意味着他什么也没有指代。因为神林的笔致太过于锋利，所以读者读各个短篇的时候是不是想要说："求求你了，请把这个短篇单独写成一部小说吧！"可是这恐怕是因为我们拥有太多无用的知识所导致的。这本书曾经有过这样一段独白："孩子们都知道的。我以前也是如此，大概婆婆小的时候也是这样吧。小的时候，周遭的所有事物都是理所应当的，不是吗？"所以说神林长平的小说肯定是写给孩子的小说。孩子们没有知识，却拥有大把的时间。所以孩子们读小说的时候，也不知道自己究竟想要什么。他们甚至不知道何为"读小说"而读小说。所以他们在一部小说中寻求着一切，无论是感动，震惊，抑或是逻辑和抒情。不仅仅如此，问题本身甚至会超越小说的内容，"小说"是什么？"阅读"是什么？"读小说是什么？"这句话又是什么意思？"问小说是什么的我"又是什么？就连这些问题，孩子们也会在这一部小说中寻求答案。所以说，神林长平的作品正是回应那种孩子们要求的小说。

书前的你能够把这篇奇怪的文章读到这里，说明你是个很了不起的读书家，应该早就对如何读小说烂熟于心了吧。比如说世上有着怎样的图书，那本书会给予自己怎样的体验，就算是没有亲自读过也能猜个大概，也会猜到其中没有涉及什么内容。所以说不在那种真正的推理情节中寻求什么今后人生的启发，也不在所谓的"硬科幻"中探寻人心的黑暗，想要探寻什么的话就交给自我启发和书面的文字吧……有着这种读书方式的话，在平日里的读书生活确实是有益无害的，但是在读神林的作品的时候只会成为一种阻碍。读神林的作品需要的既不是对文学体裁的了解，也不需要什么必须抓住的文脉，需要的只是和作品一对一地相互面对而已。也就是抛弃所有的固定观念和先入观，让自己回到孩子的状态就可以了。虽然嘴上说起来很简单，但是神林的小说确实可以将这化为可能。小说的下一步会发生什么？完全处于读者的意料之外，周遭的一切都显得不可思议，显得不安定且空虚，最后感到自己完全被从中隔绝。虽说如此，我们依然相信世界存在真理，而自己也终将掌握真理——这种信念从未动摇过，然后，此刻，下一个瞬间之后，我们便会预感到自己的内心当中确实发生着某种改变。不管男女老少，都被给予了这种只有儿时才能享受的特权般的经历，而给予我们这种经历的，正是神林长平的小说。

　　这是一件多么美好的事情！神林的小说中确实存在着"全部"，可虽说如此，他的小说又不是相互孤立的，神林的所有小说都是相互联系的，这指的并不是一个系列或年代顺序的关联，而是在根本主题上的相互联系。就如同是一位哲学家，随着他年龄的增加，思索也逐步加深一般，神林也用着同一个主题不断地描绘着小说的世界。就举本书的题材作为一个例子。创造者们从上位世界来到那个被上位世界所创造的世界，然后相互斗争的题材，在《犹豫之月》和《永久机关装置》中也曾经体现；又比如创言能力——创造世界，改变世界，推动世界，以语言为主题的小说《语言操纵师》《言壶》；抑或是人工智能和被孤立的主人公之间的关系在《战斗妖精雪风》《帝王的躯壳》《过负荷都市》之中也有所体现。我们追寻着每个作品中变化、进化、深化的主题，最终将会了解到神林长平这位作家，不，应当说是最终了解到神林这样一个无限宽阔的世界和现象。所以说，如果书面前的你恰好是第一次读神林的作品的话，那么你就需要多加注意了，因为对于你来说，关于神林的阅读才刚刚开始。在这样一个漫长的阅读之旅中，你也将会感受到，从百亿年前宇宙诞生，五十亿年前地球诞生，再到今天人类不断的重演历史，一切的一切"都是为了自己和神林长平相遇"吧。

神林存在，你亦存在。

世界仅此而已，如此便足够了，再无须他物。

PRISM

© 1986 Chōhei Kambayashi

This book is published by arrangement with Hayakawa Publishing Corporation through East West Culture & Media Co.,Ltd.

Simplified Chinese edition copyright:2021 New Star Press Co., Ltd.

All rights reserved.

著作版权合同登记号：01-2020-6338

图书在版编目（CIP）数据

棱镜／（日）神林长平著；刘健译；李昊校. —— 北京：新星出版社，2022.1

ISBN 978-7-5133-4587-3

Ⅰ.①棱… Ⅱ.①神… ②刘… ③李… Ⅲ.①幻想小说－日本－现代 Ⅳ.① I313.45

中国版本图书馆 CIP 数据核字 (2021) 第 139854 号

幻象文库

棱镜

[日]神林长平 著　刘健 译　李昊 校

责任编辑：黄　艳
责任校对：刘　义
责任印制：李珊珊
封面设计：人马艺术设计·储平

出版发行：新星出版社
出 版 人：马汝军
社　　址：北京市西城区车公庄大街丙3号楼　　100044
网　　址：www.newstarpress.com
电　　话：010-88310888
传　　真：010-65270449
法律顾问：北京市岳成律师事务所

读者服务：010-88310811　　service@newstarpress.com
邮购地址：北京市西城区车公庄大街丙 3 号楼　　100044

印　　刷：北京美图印务有限公司
开　　本：910mm×1230mm　　1/32
印　　张：9
字　　数：202千字
版　　次：2022年1月第一版　　2022年1月第一次印刷
书　　号：ISBN 978-7-5133-4587-3
定　　价：48.00元